mtb

Zum Buch:

Ich könnte euch sagen, dass ich ein Player bin. Ich könnte euch erzählen, dass ich einen großen Schwanz, einen gestählten Body und ein goldenes Herz habe. Aber ihr seid nicht hier, um meinen Lebenslauf zu lesen. Außerdem kennt ihr Geschichten von Playern, die zahm wurden. Diese hier habt ihr aber noch nie gehört. Warnung: Bei mir gibt es keine Spoiler, deshalb schnallt euch an, und genießt den wilden Ritt. Das Einzige, was ihr jetzt schon wissen solltet: Unser Ende ist eines, auf das ihr nie gekommen wärt.

»Sexy, köstlich, dieser Roman macht einfach Spaß!«
SPIEGEL-Bestsellerautorin Marie Force

»Lauren Blakely ist eine meiner Lieblingsautorinnen.«
New-York-Times-Bestsellerautorin Christina Lauren

Zur Autorin:

New-York-Times-Bestsellerautorin Lauren Blakelys Markenzeichen sind sexy Liebesromane voller Herz, Humor und heißer Bettszenen. Die Kuchen- und Hundeliebhaberin hat die meisten ihrer Erfolgsromane beim Gassigehen mit ihren vierbeinigen Freunden geplottet. Mit ihren heißen Romanen aus männlicher Perspektive trifft sie genau den Nerv der Leserinnen: Jeder Teil ihrer »Big Rock«-Serie stürmte direkt nach Erscheinen sämtliche amerikanischen Bestsellerlisten.

Lieferbare Titel:

Big Rock – Sieben Tage gehörst du mir!
Mr. O – Ich darf dich nicht verführen!

Lauren Blakely

Hot –
Heute Nacht gehörst du mir!

Roman

Aus dem Amerikanischen von
Tilly Johansson

mtb

MIRA® TASCHENBUCH

1. Auflage: Oktober 2018
Deutsche Erstausgabe

Originaltitel: »Well Hung«

Published by arrangement with
Bookcase Literary Agency and Wolfson Literary Agency.

Umschlaggestaltung: zero-media.net, München
Umschlagabbildung: FinePic / München
Lektorat: Maya Gause
Satz: GGP Media GmbH, Pößneck
Printed in Germany
Dieses Buch wurde auf FSC®-zertifiziertem Papier gedruckt.
ISBN 978-3-95649-851-0

www.mira-taschenbuch.de

Werden Sie Fan von MIRA Taschenbuch auf Facebook!

Über mich

Folgendes sollte man über mich wissen – ich bin wohlhabend, extrem gut bestückt und habe immer einen Witz auf Lager. Frauen stehen auf Männer, die sie zum Lachen bringen – aber nicht wegen der Größe ihres besten Stücks. Nein, Frauen haben ihren Spaß an einer gewissen Größe … und Loyalität finden sie auch gut. Beides kann ich bieten, zudem habe ich dank meiner florierenden Innenausbaufirma ein prall gefülltes Bankkonto. Jepp, ich weiß meine Werkzeuge zu gebrauchen.

Auftritt Natalie. Heiß, sexy, klug und meine neue Assistentin. Und damit ist sie absolut tabu für mich … Hey, ich bin ein anständiger Kerl, im Ernst. Ich gebe mein Bestes, nicht den Versuchungen zu erliegen, die Natalie zur Arbeit mitbringt.

Bis eines Abends in Vegas … Yeah, solche Storys kennt man ja. Schlechte Geschäftsnachrichten, wir ertränken unser Leid mit zu vielen Drinks, und dann vögele ich sie. In meinem Hotelzimmer. In ihrem Hotelzimmer. Hinter dem Titanic-Spielautomaten im Flamingo (fragt nicht). Und ehe ich sie dazu bringe, ein letztes Mal »Oh Gott, jetzt, jetzt, ja!« zu schreien, sagen wir beide Ja – das große JA in einer kleinen Kapelle an der Straße, vor einem Typen, der angeklebte Koteletten und einen goldenen Trainingsanzug trägt.

Aber was in Vegas geschah, blieb selbstredend nicht in Vegas. Und nun bleibt mein Liebeszepter nicht mehr in der Hose, wenn Natalie in meiner Nähe ist. Ich versuche zu widerstehen, ehrlich. Aber je öfter wir uns vornehmen, unsere Hände bei uns zu behalten, desto seltener gelingt es uns, und am Ende sind wir wieder nackt – und auch bekleidet möchte ich immer mehr Zeit mit ihr verbringen.

Und nun lautet die entscheidende Frage: Habe ich Natalie zur Frau genommen, nur um sie demnächst zu meiner Exfrau zu machen?

Prolog

Es war einmal vor langer Zeit, da gab es einen Mann und eine Frau, und jede Menge verrücktes Zeug geschah.

Ende.

.

.

.

.

.

.

Ich veralbere euch.

Ich bin ein Typ, der keine halben Sachen macht, und die guten Stellen einer Geschichte würde ich nie überspringen. Wenn ich eine Ihr-werdet-nicht-glauben-was-passiert-ist-Story erzähle, dann habt ihr meine persönliche Garantie, dass ihr den ganzen Oreo bekommt, die beiden köstlichen Schokokekshälften und natürlich auch die süße weiße Cremefüllung dazwischen. Also bitte, verschlingt jedes leckere Häppchen dieser Geschichte ohne Reue.

Zum Beispiel das eine Mal in der Achterbahn, als wir persönlich erlebten, warum sich die Leute die Lunge aus dem Leib brüllen, wenn es steil nach unten geht.

Oder die Geschichte vom Quickie hinterm Spielautomaten, als irgendwer drei Kirschen hineinhämmerte, während ich Natalie nagelte.

Ich bin mir aber nicht sicher, ob diese beiden Episoden den Nachmittag mit der Leiter toppen.

Wie, ihr habt keine Fantasien, bei denen eine Leiter im Spiel ist? Das wird sich bald ändern, und danach werdet ihr die oberste Sprosse einer Leiter auf ewig mit anderen Augen sehen.

Aber inmitten all des Wahnsinns, den ich mir in meinen wildesten Träumen nicht hätte vorstellen können – und in meinem Kopf geht es absolut gesetzlos zu –, geschahen auch einige wirklich ernste Sachen.

Sachen, die mein Herz mit einer Kettensäge traktierten.

Die es mir beinahe aus der Brust rissen.

So ist es mir passiert.

Und so – nach neunundsechzig Tagen mit Natalie, die Ironie der Zahl ist mir zweifelsohne nicht entgangen – stehe ich jetzt *hier*.

Auf den Stufen des Gerichtsgebäudes.

Ich greife nach ihrem Arm, umfasse ihn sanft. »Geht es nun so zu Ende?«

Meine Stimme klingt mir fremd in den Ohren.

Ihre ist auch nur ein Flüstern. »Sag du es mir.«

Ich könnte euch sagen, dass ich ein Player bin. Ich könnte euch erzählen, dass ich einen großen Schwanz, einen gestählten Body und ein goldenes Herz habe. Aber ihr seid nicht hier, um meinen Lebenslauf zu lesen. Außerdem kennt ihr Geschichten von Playern, die zahm wurden.

Diese hier habt ihr aber noch nie gehört.

Warnung: Bei mir gibt es keine Spoiler, deshalb schnallt euch an, und genießt den wilden Ritt.

Das Einzige, was ihr jetzt schon wissen solltet: Unser Ende ist eines, auf das ihr nie gekommen wärt.

1. Kapitel

Ich verrate euch ein kleines Geheimnis über Männer. Wenn wir eine Frau sehen, die uns gefällt, bilden wir uns ein, sie sei scharf auf uns. Egal wer sie ist, egal wie die Umstände sind oder ob an der Sache wirklich etwas dran ist. Wir bilden es uns ein.

So wie jetzt gerade.

Floyd, der rothaarige Typ, der die Türangeln für dieses schicke Penthouse in der Upper East Side drei Tage zu spät geliefert hat, lehnt sich an den Küchentresen und faselt wirres Zeug. Wahrscheinlich, um zu verschleiern, dass er den Liefertermin verbaselt hat. Ich bin aber entschlossen, den vereinbarten Termin zu halten, und baue unbeirrt die Türangeln in den Schrank meiner Kundin ein.

Einer Kundin, von der Floyd meint, sie sei *scharf auf sein heißes Würstchen.*

Es sind seine Worte, nicht meine.

»Wyatt, hast du gesehen, wie Lila mich angestarrt hat, als ich reinkam?«, sagt er und nimmt seinen schwarzgrünen Energydrink, spült ihn hinunter und wischt sich mit der Hand über den Mund, wobei einige Tropfen in seinem roten Ziegenbart hängen bleiben.

»Hmm, ist mir wohl entgangen«, gebe ich zurück und bin froh, dass Lila unten im Sportraum des Gebäudes ist und nicht hört, was Floyd brabbelt.

»Ich sag's dir, bei jedem Auftrag stehen die Weiber Schlange nach mir«, erwidert Floyd mit stolzgeschwellter Brust.

Ich hebe eine Augenbraue, während ich eine Schraube eindrehe und mit ausdrucksloser Miene entgegne: »Und diese Warteschlange – würdest du sagen, dass sie jedes Mal weiter als bis zur Tür reicht, bis in den Flur hinein?«

Er nickt, als würde er seinen eigenen Quatsch glauben. Der Heiße-Würstchen-King hat es offenbar nicht so mit Sarkasmus.

»Absolut. Ich könnte eine nach der anderen haben, den ganzen Tag lang. Deshalb sind wir ja in diesem Geschäft, richtig, Bro?«

Er hebt eine Faust, damit ich dagegenschlage, aber meine Hände sind beschäftigt, deshalb sage ich nur: »Wegen der Ärsche?«

Er nickt. »Ganz genau. Wegen der Ärsche. Was gibt's Besseres, als seinen Schwanz an einem Paar geiler Arschbacken zu reiben?«

Ich lache über diesen unfassbaren Stuss, den Floyd da von sich gibt. Ich bin nämlich nicht *deshalb* ins Baugeschäft eingestiegen. »Müde wirst du wahrscheinlich auch nie, verlierst nie deinen Appetit«, locke ich ihn aus der Reserve, während ich mich daranmache, die nächste Angel in die Schranktür zu schrauben.

»Nee, ich kriege nie genug. Aber es gibt eine goldene Regel in unserem Beruf«, fügt er hinzu und legt sich einen Finger an die Lippen.

Oh, ich Glücklicher. Jetzt weiht er mich in ein Geheimnis ein.

»Ich liebe Regeln, spuck es aus, mach schon«, sage ich wie

ein eifriger Grünschnabel, der von Tuten und Blasen keine Ahnung hat.

»Die goldene Regel lautet folgendermaßen: Man kann mit seinen Kundinnen vögeln, aber niemals mit seiner Assistentin.«

»Tatsächlich?«, sage ich mit ernster Stimme, als hätte er gerade eine Weisheit vom Olymp herabgerufen.

Floyd nickt ernst. »Vertrau mir. Lerne aus meinen Fehlern. Ich habe die beste Assistentin des Universums verloren, weil ich meine Hände nicht von ihrem Hintern lassen konnte«, sagt er, seufzt wehmütig und schaut nachdenklich zur Decke auf. Wahrscheinlich denkt er an ihre süßen Arschbacken. »Eine gute Assistentin lässt sich nicht mit Gold aufwiegen.« Er klopft sich an die Brust. »Deshalb ist meine neue eine grauhaarige Omi. Da gibt's nichts, was mich in Versuchung führt.«

Ich bin mit den Türangeln fertig und nehme den Bohrer von meinem Werkzeuggürtel. Ich zeige damit auf Floyd, schaue ihm in die Augen. »Moment mal …« Ich verstumme, mache eine dramatische Pause und fahre dann fort: »Was wäre, wenn ich auf silberhaarige Seniorinnen stünde?«

Er reißt die Augen auf, und seine Stimme klingt belegt und unsicher. »Ist es denn so?«

»Na logisch. Ich kenne da keine Beschränkungen.« Ich kann nicht widerstehen, ihn auf die Schippe zu nehmen. In bester Aufschneidermanier würge ich ihm den nächsten Spruch rein. »Ich sag's dir, ältere Frauen sind verrückt nach mir. Und ich nach ihnen. Ich kriege mich gar nicht mehr ein, wenn mir ein scharfes Modell von anno dazumal über den Weg läuft.«

»Na, dann ist es ja nur gut, dass keine ältere Lady deine Telefonate managt, sonst wärst du komplett gefickt.«

»Nettes Wortspielchen.« Ich packe den Bohrer weg, lege die Schranktür auf den Küchentresen und senke die Stimme. »Aber weißt du, Floyd, es gibt noch eine andere Option«, sage ich, nun meinerseits an der Reihe, eine meiner Weisheiten zu verkünden.

»Yeah?« Er sabbert förmlich vor Vorfreude, weil er glaubt, gleich einen Tipp für Sex bei der Arbeit zu bekommen.

Ich richte mich zu voller Größe auf. Ich bin eins neunzig, überrage ihn um Haupteslänge. »Du könntest, zum Beispiel« – ich rede ganz ruhig und beiläufig – »deinen Schwanz bei der Arbeit in der Hose lassen.«

Es wird still im Penthouse. Floyd kratzt sich am Kopf. Er runzelt die Stirn und sagt: »Häh?«

Offenbar klingt mein Rat in seinen Ohren so fremd, dass ich ihn ebenso gut auf Türkisch hätte sagen können. »Wie auch immer, du kannst abhauen, Floyd. Ich muss diesen Job für Lila rechtzeitig fertig kriegen, und sie ist weder scharf auf dein Würstchen noch auf den Unsinn, den du von dir gibst.«

Ich klopfe ihm auf den Rücken, danke ihm für die verspätete Lieferung der Türangeln und schicke ihn los.

Als ich einige Stunden später mein Tagewerk erledigt habe, kehrt Lila in Leggings und Sneakers von ihrer Fitness-Session zurück. Ich zeige ihr, was ich am Nachmittag in der umgebauten Küche getan habe und was am nächsten Tag ansteht, wenn ich mit dem Auftrag in die Zielgerade einbiege.

»Es fügt sich alles so hübsch zusammen«, sagt sie auf ihre niedlich kecke Art. »Sie leisten fantastische Arbeit. Ich bin froh, dass Natalie den Auftrag in Ihrem Terminkalender unterbekommen hat. Der war ja ziemlich voll, aber Sie wurden mir wärmstens empfohlen, und ich wollte den besten Mann für mein Penthouse.«

Ich nicke und bedanke mich. »Natalie ist eine Zauberin, wenn es um Terminplanung geht. Wenn es sein muss, kriegt sie jeden Auftrag unter.«

»Gut, denn ich könnte ein weiteres Projekt für Sie haben. Wenn Craig nachher von der Vorstandssitzung nach Hause kommt, werde ich mit ihm reden, und danach können wir etwas vereinbaren.«

»Klingt nach einem Plan. Wir sehen uns morgen, wenn ich die Wandschränke zu Ende einbaue.«

Kurz darauf bin ich zurück in unserem Büro in den West 50s, um mein Werkzeug und die Baumaterialien abzustellen, und werde von niemand Geringerem als der Königin meines Terminkalenders begrüßt, auch bekannt als die Frau, die aus mir einen anderen Menschen machen wird.

»Hey, Wyatt«, ruft sie hinter ihrem Schreibtisch, als ich hereinmarschiere.

Beinahe will ich Floyd anrufen und ihm sagen, dass es ganz leicht ist, meinen Ratschlag zu befolgen. Es gelingt mir jeden Tag. Welch Wunder. Besonders angesichts der Tatsache, dass ich eine blitzgescheite wunderschöne Assistentin habe, die großartig in ihrem Job ist und ein Lächeln hat, das mich jedes Mal dahinschmelzen lässt. Nennt mich ruhig altmodisch. Ich stehe nun mal auf Frauen mit einem schönen Lächeln, und mit ihren hellblauen Augen und ihrer cheerleaderblonden Mähne hat Natalie das schönste Lächeln von allen. Sie ist das perfekte, typisch amerikanische Mädchen, wie ein Apfelkuchen, und ich will sie am liebsten auffressen.

Ich meine, eigentlich will ich es nicht.

Oder doch? Fuck.

Nein, ich will meine Assistentin nicht auffressen. Oder sie vögeln. Oder sie über den Schreibtisch beugen.

Seht ihr? Ich beherzige meinen eigenen Rat. Mein Schwanz bleibt schön in der Hose.

Außerdem ist Natalie eine großartige Hilfe, und es ist schlicht falsch, in anzüglicher Weise an sie zu denken. Und gefährlich ist es obendrein. Als ich das letzte Mal mit einer Angestellten rumgemacht habe, wäre meine Firma beinahe den Bach runtergegangen. Die Geschichte lehrte mich eine Lektion, die ich schon früher hätte lernen sollen – Arbeit und Vergnügen muss man auseinanderhalten. Man bekommt einen hammerstarken Cocktail mit bitterem Nachgeschmack. Es bedeutet, dass ich, obwohl Natalie das hübscheste Gesicht hat, das ich seit Langem gesehen habe, und obendrein ein großes Herz und eine absolut niedliche Art, die Finger von ihr lassen werde – auch wenn ich anfangs dachte, dass sie etwas von mir will.

Ich bleibe also ganz cool, als sie mir ihr strahlendes Lächeln zuwirft und fragt: »Wie läuft der Mayweather-Job?«

Ich deute auf meinen Oberkörper bis hinab zu Beinen, dann schnüffle ich effektvoll in der Luft. »Großartig, aber hast du irgendwas da, um den komischen Gestank an mir wegzukriegen?«

Sie deutet auf das Wandregal und erwidert: »Ganz oben links. Ich habe letzte Woche ein Anti-Arschloch-Spray besorgt. Man muss sich aber ein paar kräftige Sprühstöße verabreichen, damit es wirkt. Also sei nicht sparsam, okay?«

Ich nicke dankbar und tue so, als nähme ich mir eine Spraydose und würde mich damit einsprühen. »So, schon besser.«

Ich schnappe mir den abgewetzten senffarbenen Stuhl, der vor ihrem Schreibtisch steht, und lasse mich darauf fallen. Kunden kommen hier nicht rein; das Büro ist nur für uns, deshalb knausern wir am Mobiliar.

Sie dreht den Kuli in der Hand. »Wer hat die Kontamination diesmal verursacht? Floyd? Oder hast du mal wieder den schmierigen Elektriker, Kevin, in den Würgegriff genommen?«

»Der schmierige Kevin brauchte den Würgegriff. Stimmt's – oder habe ich recht?«

Sie nickt. »Du hast völlig recht. Ich könnte dir nicht mehr beipflichten, als ich es bereits tue.«

»Der Würgegriff war zu hundert Prozent berechtigt«, füge ich hinzu, denn Kevin hat Natalie übel angebaggert, als er vor einigen Wochen hier war. Die Sache ist – Natalie könnte ihn blitzschnell eigenhändig umhauen, kein Problem. Aber Kevins lüsterne Blicke und anzügliche Bemerkungen haben mir ganz und gar nicht gefallen. Ich würde das Gleiche tun, wenn irgendein Kerl meine kleine Schwester Josie in der Bäckerei, in der sie arbeitet, blöd anmacht. Deshalb habe ich Kevin in Mister-Spock-Manier eine Hand auf die Schulter gelegt und ihn kurzerhand aus dem Büro befördert. Niemand, und ich meine wirklich niemand, kommt meiner Angestellten dumm.

»Heute war es Floyd«, sage ich und erzähle ihr die entschärfte Version der Geschichte – die über Floyds Kundinnen-Eroberungen, aber ohne seine Bemerkungen über Sex mit Assistentinnen. Das muss jetzt nicht zwischen Natalie und mir im Raum stehen. Ich darf ihr diesen verbotenen Gedanken nicht in den Kopf setzen.

Diesen riskanten, gefährlichen, versauten und absolut verlockenden Gedanken. Mein Blick wandert kurz durch das

Büro, und ich katalogisiere alle möglichen Stellen, wo wir es miteinander treiben könnten. Auf dem Schreibtisch, auf dem Stuhl, am Boden …

Augenblicklich herrscht in meinem Kopf ein Remmidemmi aus unangemessenen Bildern. Genau das wollte ich vermeiden. Es ist, als wären geile Aliens in meinen Schädel eingefallen.

Aber ich bin nicht Floyd. Ich bin klüger, deshalb stelle ich mir einen Schraubstock vor, zwinge die Bilder und die kleinen geilen Aliens hinein und quetsche sie mir aus dem Kopf.

»Und dann habe ich ihn aus Lilas Wohnung geführt und Tschüss gesagt«, beende ich die Geschichte und fahre mir mit der Hand durch mein dunkelbraunes Haar. »Hat ewig gedauert, bis er endlich weg war.«

»Hmm«, macht sie.

»Hmm, das ist toll – oder hmm, warum hast du einen unserer vier Zulieferer kalt abserviert?«

»Hmm wie: Deine Geschichte war recht anschaulich. Sie bringt mich auf etwas, was ich schon lange tun möchte.«

»Und das wäre?«

Ihre Augen blitzen. Sie sind eine Spur heller als meine dunkelblauen. »Möchtest du, dass ich uns einen neuen Türangel-Lieferanten suche?«

Die Idee ist besser als perfekt. Ich schlage freudig auf die Tischkante. »Ja. Und fürs Protokoll: Du bist brillant und wunder…« Ich schneide die letzte Silbe ab, sodass das Wort wie ein tiefer Basston klingt.

Notiz an mich selbst: Nenne Natalie nicht wunderschön, wenn du andere Kerle aus dem Büro wirfst, nur weil sie sie ein bisschen angebaggert haben.

Sie beobachtet mich, wartet, dass ich den Satz beende, und irgendwie biege ich das letzte Wort zu einem neuen Kompliment um, als ich sage: »Brillant und wunderbar einfallsreich.«

Einfallsreich? Im Ernst jetzt? Was soll das denn? Hoffentlich geht sie nicht darauf ein.

Sie geht darauf ein.

»Einfallsreich?«, fragt sie skeptisch. »Ich bin einfallsreich?«

Ich nicke. »Natürlich. Dein Hirn ist voller guter Ideen. Es ist einfach so. Anders lässt sich deine Arbeit bei mir nicht beschreiben«, sage ich schnell, damit sie gar nicht erst auf andere Interpretationsmöglichkeiten kommt.

Sie strafft den Rücken. »Wenn du meinst, Hammer. Und dieses einfallsreiche Hirn war dir heute zwei Schritte voraus. Ich habe schon einen neuen Lieferbetrieb gefunden. Ich habe herumtelefoniert und mit einigen unserer Kollegen gesprochen und ein paar Empfehlungen eingeholt. Wir haben jetzt einen neuen Burschen, der uns mit Türangeln beliefert.«

Ich lächle breit. »Verdammt. Du bist mir nicht zwei, sondern drei Schritte voraus.«

»Das sollte eine gute Assistentin auch sein.«

»Du bist nicht gut, du bist großartig. Was meinst du, sollen wir feiern, dass du jetzt sechs Monate bei WH Carpentry & Construction bist und die Firma seither besser dasteht als je zuvor?«

WH steht für meinen Namen, Wyatt Hammer.

Aber WH könnte auch für etwas anderes stehen. Ihr werdet sehen, keine Sorge. Der ganze Oreo, wisst ihr noch? Ihr kriegt ihn von mir, versprochen.

2. Kapitel

Sie entscheidet sich für das superscharfe vegetarische Bibimbap in einem koreanischen Restaurant an der Ninth Avenue, nicht weit vom Büro.

»Bibimbap«, sagt sie, als würde sie das Wort abwägen. »Ist lustig auszusprechen. Irgendwie klingt es wie etwas, was eine gute Fee in einem Disneyfilm sagen würde. Andererseits schmeckt Bibimbap so gar nicht nach Disney.«

»Und auch nicht nach guter Fee«, füge ich hinzu und strecke meinen Hals in alle Richtungen, um die Verspannungen von der Arbeit loszuwerden. Acht Stunden auf den Beinen, schrauben, hämmern, bohren. Mann, nach einem Tag wie diesem könnte ich wahrlich eine Massage vertragen.

Sie bedenkt mich mit einem seltsamen Blick. »Weiß du denn, wie eine gute Fee schmeckt?«

Mir wird klar, worauf sie anspielt, und ich spiele mit. »Sicher. So, wie wenn alle Träume wahr werden.«

»Willst du mir sagen, du bist schon mal mit einer Fee ausgegangen?«

»Kann schon sein.«

»Dann bin ich schon mal mit einem Dschinn ausgegangen«, versucht sie mich auszustechen, gerade als die Bedienung erscheint. Natalie sagt ihr, was sie möchte, und ich bestelle ein Bibimbap mit Rindfleisch, ebenfalls höllisch scharf, dazu eine Vorspeise und zwei Biere.

Wir sind hier, weil Natalie scharfes Essen mag. Je schärfer, desto besser. Im Laufe der letzten sechs Monate hat sie mich einige Male zum Scharf-Essen herausgefordert. Glücklicherweise kam ich mit feuerfesten Geschmacksknospen und einem eisernen Willen zur Welt, deshalb gewinne ich meistens, aber die Frau ist trotzdem unglaublich. Ich habe noch nie jemanden erlebt, der so locker wie sie eine Habanero-Schote auffuttert.

Ich werde nicht lügen. Es hat mich ganz schön angemacht zu beobachten, wie sie einen mit diesen Dingern belegten Burger verputzte, als wir vor einigen Wochen nach der Arbeit essen waren. Frauen, die auf scharfe Sachen stehen, haben einfach etwas an sich.

Das heißt, es *hätte* mich angemacht, wenn ich damals in diese Richtung gedacht hätte. Habe ich aber nicht, also hat es mich nicht angemacht.

Akte geschlossen.

Kurz darauf kehrt die Bedienung mit unseren Bieren zurück, und ich hebe mein Glas für einen Trinkspruch. »Auf die Magie, die du seit sechs Monaten in der Firma verbreitest. Du bist zauberhafter als jede gute Fee.«

»Auf sechs Monate in einer Festanstellung«, scherzt sie. »Hoffentlich werden es noch einige mehr.« Ehe ich sie einstellte, jobbte Natalie hier und dort herum. Sie brauchte dringend etwas Festes und machte keinen Hehl daraus. Genau genommen unterstreicht unsere erste Begegnung – als sie sich während ihrer Jobsuche eines Abends an mich wandte – meinen Punkt über Kerle, die sich einbilden, bestimmte Frauen seien scharf auf sie.

Denn wir haben keine Ahnung, ob sie es wirklich sind. Weil wir vor allem mit uns selbst beschäftigt sind, sind wir blind für das, was Frauen wirklich wollen. Frauen sind grundsätzlich die kompliziertesten Wesen der Schöpfung und ungefähr zwanzigtausend Mal komplexer als die besten Hochleistungscomputer der Welt.

Als letzten Herbst mein Freund Spencer Natalies Schwester Charlotte ehelichte, kam Natalie während der Hochzeitsfeier mit einem entschlossenen Blick zu mir herüber, und ich sagte zu meinem Zwillingsbruder Nick: »Die Kleine will mich.«

Falsch. Falscher geht's nicht.

Wie sich herausstellte, wollte sie aus einem ganz anderen Grund mit mir reden. Am Vorabend hatten wir uns zum ersten Mal miteinander unterhalten, und ich hatte ihr von den Problemen meiner Firma erzählt – das Hauptproblem war meine völlige Desorganisation –, worauf sie einen Plan entwickelt hatte, wie sich die Arbeitsvorgänge verbessern ließen; so könne die Firma expandieren und größere Aufträge an Land ziehen. Sie legte mir ihre Pläne bei einer Billardpartie im Hotel dar, in dem die Hochzeitsfeier stattfand. Ihre Vorschläge waren wohldurchdacht und genau das, was die Firma brauchte, wie mir bald darauf klar wurde.

Zwei Wochen später stellte ich sie ein.

Nun, nach einem halben Jahr zusammen, kann ich mir WH Carpentry & Construction nicht mehr ohne Natalie vorstellen. Ihr überragendes Organisationstalent erlaubt es mir, mich auf das zu konzentrieren, was ich am besten kann: bauen, erschaffen, mit meinen Händen arbeiten.

Sie stupst mich mit dem Ellbogen am Arm an. »Erinnerst du dich an meinen ersten Tag im Büro? Du bist zu einem Auftrag gegangen, der bereits seit einem Jahr erledigt war.«

Ich stöhne auf. »Erinnere mich nicht.«

Sie schüttelt amüsiert den Kopf. »Aber ich habe dich gerettet! Kurz bevor du im Apartment des Kunden eingetroffen bist, habe ich dich mit einem kurzen Anruf davor bewahrt, reinzugehen und einen Kostenvoranschlag für eine Küche zu machen, die du längst umgebaut hattest.«

Ich nicke betreten. »Jepp. So war es. Mit Werkzeugen kann ich gut umgehen, mit meinem Terminkalender weniger.«

»Aber jetzt läuft es auch in dem Bereich«, sagt sie und strahlt mich an. Ich muss wegschauen. Ich kann nicht lange auf ihr Lächeln blicken. Wahrscheinlich würde es mich hypnotisieren, und dann würde ich nur noch nach ihrer Pfeife tanzen.

»Stimmt. Die Geschäfte laufen besser denn je«, erwidere ich. »Allmählich können wir ans Expandieren denken, wie du am Anfang gesagt hast. Ein paar Leute in Festanstellung dazuholen, damit wir nicht für jeden Job irgendwelche Hilfsarbeiter brauchen.«

»Genau. Mit den Aufträgen, die im Sommer anstehen, können wir Leute einstellen und ihnen die Krankenkasse und andere Zusatzleistungen zahlen.« Sie rattert die von ihr angenommenen Aufträge herunter, darunter auch einige hochpreisige Küchenumgestaltungen. Da wir hier in Manhattan sind, können diese Jobs sechsstellige oder noch höhere Beträge bringen.

»Sag mal, das will ich dich schon lange fragen. Wie schaffst du es, so organisiert zu sein? Hast du Aktenordner im Hirn? Gib's zu. Du hast da oben eine eingebaute Container-Store-Filiale«, sage ich und tippe ihr an die Birne.

Sie tut so, als würde sie hecheln, lässt die Zunge aus dem

Mund hängen wie ein Hund im Hochsommer. »Jetzt bin ich aber geplättet. The Container Store ist mein absoluter Lieblingsort im gesamten Universum. Dort könnte ich wohnen.«

»Dann ist das also die Antwort«, sage ich, als die Bedienung mit unserer Vorspeise heranrauscht. Es handelt sich um Feuerhähnchen, die sich förmlich im Rauch kringeln. Sie werden mir die Magenwände ausschaben. Ausgezeichnet. »Weil du so auf den Laden stehst, wurdest du so ein Organisationstalent?«

Natalie strafft die Schultern. »Habe ich dir erzählt, dass meine Kleider nach Farben sortiert im Schrank hängen? Dass ich meine Bücher alphabetisch eingeordnet und keinen einzigen Schultag verpasst habe?«

»Und deine Höschen sortierst du dann wahrscheinlich …« Ich trete auf die Bremse beim Unterwäschethema. Scheiße. Wo ist der verdammte Filter in meinem Hirn? Ich schwöre, Floyd hat heute in meinem Kopf herumgepfuscht. Vielleicht waren seine Türangeln locker.

»… auch nach Farben«, beendet sie für mich den Satz und lacht, als wüsste sie, dass ich verbotenes Terrain betreten habe.

Und doch mache ich munter weiter. »Und deine Lieblingshöschenfarbe ist …?«

Sie zieht eine Augenbraue hoch, hebt einen Mundwinkel, setzt das perfekte Süßes-Mädchen-Gesicht auf, und mein Blut gerät augenblicklich in Wallung.

Verdammte Schwänze. Manchmal finde ich es unfair, dass wir uns den ganzen lieben langen Tag mit diesen Fuckern herumschlagen müssen. Und glaubt mir, es ist eine epische Schlacht. Mann gegen Ständer.

Meistens verliert Mann.

Schwänze sind zu mächtig.

Eine Antwort purzelt ihr von den glänzenden rosa Lippen. Natalie trägt funkelnden pinken Gloss. Keinen Lippenstift. Ja, ich weiß, was Gloss ist. Ich habe jede Menge Frauen geküsst und bin kein Neandertaler, der nicht den Unterschied zwischen Gloss und Lippenstift kennt. Ersterer ist glatt und schmeckt köstlich an den Lippen einer Frau, und der zweite ist dicker und schmeckt ebenfalls köstlich, wie ich finde.

»Weiß«, antwortet sie, und die Situation südlich meiner Gürtellinie intensiviert sich.

Ich nehme meine Gabel und stoße sie in ein Feuerhähnchen. Vielleicht hilft es gegen den Ständer in meiner Hose. »Jetzt weiß ich, woher du dein Talent hast. Vom Höschensortieren.«

»Pink ist auch sehr angesagt bei mir.«

Jetzt reden wir von stählerner Härte. Miss America in rosa Höschen ist mehr oder weniger ein Rezept für einen Viagra-Ständer – dauerhart.

»Pink. Weiß. Solange sie richtig sortiert sind, ist alles in Ordnung.« Sie deutet auf die Hühnchenschenkel. »Zeit, uns das Hirn wegzublasen.«

Wir schieben uns die Teile rein, und es ist, als würde man sich ein brennendes Streichholz in den Rachen halten, dann löschen wir die Flammen mit Bier und machen uns an den Hauptgang.

Als ich aufgegessen habe, summt mein Handy zwei Mal.

Natalie deutet in Richtung meiner Tasche. »Eine Arbeits-SMS«, sagt sie schnell und erinnert mich daran, dass sie mein Handy auf zwei Summtöne eingestellt hat, wenn Nachrichten an die Büronummer auf mein privates Telefon umgeleitet werden.

Während Natalie sich mit ihrem eigenen Handy beschäftigt, ziehe ich meins heraus und öffne eine SMS von Lila Mayweather.

Mein Mann hat Ja gesagt! Kann es kaum erwarten, das neue Projekt mit Ihnen zu besprechen. Möchte möglichst bald anfangen! Können Sie Natalie mitbringen, wenn Sie morgen kommen?

Ich lächle. Irgendwie macht es mich stolz, dass meine Kundinnen Natalie so mögen. Ich will ihr die SMS zeigen, doch sie ist noch mit ihrem eigenen Handy zugange, schreibt etwas. Ich frage mich, an wen die SMS ist. Ich bin versucht hinüberzulinsen, aber halte mich zurück. Als sie fertig ist und das Telefon weglegt, erkenne ich aber kurz ein Wort auf dem Display – *Folter*.

Interessant. Aber ich habe keine Lust, heute Abend Sherlock zu spielen, und zeige ihr stattdessen Lilas SMS. »Du bist ziemlich gefragt.«

Sie strahlt. »Ich frage mich, worum es geht. Hast du eine Idee?«

Ich schüttele den Kopf. »Keine Ahnung. Morgen werden wir es erfahren. Kriegen wir den Auftrag noch unter?«

»Denke schon. Bis zum nächsten ist es noch ein bisschen hin.«

»Hmm. Langsam finde ich, dass du eine Gehaltserhöhung verdient hast«, sage ich.

Wieder strahlt sie mich an. »Ich freue mich, dass ich deiner Firma helfen konnte, Wyatt.«

»Ich freue mich auch«, entgegne ich, denn Natalie ist nicht nur bildschön und extrem sexy, sondern schlicht und einfach die beste Assistentin, die ich mir wünschen kann.

Sie legt ihre Serviette beiseite, schaut auf die Uhr und lächelt traurig. »Ich muss zum Training. Heute ist der einzige Abend, an dem ich es ins Dojo schaffe.«

»Na, dann ab mit dir«, sage ich, und als sie losdüst, frage ich mich, ob sie wirklich zum Training geht oder ob ihr irgendein Kerl eine SMS geschickt hat, als sie mit ihrem Handy beschäftigt war. Vielleicht war die Folter das Abendessen mit mir? Quatsch. Ich bin paranoid. Außerdem geht es mich nichts an, was sie nach der Arbeit treibt.

Genau deshalb denke ich nicht an sie, als ich in mein Apartment zurückkehre. Oder als ich mich unter die Dusche stelle. Oder als ich ins Bett falle und in einem Artikel mit interessanten Fakten über Tiere blättere und unter anderem erfahre, dass Delfine nie in einen Tiefschlaf fallen. Ihr Hirn ist zu aktiv.

Das ist einer meiner vielen Vorteile: Ich kann mein Hirn abschalten.

Frauen sind kompliziert, aber die Situation mit Natalie ist ganz einfach. Ich lasse die Finger von ihr.

Und ich schwöre, die Sache wird kein bisschen komplizierter, als Lila uns am nächsten Morgen ihren Plan präsentiert.

3. Kapitel

Lila Mayweather serviert uns Kaffee in feinen Porzellantassen, die mit einem Rosenmuster verziert sind. Fürs Protokoll: Ich bin nicht der Typ, der auf feine Porzellantassen steht. Aber wenn man in Rom ist …

Lila sitzt im Tennisrock auf einem hochlehnigen Stuhl im Speisezimmer, ihr langes, frisch gebürstetes Haar ist zu einem Pferdeschwanz zurückgebunden. Alles an ihr ist makellos, bis hin zu dem Umstand, dass sie uns Kaffeesahne aus einem edlen Miniatur-Kännchen anbietet und auf eine winzige Zinnzange für die Zuckerwürfel deutet.

»Nein, danke, alles gut«, sage ich. Ich weiß nicht, wann ich das letzte Mal Kaffee aus etwas anderem als einem Pappbecher oder einer Tasse mit abgebrochenem Henkel getrunken habe.

Aber Lilas Penthouse hat große Klasse, und der Umbau ihrer Küche ist einer der verlockendsten Aufträge, den ich je erfüllt habe. Sehr geschmackvoll alles. Ich habe das Gefühl, der Job wird uns eine Menge Türen öffnen. Sie und Natalie haben sich von Anfang an prima verstanden, und im Moment sprechen sie über Natalies Kampfsportkünste.

Lila legt Natalie, die eine kurzärmelige weiße Bluse trägt, eine Hand auf den nackten Arm. »Ich würde ja gerne mal bei Ihnen mitmachen. Ich mag es, neue Sportarten auszuprobieren.«

»Ich verspreche, ich werde Sie zum Schwitzen bringen«, sagt Natalie ausgelassen und schlägt die Beine übereinander.

Mich kannst du auch gern zum Schwitzen bringen.

Was zum Henker war das denn? Die geilen Aliens sind zurück und übernehmen wieder die Kontrolle über mein Hirn.

»Ich will schon lange Selbstverteidigung lernen. Wie lange unterrichten Sie schon Karate?«

Natalie war Karate-Champion auf der Highschool. Wenn das nicht geil ist! Nicht der Teil mit der Highschool – der Karate-Teil. Aber wenn ich zu lange darüber nachdenke, dass Natalie kämpfen kann, werde ich den ganzen Tag mit einer riesigen Beule in der Hose herumlaufen.

Also denke ich lieber an Zuckerwürfel. Und an Rosenblüten auf Porzellantassen. Denn ich bin nicht Floyd.

Lila und Natalie unterhalten sich, und ich spüle den Kaffee hinunter, denn ob aus einer Porzellantasse oder aus einem Pappbecher, Kaffee geht bei mir immer – morgens, mittags und abends. Lila stellt ihre Tasse ab, legt die Hände in den Schoß und sagt: »Der Grund, warum ich Sie beide hergebeten habe, ist ein aufregendes neues Projekt. Craig investiert in eine Immobilie, ein wunderschönes neues Apartmentgebäude, und er lässt mir freie Hand, das Penthouse zu gestalten.« Die Frau strahlt wie ein Tausendwattscheinwerfer. »Da ist mir natürlich sofort WH Carpentry & Construction eingefallen, und ich würde Sie gerne die Küche übernehmen lassen. Ich finde es fantastisch, was Sie hier gemacht haben, Wyatt, und ich kann mir gar nicht mehr vorstellen, jemand anderen Hand bei mir anlegen zu lassen.«

Ich kann unmöglich mein Grinsen verbergen, nicht nur wegen der unerwarteten Zweideutigkeit, sondern vor allem, weil der Auftrag unsere neuen Leute finanzieren wird. Das wird ein Selbstläufer. Mir ist allerdings nicht ganz klar, warum sie uns zum Kaffeetrinken eingeladen hat, um mir einen neuen Auftrag anzubieten. Natürlich bin ich interessiert. Ich liebe meine Arbeit. Ich liebe zufriedene Kunden.

»Klingt großartig«, sage ich.

»Wo ist denn dieses hübsche neue Penthouse?«, fragt Natalie.

»Es liegt im zweiundzwanzigsten Stock. Es ist wirklich wunderschön, hat eine herrliche Aussicht.«

»Klingt toll. Wann soll es für uns losgehen?«

»Ich dachte, zuerst zeige ich es Ihnen, damit Sie wissen, worum es geht«, sagt Lila.

Ich nicke. »Sicher. Sollen wir es uns jetzt ansehen?«

Sie lacht leise und schüttelt den Kopf. »Ach, tut mir leid. Das habe ich Ihnen noch gar nicht erzählt. Sie werden meinen Privatjet nehmen müssen, um dorthin zu gelangen.«

Ich schlucke trocken und schaue Natalie an. Sie blinzelt. Unausgesprochene Wörter wechseln zwischen uns hin und her. Ich bin sicher, es sind allesamt Variationen von *Heilige Scheiße*.

Man muss zu mir nur »Privatjet« sagen, und ich entgegne automatisch: »Wann heben wir ab?« Und so frage ich mit einem glücklichen Schulterzucken: »Wann heben wir ab?«

»Wäre Ende der Woche zu früh? Das Gebäude liegt am Strip, in der Nähe vom Bellagio.« Sie fasst sich an den Hals. Der eigroße Diamantklunker an ihrem Finger blendet mich beinahe, während sie etwas reumütig sagt: »Oh, mein Gott. Ich hätte fragen sollen. Wären Sie bereit, in Las Vegas zu arbeiten? Dafür, dass Sie in einer anderen Stadt arbeiten und dort die nötigen Helfer suchen müssen, zahle ich Ihnen zwanzig Prozent mehr als für den New Yorker Auftrag.«

Ich glaube, diese Frau könnte eine gute Fee sein.

»Ich würde es mir gern mal ansehen, Lila«, sagte ich. »Wir finden bestimmt eine Lösung, die uns allen zupasskommt.«

Lila wirft mir ein Lächeln zu, dann wendet sie sich an Natalie. »Deshalb dachte ich ja an Sie beide. Ich weiß, wie wichtig Natalie für die Umsetzung des Ganzen sein wird«, sagt sie und weist in Richtung Küche. »Es schien mir am sinnvollsten zu sein, wenn Sie zusammen hinfliegen.«

Das vorletzte Wort hallt nach.

Zusammen. Zusammen. Zusammen.

Erst sagt niemand etwas, das Schweigen zieht sich in die Länge. Es wird schwerer und schwerer.

Ich rufe mir ins Gedächtnis, dass ich mit Natalie schon ein paarmal essen gegangen bin. Warum dann nicht auch eine kleine gemeinsame Reise?

Ich räuspere mich und schaue Natalie in die Augen. Ich schwöre, sie ist aufgeregt, zumindest deutet ihr Blick darauf hin. »Natalie, wäre das okay für dich? Kannst du das mit deinem Karate-Unterricht vereinbaren?«

Sie nickt schnell. »Ja. Und sobald wir den Umfang des Auftrags kennen, werde ich zusehen, wie wir ihn terminlich unterbringen.«

Lila hüpft beinahe auf ihrem Stuhl auf und ab. »Wunderbar. Ich kann Ihnen eine Suite im Bellagio besorgen. Wäre Ihnen die Unterkunft recht?«

Sie meint es ernst. Das ist der unglaublichste Teil ihres Angebots. Dass sie denkt, dass Bellagio könnte uns *nicht* recht sein. »Ja, ich glaube, es wäre völlig in Ordnung«, sage ich in ernstem Tonfall. »Natalie, wärest du auch mit dem Bellagio einverstanden?«

»In Anbetracht der Tatsache, dass ich normalerweise eher auf Motel-6-Niveau logiere, wäre das Bellagio eine Option, bei der ich vor Freude ein paar Purzelbäume schlagen würde«, sagt sie zu Lila, die süß lacht.

Ich hätte nichts dagegen, Natalie ein paar Purzelbäume schlagen zu sehen, am besten im Minirock, ohne Höschen.

»Nehmen Sie ein gemeinsames Zimmer oder zwei getrennte?«, fragt Lila und blickt zwischen uns hin und her.

Und es ist beinahe, als ob wir zwei Welpen wären, die übereinanderpurzeln und versuchen als Erster mit fester Stimme *getrennt* zu verkünden. Und damit keine Verwirrung entsteht, wiederholen wir es beide: »Getrennt.«

Wir unterhalten uns noch ein bisschen, und als Lila sich entschuldigt, um einige Telefonate zu führen, meldet Natalies Handy den Eingang einer SMS. Während sie sie liest, verdüstert sich ihre Miene. »Mist. Hector schafft es heute nicht. Er schreibt, er hätte letzte Nacht nicht genug Schlaf bekommen.«

Hector ist der Typ, der mir heute mit den Wandschränken hätte helfen sollen.

»Fuuuuuuuuuck«, sage ich, als bestünde das Wort aus zehn Silben. Ich stoße einen Seufzer aus. »Deshalb brauchen wir Festangestellte.«

Sie nickt. »Wir brauchen verlässliches Personal. Er schreibt aber, morgen kann er kommen.«

Ich schüttele den Kopf. »Das reicht nicht. Außerdem, was, wenn er wieder nicht genug Schönheitsschlaf bekommt?«

Sie legt mir ihre Hand auf den Unterarm. »Ich telefoniere

mal ein bisschen herum. Irgendjemand wird sich schon finden, der für Hector einspringt.«

Einen Auftrag pünktlich abzuschließen war mir immer wichtig, und ich werde Lila nicht hängen lassen. »Keine Sorge. Ich kriege es allein hin. Ich bleibe so lange hier, bis alles fertig ist.«

Natalie zeigt mit dem Finger auf mich. »Das lässt du schön bleiben. Zu lange zu arbeiten ist gefährlich. Ich werde dir helfen.«

Ich schaue sie schief an. »Das weiß ich zu schätzen, aber Hector sollte nicht wegen Schreibarbeiten oder so herkommen. Er arbeitet mit Bohrern und Kreissägen.«

Sie hebt eine Augenbraue und klopft sich an die Brust. »Moment mal. Nach sechs gemeinsamen Monaten glaubst du, ich könnte nicht mit einer Kreissäge umgehen? Oder einen Nagel einhämmern?«

»Ich weiß, dass du einen Nagel einschlagen kannst und eine …«

Sie fällt mir ins Wort und hebt drei Finger. »Ich kann einen tropfenden Wasserhahn reparieren.« Zwei Finger. »Ich kann mit bloßen Händen einen erwachsenen Mann umhauen.« Letzter Finger. »Und ich kann nicht nur Habanero-Schoten essen, sondern bin wie geschaffen zum Nageln.«

Mir fällt die Kinnlade herunter. Ich kann nicht antworten, kriege keinen Ton heraus. Ich glaube, die Zweideutigkeit ihrer Bemerkung ist ihr völlig entgangen, weil sie hoch konzentriert an meiner Taille herumfummelt – und fuck, dagegen habe ich so rein gar nichts einzuwenden. Falls sie ihre Hände noch ein kleines Stückchen tiefer schöbe, würden all meine Fantasien wahr werden.

Stimmt, ich fantasiere davon, sie hart durchzuvögeln. Als ob das eine Überraschung wäre!

Sie nimmt mir den Werkzeuggürtel ab, schnallt ihn sich um und sieht damit *geiler denn je* aus.

Jeans. Weiße Bluse. Mein abgewetzter lederner Werkzeuggürtel tief an ihren Hüften.

Für den Rest des Tages werde ich an ihrer Seite arbeiten.

Bitte, bitte, bitte, lass die geilen Aliens heute im Kopf eines anderen Mannes einfallen.

***

Versuchung, dein Name ist Natalie.

»Wo hast du gelernt, so geschickt mit Werkzeugen zu spielen?«, frage ich, während wir Seite an Seite arbeiten.

Sie verdreht die Augen und streckt die Zunge aus. Es hat nicht die beabsichtigte Wirkung. Sie sieht süß aus. So wie wenn Mädchen die Hose herunterlassen, um einem als Beleidigung den blanken Hintern zu zeigen. Es ist keine Beleidigung. Es ist toll. Nicht dass irgendein Mädchen so etwas bei mir in letzter Zeit getan hätte. Genau genommen zeigte mir in den letzten Jahren niemand den blanken Hintern. Es wäre schön, wenn Natalie diejenige wäre, die meine Pechsträhne beendet.

»Dort, wo du mit Puppen zu spielen gelernt hast«, kontert sie keck.

»Oh, jetzt geht's ans Eingemachte«, sage ich.

Sie zieht eine Schraube aus dem Werkzeuggürtel und sagt: »Glaubst du, nur weil ich eine Frau bin, wäre ich handwerklich unbegabt?«

»So etwas würde ich mir nie anmaßen zu denken, Schatz«, gebe ich spöttisch zurück und halte inne. *Schatz?* Normalerweise nenne ich sie nicht so. Aber es passt so gut zu ihr, versteht ihr?

Sie hält die Schraube an das Holz und sagt: »Nur zu deiner Information, ich habe es von meiner Mom gelernt.«

»Deine Mom, die Chirurgin?«

»Yeah. Lustig was? Chirurgen hantieren auch mit Werkzeug herum. Mit Skalpellen, Scheren und auch –« sie hält inne und in ihren Augen liegt ein vergnügtes Blitzen – »mit Bohrern.«

Ich tue so, als würde ich schaudern. »Ich bin beeindruckt. Ich wusste, dass du die Grundlagen beherrschst, aber wie weit deine handwerklichen Fähigkeiten wirklich reichen, hast du für dich behalten. Andererseits hast du mir auch monatelang nicht verraten, dass du ein Ninja bist.«

Sie lacht. »Ich bin kein Ninja. Ich habe nur den Schwarzen Gürtel, dritter Dan. Außerdem gebe ich gar nicht vor, es als Handwerker mit einem Meister wie dir aufnehmen zu können. Ich kriege es schon irgendwie hin, aber hämmern wie Wyatt Hammer kann ich bestimmt nicht.«

Ich furche die Stirn. »Viel Auswahl für eine andere Berufslaufbahn hatte ich nicht.« Ich nehme einen Bohrer aus dem Werkzeugkasten am Boden. »Wie auch immer, ist es in Ordnung für dich, wenn wir zusammen nach Vegas fliegen?«

Sie nickt. »Absolut. Ich war nie dort. Es klingt nach Spaß«, sagt sie. Schnell fügt sie hinzu: »Ich meine, wir sind dort nicht zum Vergnügen. Wir haben zu arbeiten.«

»Na ja, wir werden bestimmt Zeit haben, um mal Achterbahn zu fahren oder eine Runde auf dem Riesenrad zu drehen. Was immer du möchtest. Roulette spielen, uns eine Show ansehen. Ich habe es neulich übrigens ernst gemeint, als ich sagte, dass du eine Gehaltserhöhung verdienst. Wenn der neue Auftrag erledigt ist, bekommst zehn Prozent mehr im Monat.« Ich hänge die rechte Küchenschranktür ein. Natalie tut das Gleiche mit der linken, und plötzlich sehe ich aus dem Augenwinkel, dass die Tür herauskippt.

Geradewegs in Richtung ihres Gesichts.

Augenblicklich stehe ich hinter Natalie und fange die Tür auf, ehe sie vollständig aus den Angeln rutscht.

»Ich hab sie«, sage ich und lege die Tür wieder auf den Küchentresen.

»Mist. Beinahe hätte mir das Ding …«

»… den Kopf eingeschlagen«, beende ich leise den Satz.

Sie nickt. Ihr Haar streicht mir über die Wange. Es fühlt sich schöner an, als es sollte. Viel zu schön. »Es wäre blöd gewesen, mir das Gesicht von einer Schranktür plätten zu lassen«, erklärt sie – darum bemüht, locker zu klingen, doch ihre Stimme bebt.

»Ist ja noch mal gut gegangen«, erwidere ich.

»Ja. Aber nur, weil du so schnell reagiert hast.«

Mein Brustkorb klebt an ihrem Rücken. Mein Schritt ist gegen ihren Hintern gepresst. Mein Gesicht liegt in ihrem Nacken, und als ich einatme, flutet mir Natalies Duft ins Hirn. Ich bin ihr noch nie so nahe gewesen, und sie duftet genau so, wie ich es mir vorgestellt habe. Frisch. Sauber. Wie Sonnenschein.

Als würde ich im Garten in einer Hängematte liegen, das Gras frisch gemäht. Natalie schreitet zu mir herüber, das goldene Licht des Nachmittags im Gesicht. Sie legt sich zu mir, streift die Bluse ab, öffnet meinen Reißverschluss, und wir vögeln. Ein entspannter gemütlicher Nachmittagsfick mit dieser Frau, die wie Sonnenschein duftet.

Ich atme sie ein letztes Mal ein, und sie hält die Luft an.

Sie gibt einen kleinen Laut von sich, ein leises *Oh*, und dieses Geräusch löst etwas in mir aus. Es bringt mich zum Grübeln, und plötzlich stelle ich mir die entscheidende, die brandgefährliche Frage. *Ist Natalie vielleicht auch scharf auf mich?* Möglicherweise bin ich ja nicht der Einzige, der geil ist. Ich schwöre, ich spüre, wie ein Schaudern durch ihren Körper flutet wie eine Kräuselung auf einem See.

»Pass das nächste Mal besser auf«, flüstere ich und bin mir nicht sicher, ob der Rat ihr gilt oder mir selbst.

»Mach ich.«

»Wir wollen uns bei der Arbeit keine platten Nasen holen, okay?«, sage ich und bin nun derjenige, der versucht, locker zu klingen.

Ich trete einen Schritt zurück, und Natalie wendet sich zu mir um, senkt den Blick und streicht sich eine Haarsträhne aus dem Gesicht.

Keiner von uns sagt noch etwas, während wir die Arbeit zu Ende bringen.

Wenn ich einen ganzen Tag lang Seite an Seite mit ihr in dieser Küche herumwerkeln kann, ohne tot umzufallen, dann werde ich mit ihr auch diesen Wochenendtrip stämmen. Das sage ich mir immer wieder.

Was soll denn auf einer Geschäftsreise nach Vegas groß passieren?

4. Kapitel

Ich kann unsere Abreise in einigen Tagen kaum erwarten, habe aber genug zu tun, um nicht ständig daran zu denken. Zum Beispiel treffe ich am nächsten Morgen meinen Zwillingsbruder Nick und meine kleine Schwester Josie, bevor ich zu meiner ehrenamtlichen Arbeit im Tierheim gehe.

»Es wird Zeit, Elizabeth Lecter den Garaus zu machen«, sage ich zu Josie und beiße in den extradicken Schoko-Cookie, den sie mir gegeben hat.

Josie reißt die grünen Augen auf und schneidet mit der Hand durch die Luft. »Heißt das, du bist jetzt endgültig fertig mit Katrina?« Sie setzt sich zu uns an den zitronengelben Tisch in der Sunshine Bakery. Die Bäckerei gehört unserer Mutter, aber inzwischen führt Josie den Laden mehr oder weniger allein.

Ich deute auf den Cookie. »Total lecker«, sage ich zu ihr.

Sie gibt Nick auch einen und zuckt glücklich mit den Schultern. »Ich weiß. Ich bin spitze im Backen.«

»Vielleicht sogar besser als Mom«, sagt Nick aus dem Mundwinkel, als würde er flüstern. »Aber erzähl ihr das nicht.«

Josie tut so, als würde sie am Mund einen Reißverschluss zuziehen und deutet dann auf mein Handy. Auf dem Display ist das gefakte »Elizabeth-Lecter«-Profil zu sehen. »Du willst unsere nicht existierende Freundin Elizabeth wirklich in den digitalen Tod schicken? Trotz ihrer Leistung nach der Episode am Sonntagabend?«

Ich fahre mir mit dem Finger über die Kehle. »Wir killen sie, und die beiden anderen killen wir auch.«

»Wir ziehen den Stecker, wenn es am schönsten ist«, pflichtet Nick mir bei und bricht ein Stück von seinem Cookie ab.

»Besser als das hier wird es nicht mehr. Seht euch das an.« Ich deute auf das Handy, fasse mir ans Gesicht und reiße den Mund auf wie die Figur in Edvard Munchs *Der Schrei*. »Meine Ex zerfließt förmlich vor Schmerz.«

Josie liest den Kommentar vor, den Katrina Anfang der Woche auf ihrer Seite geschrieben hat. »Ist denn gar nichts mehr heilig? Ist niemandem bewusst, wie viel Schmerz Spoiler bereiten können? Da könnte ich mir ja gleich ein Messer in die Brust rammen.«

Nick tut so, als würde er sich Tränen aus den Augen wischen. »Wah, wah, wah«, macht er.

Ich lehne mich zurück und strecke die Beine aus. »Das war unsere beste Leistung aller Zeiten. Ich bin total stolz auf unsere Fake-Profile bei Facebook. Und das von unserer kleinen Miss Elizabeth war das beste von allen. Ihr Spoiler zur letzten *Games of Thrones*-Episode war ja wohl das Größte.«

Josie hebt einen Finger. »Vergiss nicht den Spoiler unserer gefakten Freundin Emma Krueger. Erinnerst du dich an ihren Spoiler zum *Hodor-Paradox*? An dem Abend hat Katrina geheult wie ein Schlosshund.« Josie klatscht mich dafür ab.

»Übertroffen wurde es nur von Elinor Bates epischem Spoiler, dass Jon Snow überlebt hat«, füge ich stolz hinzu. »Aber trotzdem, es wird Zeit, dass wir uns von den gefakten Profilen verabschieden. Unsere Arbeit ist erledigt.«

Josie fährt sich mit einer Hand durch das pink gesträhnte Haar. »Sollen wir eine Schweigeminute einlegen, bevor du alles löschst?«

Ich setze eine ernste Miene auf, und dann senken wir unsere Häupter. Nach einigen Sekunden schaue ich auf und lösche die Profile, mit denen ich an Katrina Vergeltung geübt habe.

Elizabeth Lecter, Elinor Bates und Emma Krueger sind allesamt ausgedachte Figuren, zusammengesetzt aus den Vornamen der Jane-Austen-Heldinnen (Josies Verweis auf ihren Literaturabschluss) und den Nachnamen der besten Film-Bösewichte aller Zeiten.

Nun könnte man sich fragen, warum ich Katrina dermaßen ans Bein gepinkelt habe, einer scheinbar harmlosen Exfreundin, die einst meine Website designt hat. Betonung auf »einst«. Während unserer Zusammenarbeit hatte ich nämlich nichts mit ihr am Laufen, ich schwöre Stein und Bein. Sicher, ich fand sie scharf und sie mich eindeutig auch, denn sie wollte mir schon während unserer Zusammenarbeit an die Wäsche. Aber ich hatte meine Lektion bereits gelernt, mich mit niemandem einzulassen, der in irgendeiner Form mit meiner Firma zu tun hat (abgesehen von dem einen Mal mit meiner College-Freundin Roxy, die allerdings eigentlich nichts mit meiner Arbeit zu tun hatte; sie *wollte* nur irgendwie darin involviert sein).

Wie auch immer, nachdem die Arbeit an der Website lange erledigt war und Katrina und ich ein halbes Jahr zusammen gewesen waren, wechselte ich auf Anraten meines Freunds Chase das Log-in-Passwort, frei nach dem Motto »Sicher ist sicher«.

An dieser Stelle muss ich unbedingt erklären, wie sechs vergnügliche Monate zu dem Zerwürfnis mit Katrina führen konnten. Um es klarzustellen, wir waren einander treu und veranstalteten sogar Picknicks im Park, und dazu muss man wissen, dass ich nicht der Picknick-Typ bin, aber sie stand darauf, also spielte ich mit, um sie glücklich zu machen. Leider Gottes wollte ich nichts Ernstes von Katrina, und ich schwöre, es hatte nichts mit der Picknick-Folter zu tun; ich machte Schluss mit ihr. *Freundschaftlich*, wie ein netter, vernünftiger Mann.

Daraufhin flippte Katrina aus und hackte mit ihren IT-Kenntnissen die Website meiner Firma und löschte alle Dateien.

Aus heiterem Himmel.

Obwohl das Passwort geändert worden war.

Sie führte sich auf wie eine Wahnsinnige.

Ja, es war totaler Mist. Ich hatte finanzielle Einbußen. Ich musste sogar einen Rechtsanwalt engagieren, der sich mit dem entstandenen Chaos befasste. Die daraus resultierenden Probleme waren einer der Gründe, warum ich jemanden einstellen musste, der mir bei der Reorganisation meiner Firma half.

Aus schierer Verärgerung beschloss ich, es Katrina heimzuzahlen, einer Person, die Bücher hasst und völlig auf *Games of Thrones* abfährt; ich wollte sie dort treffen, wo es sie am meisten schmerzte. Also erstellten Josie und ich gefakte Profile von Frauen, die potenzielle Kundinnen von Katrina als Grafikdesignerin waren und ihre Facebook-Freunde wurden. Jeden Sonntagabend posteten wir dann Spoiler auf Katrinas Facebook Wall, live und in Echtzeit, während die jeweilige *Games-of-Thrones*-Episode lief. Unser Streich konnte natürlich nur funktionieren, weil Katrina seit Beginn der neuen Staffel im Ausland arbeitet und immer eine Weile braucht, bis sie einen funktionierenden Stream findet, der ihre Lieblingsserie zeigt.

Oh, wie schade aber auch.

Das Ganze war natürlich eine absolut trollige Aktion von mir, aber sie hat diesen Racheakt mehr als verdient. Ich meine, die Frau hätte um ein Haar meine Firma ruiniert, und die Erfahrung mit ihr könnte durchaus verantwortlich dafür sein, dass ich davor zurückschrecke, mich mit jemandem einzulassen, der in irgendeiner Form für mich arbeitet.

Aber jedes gute Possenspiel muss irgendwann enden, und bei diesem ist es nun so weit. Ich schließe meine Facebook-App, dann werfe ich Josie eine Kusshand zu. »Mom und Dad wären stolz darauf, dass ihre Tochter von den Besten gelernt hat. Stimmt doch, Bruder, oder?«, sage ich zu Nick, denn wenn es um irre Streiche geht, sind er und ich die absoluten Kings, und im Laufe der Jahre haben wir Josie den einen oder anderen Tipp gegeben.

»Ist schon beeindruckend, was wir mit dem Verstand anstellen, den Mom und Dad uns vererbt haben«, sagt Nick. »Wir setzen ihn für gute Sachen ein, oder?«

»Total.« Ich schiebe mir den restlichen Cookie in den Mund und erhebe mich von meinem Stuhl. »Wir müssen rüber zu Little Friends, um die Hunde Gassi zu führen. Ach, jetzt fällt es mir ein. Nick, kannst du die Hunde am Freitag allein übernehmen? Ich fliege geschäftlich nach Vegas.«

Er hebt eine Augenbraue. »Du arbeitest jetzt in Vegas?«

»Vielleicht. Eine Kundin bringt mich in ihrem Privatjet hin. Es klingt wie ein Wahnsinnsauftrag. Hoffentlich klappt es.«

»Klingt großartig. Schön für dich«, sagt Nick und klopft mir anerkennend auf den Rücken.

»Ja, es sollte ein netter Trip werden.«

Ich gehe auf die hellorange Tür zu – die Bäckerei ist ganz in knalligen fröhlichen Farben gehalten –, als Josie sagt: »Lustig.«

Ich wende mich zu ihr um. »Was ist lustig?«

Sie wirft mir einen wissenden Blick zu. »Dass du nicht erwähnst, dass Natalie dich nach Vegas begleitet.«

»Was ist daran lustig?« Ich muss sie nicht fragen, woher sie es weiß. Josie ist Natalies Mitbewohnerin im früheren Apartment von Natalies Schwester. Als Charlotte auszog und Spencer heiratete, vermietete sie die Bude zum Vorzugspreis an Natalie, damit diese in Manhattan wohnen und abends Karate-Unterricht geben kann. Vor einigen Monaten lief Josies Mietvertrag aus, und sie zog kurzerhand bei Natalie ein.

Es ist nicht komisch für mich, dass meine kleine Schwester bei ihr wohnt.

Ich schwöre, es ist überhaupt nicht komisch für mich.

»Ich finde es einfach merkwürdig, dass du nicht erwähnst, dass sie mitkommt«, sagt Josie.

Nick schüttelt den Kopf und lacht. »Alter, das riecht mir aber gewaltig nach Ärger.«

»Du musst es ja wissen«, gebe ich zurück.

»Deshalb habe ich es ja gesagt.«

Ich mache eine wegwerfende Handbewegung. »Wie auch immer, halb so wild.«

Josie zieht den Knoten an ihrer Schürze fester zu, eine hellblaue mit Kirschen darauf. »Na ja, Natalie wird zum ersten Mal in Vegas sein und freut sich tierisch darauf.«

Meine Ohren kribbeln. »Wirklich?« Fuck, bei der letzten Silbe hob sich meine Stimme wie bei einem pubertierenden Neuntklässler, der verlegen herumstammelt. Ich versuche mein Gesicht zu wahren, indem ich lässig nachschiebe: »Ich meine, ja, cool.«

Mein Bluff bleibt nicht unbemerkt. Josie zieht eine Augenbraue hoch und sagt: »Stell sicher, dass sie die Sehenswürdigkeiten sieht, okay?«

»Mach ich. Den Vegas-Strip. Eine Gondelfahrt. Den Bellagio-Springbrunnen.«

»Was geht denn da unter deinem Reißverschluss ab?«, flüstert Nick mir ins Ohr, und ich stoße ihm meinen Ellbogen in die Rippen.

»Sei einfach nett zu ihr. Sei ein lieber Kerl, sie hat es verdient«, meint Josie und geht zum Tresen zurück, und ihre Worte treffen etwas in meinem Innern – meinen Herzenswunsch, ein anständiger Kerl zu sein.

Denn das war ich nicht immer. Aber falls ich es jetzt bin, dann wegen Josie. Ich habe meine kleine Schwester nämlich schrecklich lieb.

Sie deutet auf uns. »Das gilt übrigens als Faustregel für euch beide. Ich weiß doch, wie ihr drauf seid. Ich bin mit euch Krawallmachern aufgewachsen, vergesst das nicht.«

Ich salutiere und schlage die Hacken aneinander. »Ich werde ein anständiger Kerl sein, Josie. Versprochen.«

Nick und ich zischen ab und machen uns auf den Weg zu Little Friends.

»Kannst du das überhaupt, ein anständiger Kerl sein?«, fragt er, während wir in der warmen Frühlingsluft die Columbus Avenue hinaufgehen.

Ich ziehe meine Sonnenbrille aus dem Halsausschnitt meines T-Shirts und setze sie auf. »Na klar. Ich tue einfach das Gegenteil von dem, was du tust.«

»Du wirst dich dermaßen in die Nesseln setzen«, sagt er kopfschüttelnd und lächelt mich an. Wir weichen einer Joggerin in neonpinken Leggings aus, während der Verkehr sich über die Straße wälzt. »Du fährst seit Spencers Hochzeit auf Natalie ab. Erinnerst du dich?«

Ich winke ab. »Quatsch.«

»Alter, als sie bei der Hochzeit zu mir kam und mit mir tanzen wollte, hast du gesagt, sie würde auf dich stehen.«

»Stimmt ja auch.«

»Genau das meine ich. So was sagst du nämlich nur, wenn du auf eine Frau abfährst.«

Ich schaue zum blauen Himmel auf. »So was sag ich doch ständig. Ich bin nun mal ein eingebildeter Sack.« Ich zwinkere ihm zu und klopfe ihm auf die Schulter, als wir den Zebrastreifen erreichen. »Relax, Cowboy. Selbst wenn ich auf sie abfahren würde, ich bin ein Meister der Selbstbeherrschung.«

Er verzieht das Gesicht. »Selbstbeherrschung. Ein ganz neues Wort, wenn es darum geht, meinen Zwillingsbruder zu beschreiben.«

Ich tue so, als würde ich lachen. »Vielleicht kennst du mich doch nicht so gut, wie du glaubst.«

»Ich kenne dich besser als jeder andere.«

»Dann verrate mir mal, warum mir seit Monaten das Kunststück des Jahrhunderts gelingt, die Finger von Natalie zu lassen?« Ich blicke Nick herausfordernd an, warte auf seine Antwort.

Er schiebt seine Sonnenbrille ein Stück höher und nickt. »Na schön. Ein gewisses Maß an Selbstbeherrschung hast du.« Er schüttelt den Kopf, als würde er seinen Worten nicht glauben.

Aber ich glaube ihnen.

Ich muss ihnen glauben.

Besonders als ich drei Tage später in einen Privatjet steige, mit Natalie Rhodes, dieser fleischgewordenen Versuchung, dieser bildschönen Karateka mit dem Schwarzen Gürtel und der messerscharfen Zunge.

Als sie sich in den beigen Ledersessel sinken lässt und die Beine übereinanderschlägt, wirft sie mir ein Lächeln zu.

Dieses süße sexy Lächeln.

Fuck, ein anständiger Kerl zu sein ist völlig überbewertet. Bei ihr will ich ein versauter Schweinehund sein.

5. Kapitel

Daran könnte ich mich gewöhnen. An die Ledersessel, die sich vollständig nach hinten kippen lassen. An den ausgezeichneten Service inklusive eines Drei-Gänge-Menüs. Hoch in den Wolken wie Gott in Frankreich, neben mir Natalie.

Lila schlummert in ihrem Sessel auf der anderen Seite des Ganges. Sie hat eine Xanax eingeworfen. Fliegen mache sie nervös, hat sie gesagt, und nun ist sie im Land der Träume, eine schwarze Satin-Augenmaske auf dem Gesicht.

»Darf ich Ihnen noch etwas bringen?«, fragt uns die Stewardess.

Ich muss zwei Mal hinschauen. Die Frau bedient uns schon die ganze Zeit, aber erst jetzt registriere ich, wie hübsch sie ist. Seidiges rotes Haar, volle Lippen und warme braune Augen, dazu ein perfekter, gertenschlanker Body. Dann aber verdränge ich alle diesbezüglichen Gedanken. Und zwar nicht nur, weil es unhöflich wäre, die Stewardess in Lilas Flugzeug anzubaggern, sondern auch, weil es keine Klasse hätte, es in Gegenwart meiner Angestellten zu tun. Vor allem aber halte ich mich zurück, weil nicht *sie* diejenige ist, die ich näher kennenlernen möchte. Ich habe Lust, mich während des Fluges mit Natalie zu unterhalten. Zwar albern wir im Büro gerne herum und sind auch einige Male essen gegangen, aber in unseren Gesprächen ging es vor allem um die Arbeit. Es gibt vieles, was ich über Natalie noch nicht weiß.

Die Stewardess räumt die Reste unseres Thunfischgerichts ab und fragt, ob wir uns einen Film anschauen möchten. Ich überlasse Natalie die Entscheidung. Sie schüttelt den Kopf und sagt: »Ich glaube, ich lese ein bisschen.«

Doch sie liest nicht. Sie holt weder einen Kindle noch ein Taschenbuch heraus.

Stattdessen stößt sie mich mit dem Ellbogen an und sagt: »Ich hätte nie gedacht, dass ich im Rahmen der Arbeit mal in so einem Flugzeug sitzen und nach Vegas fliegen würde. Ich hätte mich schon viel früher bei dir bewerben sollen. Dann hätte ich mir all die blöden Jobs erspart.«

Ich lache. »Erzähl, was waren das denn für Jobs?« Eigentlich habe ich überhaupt keine Ahnung, was sie vor ihrem Einstieg bei WH Carpentry & Construction getrieben hat. Es war ihr Grips, der ihr die Anstellung bei mir verschafft hat, nicht ihr Lebenslauf.

Sie hebt eine Augenbraue. »Eine Weile habe ich zum Beispiel für eine Telefonsex-Agentur gearbeitet.«

Mir fallen beinahe die Augen aus dem Kopf. Doch ich reiße mich zusammen und gebe mich möglichst unbeeindruckt. »Ach ja?«

Sie nickt. »Es war toll. Wir haben das ganze Spektrum bedient, waren aber auf Pelze und Füße spezialisiert.«

Ich gebe mir alle Mühe, ein gelassenes Gesicht zu wahren, während mir grelle Bilder und Laute von Natalie durch den Kopf gehen, wie sie ins Telefon schnurrt und von ihren schlanken Füßen in High Heels erzählt. Ich schlucke und bringe ein trockenes »Wirklich?« heraus.

Ich bin mir nicht sicher, ob mich das Ganze anmacht oder abtörnt. Vielleicht beides. Vor allem aber macht es mich an.

Sie nickt mehrmals. »Man kommt erst darauf, wie viele Männer einen Fußfetisch haben, wenn man in einer Telefonsex-Agentur arbeitet. Sie wollen hören, wie man in Stöckelschuhen herumläuft. Sie mögen den Klang der Absätze auf hartem Parkettboden. Es kann ihnen nicht *hart* genug sein – die Anspielung war beabsichtigt.«

Verdammt, ich liebe Anspielungen. Je anzüglicher, desto besser. Doch ich weiß nicht, wie ich auf diese hier reagieren soll. Ich reibe mir das Kinn. Es ist eine ganz neue Seite von Natalie. Ich kann nicht anders, als mir auszumalen, wie sie in Stilettos herumstolziert. Sie war bereits eine berauschende Mischung aus einer Cheerleader-Schönheit und einer burschikosen Herzensdame – wenn man jetzt noch die High Heels dazunimmt, ist es endgültig um mich geschehen. Fürs Protokoll: Ich bin kein Fußfetischist, aber ich wette, dass sie in roten Pumps wie die leibhaftige Sünde aussieht. In roten Pumps mit Zehn-Zentimeter-Absätzen. Ihre Beine um meine Taille geschlungen, während ich sie an der Wand durchficke.

»Und was hat es mit den Pelzen auf sich?«, frage ich und versuche nach Kräften, im bizarren Fetisch-Teil der Unterhaltung zu verweilen, nicht im versauten persönlichen Fantasie-Teil.

»Es geht um Ganzkörperkostüme«, erklärt Natalie.

Ich mache nur »Häh?« und runzele verwirrt die Stirn.

Sie nickt übertrieben. »Ja, es ist total angesagt beim Telefonsex. Zum Beispiel tut man so, als würde man ein Ganzkörper-Fuchskostüm tragen. Oder ein Eichhörnchen-Outfit. Waschbären sind auch total angesagt. Am beliebtesten aber ist das sexy Eichhörnchen.«

Ich schwöre, ich versuche es, doch es gelingt mir nicht, mir vorzustellen, wie Natalie *Reib deinen pelzigen Schwanz an mir, und ich massiere dir mit meinen Pfötchen die Nüsse* ins Telefon flüstert. »Männer riefen an, um es mit einer Frau in einem Eichhörnchenkostüm zu treiben?«

Sie nickt. »Man nennt es ›Yiffing‹. Verrückt, oder?«

Ich fahre mir mit der Hand durch mein dichtes Haar, das heute leicht gewellt ist. »Na ja, jeder so, wie er es braucht.«

Sie zieht eine Augenbraue hoch »Gib's zu. Du bist schockiert.«

»Überhaupt nicht«, sage ich, ganz Mister Cool. Dann denke ich: Scheiß drauf. »Gut, ich geb's zu. Ein bisschen schockiert bin ich schon.«

Ein breites Lächeln huscht ihr übers Gesicht. »Reingelegt.« Sie deutet auf mich, und ihre hellblauen Augen blitzen siegestrunken.

»Häh?«

»Ich habe gehört, dass du Leuten gern Streiche spielst. Hat Josie mir erzählt.«

Ich lache schallend und schüttele anerkennend den Kopf. »Gut gemacht«, sage ich, dann klatsche ich langsam. »Wow, da hast du mich aber volle Kanne durch den Kakao gezogen.«

Ich strecke mein linkes Bein aus, und sie tut so, als würde sie daran ziehen, als ob sie einen großen Fisch an Land zöge.

Sie ächzt, während sie den Riesenfisch an Land wuchtet, und dann stelle ich den Fuß auf und tue so, als würde ich sie boxen. »Im Ernst. Das Dinner geht heute Abend auf mich.«

»Es sollte immer auf dich gehen«, sagt sie. Dann fügt sie hinzu: *»Boss.«*

Ah, die Gedächtnisstütze.

»Wie auch immer«, fährt sie fort. »Ich habe dich zwar reingelegt, aber alles, was ich gesagt habe, ist wahr. Ich weiß das alles, weil ich tatsächlich für eine Telefonsex-Agentur gearbeitet habe. Aber ich habe nicht selbst mit den Anrufern gesprochen. Ich habe die Frauen ausgewählt, die für uns arbeiten wollten, habe die Schichten eingeteilt, die Anrufe durchgestellt und dafür gesorgt, dass die Frauen ihr Geld bekamen. Es war ein verschrobener, aber irgendwie lustiger Job.«

»Und ich bin auf verschrobene Weise beeindruckt.« Ich hätte Natalie nie im Leben mit dem Telefonsex-Geschäft in Verbindung gebracht, aber die Beschreibung ihrer Aufgaben dort passt perfekt zu ihren organisatorischen Fähigkeiten.

Sie knufft mich spielerisch gegen den Arm. »Technisch betrachtet habe ich dich nicht belogen.«

»Du hast mich aber – technisch betrachtet – aufs Köstlichste unterhalten.«

»Schön«, sagt sie mit einem strahlenden Lächeln. »Möchtest du noch mehr über meine früheren Jobs erfahren? Es waren einige höchst interessante darunter.«

»Sicher«, sage ich, strecke meine langen Beine aus und genieße die Beinfreiheit in diesem Luxusflieger – mehr noch aber genieße ich die Unterhaltung mit Natalie.

»Nach dem Job bei der Telefonsex-Agentur habe ich als Haustier-Fußpflegerin gearbeitet.«

»So was gibt's?«

Sie nickt, sieht mich eindringlich an. »Na klar. Und man kann gut davon leben. Du glaubst ja nicht, was die Leute in Manhattan dafür zahlen, wenn man zu ihnen nach Hause kommt und ihrem Chihuahua die Klauen stutzt.«

»Warum bist du dann nicht dabei geblieben?«

»Glaub's mir oder nicht, aber ich hatte keine Lust, für den Rest meines Lebens mit Hundepfoten zu arbeiten. Versteh mich nicht falsch. Ich liebe Hunde. Aber irgendwann konnte ich es terminlich nicht mehr mit dem Karate-Unterricht im Dojo vereinbaren.«

Ich tippe ihr aufs Knie. »Was uns zu deiner wahren Leidenschaft bringt. Leuten Seitentritte an den Kopf beizubringen.«

Sie tut so, als würde sie mir einen Schlag gegen die Brust versetzen und kommt mir dabei *extrem* nahe. »Oder in die Herzgegend.«

Ihre Augen funkeln. Für einen Sekundenbruchteil erkenne ich etwas in ihnen. Oder vielleicht ist es nur, dass sich ihre Worte wie eine Warnung anfühlen, als ob sie meinem Herzen tatsächlich einen schweren Schlag versetzen könnte.

Ich blinzele, dann schaue ich fort.

Sie nimmt den Arm herunter, legt die Hände in den Schoß. »Aber ich liebe Karate wirklich.« Sie klingt jetzt ruhiger und ernster als eben, als sie über Yiffing und Füße, Pfoten und Klauen schwadronierte.

»Schon von klein auf?«

»Meine Eltern haben mich mit sechs zum ersten Mal zum Karateunterricht geschickt. Ich hatte viel Energie und konnte meinen Bewegungsdrang ausleben. Mit der Zeit habe ich es lieben gelernt. Die Techniken und Fertigkeiten und vor allem den Umstand, dass man sich immer weiter verbessern kann.« Sie hebt den Blick, trifft meinen. In diesem Moment, als sie über persönlichere Belange zu reden beginnt, scheint sie eine Schicht abzustreifen – oder besser, die Mauer zwischen Chef und Angestellter niederzureißen. »Ich liebe es auch, Karate zu unterrichten. Am schönsten finde ich es, Frauen spezielle

Selbstverteidigungstechniken beizubringen. Mir liegt dieser Teil des Unterrichts besonders, weißt du?«

Plötzlich klingt sie verletzlich, als wollte sie sich vergewissern, dass ihre Offenbarung mir etwas bedeutet. Dass ich achtsam damit umgehe. Und das werde ich auch. »Ich verstehe total, was du meinst, und ich nehme an, dass du eine großartige Lehrerin bist.«

»Aber ich finde es auch toll, für dich zu arbeiten«, sagt sie, und plötzlich spielt ein leises Lächeln um ihre Lippen, das sich zu einem Gähnen ausweitet. Sie hält sich die Hand vor den Mund. »Ich fürchte, das Sandmännchen hat eben meinen Namen gerufen.«

Einige Minuten später ist sie in ihrem schicken Luxussessel eingeschlafen. Kurz darauf sinkt ihr Kopf an meine Schulter, und als sie noch etwas später im Tiefschlaf ist, rutscht ihr Oberkörper herab und herab und herab … bis ihr Kopf auf meinem Schoß liegt.

Und so verbringe ich den Rest des Fluges … mit Natalies Kopf zwischen meinen Beinen.

Ja, es macht mich an. Ja, ich habe einen Steifen. Und ja, mein Kopf ist voller Bilder, was sie tun könnte, sobald sie aufwacht, wenn sie den Kopf nur ein kleines Stück zur Seite drehte und den Mund weit öffnete.

Ich lehne mich im Sessel zurück, um etwas Abstand zwischen Natalies Gesicht und meinen Kronjuwelen zu bringen.

Bald darauf sind wir im Landeanflug auf Vegas. Beim Touchdown erwacht sie und setzt sich ruckartig auf, und ihr Blick schießt wild umher, als ihr bewusst wird, wo ihr Kopf lag. »Hab ich …?«

Sie deutet auf meine Beine.

»Auf meinem Schoß geschlafen?«

Sie nickt.

»Ja.«

Ihre Augen weiten sich auf Untertassengröße. »War ich das?« Sie deutet hektisch auf meinen Schritt.

Oh, fuck. Sie hat die riesige Ausbuchtung in meiner Hose bemerkt. Ich suche fieberhaft nach einer möglichen Erklärung, warum ich während ihres Nachmittagsschlafs auf meinem Schoß einen Steifen bekomme habe. Aber dann sehe ich, dass sie gar nicht auf meinen Schwanz zeigt, sondern auf den feuchten Fleck auf meiner Jeans. Der kann nur dort sein, weil …

Sie schlägt sich eine Hand vor die Brust. »Es tut mir so leid, dass ich dich vollgesabbert habe.«

Ich lache. »Natalie, du darfst mich jederzeit vollsabbern.«

Sie lächelt entschuldigend, dann greift sie in ihre Potasche, vermutlich weil dort ihr Handy drinsteckt. Als sie merkt, dass es nicht dort ist, schaue ich mich um und sehe es am Boden neben meinen Füßen liegen. Es muss ihr aus der Tasche gefallen sein, während sie schlief.

Ich hebe es für sie auf und versuche nicht hinzuschauen, sehe aber trotzdem den letzten Satz einer Nachricht von ihrer Schwester auf dem Display.

Ich wusste, dass du so empfinden würdest!

Was empfindet sie denn? frage ich mich.

6. Kapitel

Der Eiffelturm sieht winzig aus. Das Riesenrad dreht sich wie ein Miniaturspielzeug, und die Achterbahn aus New York-New York windet sich um das Casino wie das Modell eines Architekten. Hier oben im zweiundzwanzigsten Stock des neuen Palasts von Lilas Ehemann sind wir Könige und Königinnen in einer Stadt voller Royals.

Das Gebäude ist eines der niedrigsten in Vegas. Bestimmt wird es bald von turmhohen Reklamewänden umgeben sein, die Touristen die extravaganten Spektakel anpreisen, die man hier wird erleben können. Für den Augenblick aber stellt der Bau nur einen potenziellen Auftrag für mich dar.

Ich bin mir immer noch nicht ganz sicher, warum Lila mich engagieren möchte statt einer ortsansässigen Firma, also werde ich sie nach dem Grund fragen. Ich stehe auf Ehrlichkeit und klare Ansagen – und es gibt keinen Grund, nun von meinen Prinzipien abzurücken. Lila steht neben mir, die Arme verschränkt, und blickt aus dem bodentiefen Panoramafenster ihres Wohnzimmers andächtig auf die Stadt der Sünde herab.

»Gefällt es Ihnen? Das Penthouse ist herrlich, aber in der Küche herrscht mir ein zu großes Durcheinander, finden Sie nicht? Es sieht ein bisschen altbacken aus.« Mit einer ausholenden Armbewegung deutet sie auf den roten Herd, die schwarzen Hängeschränke und die smaragdgrünen Arbeitsplatten. »Können Sie es harmonischer gestalten?«

»Absolut. Wir können alles modernisieren und die Küche in das Prunkstück Ihres Penthouses verwandeln, ich sehe da kein Problem. Aber ich möchte Sie fragen, Mrs. Mayweather, warum engagieren Sie keine Firma von hier? Jeder Auftragnehmer würde sich freuen, an einem schönen Ort wie diesem tätig werden zu dürfen.«

Sie wendet sich mir zu, trifft meinen Blick und lacht höflich. »Es ist nett, dass Sie das sagen. Aber wissen Sie, wie schwierig es ist, jemanden zu finden, dem man vertrauen kann? Ihm Einlass in seine Privatsphäre zu gewähren? Besonders in einer neuen Stadt?« Lila fummelt an ihrer Perlenkette herum. Aus ihren nicht gesagten Worten schließe ich, dass sie es in der Vergangenheit mit einigen schwarzen Schafen zu tun bekommen hat. »Es gibt so viele betrügerische Firmen, die einem vorgaukeln, seriös zu sein.«

Beinahe möchte ich solidarisch mit ihr abklatschen, denn mit schwarzen Schafen kenne ich mich aus. Roxy, meine Freundin zu Collegezeiten, war das schwärzeste von allen, aber damals wusste ich es noch nicht. Nach dem College ermutigte sie mich dazu, eine Handwerksfirma aufzubauen, wurde mein größter Förderer und half mir dabei, einen Geschäftsplan zu entwickeln. Als sie mich wegen eines Wall-Street-Heinis verließ, der richtig Geld scheffelte, versuchte sie mich zu übervorteilen und einen Teil von WH Carpentry & Construction an sich zu reißen. Sie war wie ein Koalabär, der sich in einen Alligator verwandelt hat.

Ich nicke Lila verständnisvoll zu, da ich für schwarze Schafe, Alligatoren und Exfreundinnen, die ihren Wahnsinn allzu gut zu verbergen wissen, nichts übrighabe. »Ich verstehe

Sie. Ich weiß es zu schätzen, dass Sie meinen, mir vertrauen zu können. Das freut mich wirklich sehr.«

»Außerdem haben Sie den Manhattan-Auftrag termingerecht abgeschlossen, und keiner meiner Bekannten kennt eine Firma, die hält, was sie verspricht.« Sie macht eine wegwerfende Handbewegung und hebt das Kinn, als würde der Ärger, den ihre Bekannten erleiden mussten, sie brüskieren. »Sie bilden eine Ausnahme von der Regel, Wyatt, und mir geht es vor allem darum, dass wir pünktlich fertig werden. Ich möchte hier nämlich eine Gala für eine meiner liebsten Wohltätigkeitsorganisationen veranstalten. Sophie Wilson, eine Philanthropin aus Vegas, wird mir dabei helfen. Oder ist es zu schwierig für Sie, die Arbeiten aus der Ferne zu managen?«

Ich drehe mich um und lasse den Blick noch einmal durch das Penthouse schweifen. Es ist durchgehend offen und bietet reichlich Platz, hat ein abgesenktes Wohnzimmer und wunderschöne Schlafzimmer. Der Stil ist modern, ohne jeden Firlefanz. Weiße Wände, schlichtes Mobiliar, helle Parkettböden. Die Küche dagegen sieht aus, als ob sie ein betrunkener Affe entworfen hätte, während er eine Banane futterte – nichts passt zueinander.

Natalie kommt aus der Küche, wo sie die Abmessungen geprüft hat. Mit einer Hand hält sie das geschlossene Laptop, darauf liegt ein Notizblock, auf den sie etwas schreibt.

»Hey, Natalie«, rufe ich. »Meinst du, wir kriegen das hier hin? Wir werden einen Elektriker brauchen und müssen uns örtliche Zulieferer für die Baumaterialien suchen.«

»Eigentlich müssen Sie das gar nicht«, meldet Lila sich zu Wort. »Nehmen Sie doch Ihre regulären Zulieferer in New York, und ich lasse das Material einfach herfliegen.«

Ich unterdrücke ein Grinsen. Heiliger Bimbam! Lila ist eine leibhaftige Märchenfee. Sie ist im Begriff, all meine Arbeitsträume wahr zu machen.

Natalie stellt sich neben mich. »Einen Elektriker wüsste ich auch schon. Ich habe mit einem Freund gesprochen, der das Edge führt, einen Nachtclub in Vegas. Er wird uns mit dem Mann zusammenbringen, der sich dort um die Elektrik kümmert, und auch mit anderen Leuten, die wir für andere Spezialarbeiten brauchen werden. Du wirst nur für deine persönlichen Tätigkeiten hier vor Ort sein müssen«, sagt sie zu mir und wendet sich dann an Lila. »Wir kriegen es hin. Ich kann alles von New York aus regeln, und Wyatt wird hier sein, um seinen Teil zu erledigen. Ist kein Problem, es pünktlich hinzubekommen.«

»Wunderbar! Ich freue mich ja so«, ruft Lila, ihr Lächeln so breit wie der Strip. »Diese Gala ist mir ja so wichtig, und ich möchte, dass es hier richtig schön aussieht.« Und dann nennt sie mir die Summe, die sie für den Auftrag auszugeben gewillt ist. Die Zahl hat viele Nullen, und mir fällt beinahe die Kinnlade herunter.

»Auch das sollte kein Problem sein. Wir werden jetzt einen Kostenvoranschlag erstellen und ihn Ihnen schicken und dann …«

Lila unterbricht mich. »Und dann werden wir die Sache heute Abend besiegeln!«

Juhu! Das läuft ja wie geschmiert.

Im Fahrstuhl stehen nur Natalie und ich, Lila bleibt zurück. Die Türen schließen sich mit einem leisen *Wuusch*, und ich wende mich meiner Assistentin zu. »Kann ich es jetzt sagen?«

»Den Teil mit der zwanzigprozentigen Gehaltserhöhung?«, fragt sie fröhlich.

Ich lache. »Ich dachte, ich hätte zehn Prozent gesagt.«

»Zehn Prozent. Zwanzig Prozent. Wo liegt der Unterschied?«

Die Kabine gleitet in die Tiefe. »Im Ernst. Hierfür gibt es auf jeden Fall etwas obendrauf. Ist eine Heidenarbeit.«

»Zwick mich mal«, sagt sie und hält mir den Arm hin.

Ich tue so, als würde ich einen Korkenzieher eindrehen.

»Aua, aua, aua.« Sie verzieht das Gesicht.

Ich höre auf. »Okay. Die offizielle Antwort lautet Ja. Die Gehaltserhöhung gilt mit sofortiger Wirkung. Dank Lila.«

»Obwohl sie den Auftrag noch nicht schriftlich bestätigt hat?«

Ich winke ab. »Die Sache ist so gut wie geritzt.«

Ich halte ihr die Hand für einen Händedruck hin, aber stattdessen schlingt sie die Arme um mich. »Vielen, vielen Dank«, sagt sie mit aufrichtiger Dankbarkeit, ihre Lippen nahe an meinem Hals, ihr Busen an meiner Brust, ihre Finger dicht an meinem Haar.

»Du bist es wert«, sage ich.

Und du riechst so was von lecker. Und fühlst dich unfassbar gut an. Und ich bin ein verfickter Meister der Selbstbeherrschung, denn eigentlich will ich auf der Stelle den Stoppknopf drücken, dein Bein um meine Hüfte legen und ihn dir reinstecken.

»Dann kann ich jetzt meine Videos machen.« Sie ballt triumphierend die Hand zur Faust, als wir uns voneinander lösen.

»Videos?«

Sie strahlt über das ganze Gesicht, ihre Augen hell wie die Sonne. »Ich habe angefangen, Selbstverteidigungsvideos zu machen. So wie man sie auf YouTube sieht. Ich möchte, dass sie gut produziert sind, und wenn mir das gelingt, wird es neue Schüler ins Dojo locken.«

Ich lächle. »Das wusste ich gar nicht. Das ist super. Hast du sie schon aufgenommen, oder bist du noch in der Planungsphase?«

»Ein paar sind schon fertig, aber die Qualität muss besser werden. Das gewisse Etwas fehlt noch. Ich glaube, ich weiß, was es ist, aber mir fehlte das Geld, um es so zu machen, wie es sein muss«, sagt sie, dann verändert sich ihr Tonfall, als würde sie sich für ihr hoffnungsvolles Gefühl entschuldigen. »Wahrscheinlich klingt es bescheuert – meine Selbstverteidigungsträume.« Sie winkt ab.

Ich umfasse ihren Arm. »Nein. Überhaupt nicht. Träume sind nie bescheuert. Jetzt kannst du deine Ideen so umsetzen, wie du es dir vorstellst.«

Sie schenkt mir das Lächeln, das mich jedes Mal aufs Neue entwaffnet, sich in mein Herz bohrt und mein Leben auf den Kopf zu stellen droht. Es ist so ein ehrliches Lächeln – eines, das zeigt, dass sie ein total aufrichtiger Mensch ist, der genau das meint, was er sagt. Jemand, der anderen ehrlich gemeinte Komplimente macht, der seine Freude zeigt, der nicht verbirgt, wer er ist oder was er möchte. All das erkenne ich an ihren glücklich gehobenen Mundwinkeln, am Strahlen ihrer blauen Augen, am Leuchten ihres Gesichts … Fuck, dieser Teil ihres Wesens haut mich absolut um, und ich muss mich schwer zusammenreißen. Mir die Alligatoren ins Gedächtnis rufen … die verrückten Alligatoren, wenngleich ich Natalie unmöglich dieser Reptilienkategorie zuordnen kann.

Trotzdem, ein gebranntes Kind scheut das Feuer, deshalb wird es Zeit, wieder zur Vernunft zurückzukehren. Ich beginne damit, indem ich ihren Arm loslasse.

Als wir das Erdgeschoss erreichen und in die Lobby hinaustreten, sagt sie: »Ich muss zugeben, dass ich dich in New York vermissen werde, wenn du hier bist, um in Lilas Penthouse herumzuwerkeln.«

Verdammt, die Bemerkung fährt mir gleich wieder voll ins Herz. Ehe ich auf den unsichtbaren Selbstbeherrschungsknopf drücken kann, übernimmt der ungefilterte Teil meines Hirns die Kontrolle. »Und weißt du was? Ich werde dich auch vermissen«, sage ich, und es kommt nicht von den geilen Aliens, sondern von mir selbst.

Wir erreichen die Drehtür und treten hinaus in Nevadas Nachmittagssonne, um das kurze Stück zum Bellagio hinüberzugehen.

»Was wolltest du eigentlich sagen, als wir uns gerade oben in den Fahrstuhl gestellt haben?«, fragt Natalie mich aus heiterem Himmel. »›Kann ich es jetzt sagen?‹ waren deine Worte.«

Ich lache, als sie mich wieder auf den Gedanken von vor einigen Minuten bringt. »Nur … *meine Fresse.* Lila ist der großzügigste Mensch, dem ich je begegnet bin.«

»Sie ist wirklich großzügig. Aber du hast gehört, was sie gesagt hat. Du hast dir ihre Großzügigkeit verdient.« Diesmal liegt nichts Neckendes in Natalies Tonfall, und ihr Kompliment erinnert mich daran, was wirklich zählt – ein anständiger Kerl zu sein. Bei der Arbeit. Im Leben. Mit Frauen.

Ich muss damit aufhören, an Sex mit Natalie im Fahrstuhl zu denken, aber auch, dass ich sie vermissen werde. So denkt man nur an seine eigene Freundin. Natalie ist nur eine Angestellte. Nichts weiter.

Ich schaue auf die Uhr. »Es ist fast vier. Meinst du, wir kriegen jetzt schon irgendwo was Alkoholisches?«, scherze ich, denn wir sind in Vegas, wo Rund-um-die-Uhr-Saufen nicht nur möglich, sondern erwünscht ist.

»Na klar. Lass uns etwas im Bellagio trinken.«

»Klingt gut. Wie wäre es mit einem frühen Abendessen, einigen Drinks und einem Kostenvoranschlag für Lila?« Seht ihr? Ich bin voll bei der Arbeit.

»Und danach könnten wir vielleicht feiern und Achterbahn fahren?«

Ich stimme zu, denn nur zu arbeiten und sich nie zu amüsieren würde aus Wyatt einen Langweiler machen.

7. Kapitel

Fünf Stunden später demonstriert Natalie mir, wie man einen Handkantenschlag an die Kehle ausführt.

»Und um den Gegner vollständig umzunieten, würde ich mich so um die eigene Achse drehen«, sagte sie rasch, wirbelt herum und deutet einen Tritt in meine Kniekehle an. »In echt würde ich natürlich voll durchziehen, und du würdest umkippen.« Sie zwinkert mir zu. »Das hier war nur die Vorführversion.«

Ich schaudere. »Die reicht schon, um zu wissen, dass ich dir ungern in einer dunklen Gasse begegnen würde, Sensei Natalie.«

Wir sind im Hotel New York-New York in einer Bar mit lauter Rockmusik, denn hier befindet sich die Achterbahn. Natalie hat bereits zwei Mojitos intus. Sie erläutert mir ausführlich, was sie in ihren Selbstverteidigungsvideos zu zeigen gedenkt, und ich bin der Dummy, an dem sie ihre Kampftechniken demonstriert. Allerdings nicht so, dass ich tatsächlich zu Boden gehen würde, sondern nur angedeutet.

Vielleicht bin ich ein Masochist, aber ich liebe es. Oder vielleicht giere ich einfach nur nach der Aufmerksamkeit dieser Frau. Worin immer der wahre Grund besteht, das Resultat ist perfekt für mich – ständig liegen ihre Hände auf mir. Aber im Moment ist sowieso alles toll, denn wir haben grünes Licht für den Auftrag bekommen und feiern kräftig.

Als wir ins Bellagio zurückkehrten, erstellten wir einen Kostenvoranschlag, den Natalie an Lila mailte. Dreißig Minuten später schrieb Lila zurück: *»Wunderbar! Die Anzahlung wird am Montag überwiesen.«*

Was bedeutet, dass Natalie eine Gehaltserhöhung erhält und die Firma expandieren kann. Auch bedeutet es, dass Natalie sich auf dem Weg in die Trunkenheit befindet, dicht gefolgt von meiner Wenigkeit. Sie hat sich umgezogen, trägt nun einen roten Rock mit einem surrealen Blümchenmuster, schwarze High Heels und ein seidenes schwarzes Oberteil. Die Stöckelschuhe sind scharf, aber in Flipflops hätte sie genauso hinreißend ausgesehen.

Ihr müsst wissen, ich bin ein Allesfresser. Ich bevorzuge keinen bestimmten Frauentyp. Einige Männer stehen auf Blondinen, andere auf Rothaarige, und wieder andere sind ganz versessen auf den exotischen Look. Wie gesagt, ich kenne keine Beschränkungen, grundsätzlich habe ich auf alles Appetit und bin unersättlich.

Im Augenblick aber denke ich, dass eine blonde Prachtfrau wie Natalie mit ihrer Energie und guten Laune mir am liebsten ist. Als Appetizer ein paar heiße gierige Küsse, als Hauptgericht wird hardcoremäßig gevögelt, und zum Nachtisch fängt dann alles wieder von vorn an.

Mist.

Die geilen Aliens haben sich zurückgemeldet.

Ich verdränge die versauten Gedanken aus meinem Schädel und versuche mir ein Gesprächsthema einfallen zu lassen, bei dem mein Verstand wieder in die Netter-Kerl-Zone zurückfindet. Etwas Unverfängliches. Vielleicht welche Rechnungen wir zu den Akten legen können. Oder ob wir neues Werkzeug bestellen müssen. Oder vielleicht sogar, welcher Auftrag nach dem Vegas-Job ansteht.

Aber ich habe keine Lust, über die Arbeit zu sprechen, und mir kommt etwas in den Sinn, was ich Anfang der Woche irgendwo gelesen habe. Gerade als ich ihr davon erzählen will – Katzen haben kein Schlüsselbein und können sich deshalb in die winzigsten Öffnungen hineinquetschen –, schallt der Anfang eines Bon-Jovi-Songs aus den Boxen, und Natalie tritt dicht zu mir heran.

»Schau mal, dort drüben«, sagt sie zu mir. »Sieht aus, als würde die Frau ihm von ihren Yiffing-Fantasien erzählen.«

Ich folge ihrem Blick quer durch die Bar zu einem Pärchen. Der Mann sieht aus wie eine Schaufensterpuppe bei Brooks Brothers, marineblauer Anzug, gelockerte rote Krawatte. Die Frau, die eine weiße Rüschenbluse trägt, scheint eine Kollegin zu sein, oder vielleicht ist sie jemand, mit dem er gerade einen Geschäftsdeal abgeschlossen hat. Aber so, wie er den Arm um ihre Schulter gelegt hat, sieht es ganz danach aus, als würde er in Kürze noch eine ganz andere Art von Deal mit ihr abschließen.

»Sein Waschbärenanzug liegt oben auf dem Zimmer«, sage ich, da Natalies Spiel lustiger klingt als meine Katzenstory. Mit einer Kopfbewegung deute ich auf eine Grufti-Frau mit gepiercten Ohren und den tätowierten Kerl neben ihr, der einen Tequila hinunterspült. »Nachher wird sie sich als Little Bo Peep verkleiden, und er wird ihr den Hintern versohlen, und zwar mit einem … Fuck, wie heißen die verdammten Dinger noch mal?«

Natalie verdreht die Augen. »Wyatt«, sagt sie in einem gespielt rügenden Tonfall, »die Dinger heißen Hirtenstab.«

Ich schnippe mit den Fingern. »Genau. Er wird ihr mit einem Hirtenstab den Hintern versohlen.«

Natalie atmet scharf ein, schürzt die Lippen. »Klingt nach Spaß«, sagt sie mit seltsam belegter Stimme, als würden ihr derartige Spielchen vielleicht gefallen. »Was, wenn ich meine Schäfchen verloren habe?«

Anscheinend steht sie wirklich auf solche Spiele.

»Soll ich dir helfen, sie wiederzufinden?«

Sie sieht mich einladend an. »Ja. Aber um sie zu finden, brauche ich erst noch einen Drink. Diesmal nehme ich einen Wodka Tonic«, sagt sie, und da der Barkeeper gerade vor uns steht, bestelle ich uns zwei.

Während er mit unseren Drinks beschäftigt ist, hebt Natalie die Hand ans Kinn und schaut mir tief in die Augen. »Ich liebe Wodka Tonic. Willst du wissen, warum?«

»Na klar, schieß los.«

Doch ehe sie mir ihr kleines Geheimnis offenbaren kann, klingelt in ihrer Handtasche das Telefon. Sie fischt es heraus, schaut aufs Display, hebt den Blick und sagt: »Eine SMS von Lila. Vermutlich teilt sie uns mit, dass sie uns noch mehr zahlt.«

»Fuck, yeah. Und das Extrageld geht komplett an dich.« Ich blase die Brust auf. »Weil ich so ein netter Kerl bin.«

Seht ihr? Ich kann sie anständig behandeln und denke kein bisschen an Sex.

Das gilt allerdings nur für diesen Moment. Zehn Sekunden früher sah das noch ganz anders aus.

»Ich glaube, an dich könnte ich mich gewöhnen.« Sie wirft mir eine Kusshand zu, während der Barkeeper uns die Drinks hinstellt.

Sie öffnet Lilas SMS, liest. Und plötzlich hängen ihre Mundwinkel herab, und sie stößt ein lang gezogenes frustriertes »Oh, Mist« aus.

Klingt überhaupt nicht gut.

Mein Herzschlag beschleunigt sich, und mit einem Mal mache ich mir Sorgen. »Was schreibt sie, Natalie?«, frage ich und greife nach ihrem Arm.

»Sie hat den Auftrag gecancelt«, antwortet Natalie mit monotoner Stimme.

Plötzlich fühle ich mich unangenehm nüchtern. »Im Ernst?«

Sie nickt. »Im Ernst.«

»Du verarschst mich, oder?«, frage ich, denn es ergibt einfach keinen Sinn.

»Ich wünschte, so wäre es«, sagt sie tonlos, dann liest sie mir Lilas Nachricht vor.

»Liebe Natalie, es tut mir so leid, Ihnen dies mitteilen zu müssen. Soeben hat mein Mann mich davon unterrichtet, dass ein wichtiges Immobiliengeschäft geplatzt ist. Leider muss ich den Umbau in Vegas deshalb fürs Erste stoppen. Ich hoffe aber, Ihnen bald grünes Licht geben zu können. Seien Sie gewiss, dass ich es kaum erwarten kann, mit WH Carpentry & Construction zusammenzuarbeiten.
PS: Ich fliege jetzt mit dem Privatjet nach Hause, um meinen Mann zu trösten. Ich habe für Sie und Wyatt zwei Erste-Klasse-Tickets bei einer kommerziellen Airline gebucht. Der Flug geht morgen Nachmittag. Die Tickets finden Sie in Ihrem E-Mail-Account. Ich hoffe, es gibt an Bord einen vernünftigen Service. Herzliche Grüße, wir werden uns bald wiedersehen.«

Natalie lässt das Handy auf den Tresen fallen, wo es mit einem leisen Knall aufschlägt, der in meinen Knochen widerhallt.

Was für ein verfickter Scheißdreck! Es tut richtig weh.

Ich nehme meinen Wodka und kippe ihn zur Hälfte hinunter. Natalie tut das Gleiche mit ihrem Drink.

»Ich bin so was von traurig, Wyatt«, sagt sie und scheint jeden Moment in Tränen auszubrechen.

Das gibt mir den Rest. Ich kann den Gedanken nicht ertragen, dass dieses Mädchen traurig ist. Ich möchte das Lächeln auf ihrem Gesicht sehen und werde einen Weg finden, es wieder dorthin zu zaubern. Wie *ich* mich nach dieser herben Absage fühle, ist mir egal. Ich muss Natalie aufmuntern, das ist das Einzige, was zählt. »Hey«, sage ich und greife nach ihrer Schulter. »Wir sind in Vegas. Lass uns das Beste daraus machen, okay?«

Sie seufzt niedergeschlagen.

Jetzt liegen meine beiden Hände auf ihren Schultern. »Im Ernst. Wir kriegen es schon irgendwie hin. Du bekommst trotzdem deine Gehaltserhöhung. Aber jetzt sind wir hier, in Vegas, und amüsieren uns. In Ordnung?«

Sie schüttelt den Kopf. »Es ist so lieb, was du sagst. Aber du brauchst mir die Gehaltserhöhung nicht zu geben. Ich weiß, dass es vom Mayweather-Auftrag abhing.«

»Nein«, korrigiere ich sie. »Es hat nur damit zu tun, dass du großartige Arbeit leistest. Und daran hat sich nichts geändert. Wir lassen uns von einem Rückschlag nicht beirren. Du warst noch nie in Vegas, und ich habe dir versprochen, dir die Sehenswürdigkeiten zu zeigen. Du musst nur sagen, was du sehen möchtest. Die Stadt gehört dir, und heute Abend tun wir, was immer du möchtest.«

Sie zuckt mit den Schultern und winkt ab. »Ich hätte es besser wissen müssen. Der Auftrag war zu gut, um wahr zu sein. Es gibt eben keine kalorienfreie Schokolade und keinen Mann, der lustig, gut bestückt und süß ist.« Ich will widersprechen, doch sie hat recht, denn süß bin ich ganz bestimmt nicht. »Und das Gleiche gilt für einen Kunden, der freiwillig zwanzig Prozent mehr für einen Auftrag zahlt. Das ist lächerlich. All diese Dinge sind Wunschvorstellungen.«

»Natalie, es ist nicht lächerlich, sondern angemessen. Hast du selbst gesagt. Wir sind gut in dem, was wir tun. Das weiß Lila. Es gab eben ein unerwartetes Problem. Es kommt schon mal vor, dass ein Auftrag gecancelt wird. Passiert immer wieder. Nick erlebt es bei seiner Arbeit ständig. Deine Schwester würde es bestimmt bestätigen. Ich wette, sie und Spencer haben auch schon nachträgliche Absagen von Lieferanten erhalten – solche Dinge passieren nun mal. Wir wollten es, es hat nicht geklappt, wir machen weiter. Ganz einfach.« Da sie meinem Vorschlag, uns zu amüsieren, noch nicht zugestimmt hat, versuche ich es aufs Neue. »Du bekommst die Gehaltserhöhung trotzdem, damit du deine Videos machen kannst. Und heute Abend wollen wir Spaß haben und hauen richtig auf die Pauke. Abgemacht?«

Ihre Lippen zucken – für mich der Hinweis, dass ich sie noch nicht überzeugt habe. Ich werde ihr nicht erlauben, sich runterziehen zu lassen.

Ich schaue schnell durch die Bar und entdecke einen mittelalten Mann, der ein türkises Tropenhemd trägt, und eine Frau in einer gleichfarbigen Bluse. Ich nehme die Hand von Natalies Schulter, aber beuge mich dicht zu ihr und flüstere:

»Siehst du die beiden dort drüben? Ich wette, er wird sie heute Abend mit Handschellen an den Bettpfosten fesseln und es ihr richtig besorgen.«

»Wahrscheinlich«, flüstert sie verschwörerisch und nimmt den Faden auf, als ob sie diesem Spiel nicht widerstehen könnte. »Sie sind seit zwanzig Jahren verheiratet und treiben es immer noch jede Nacht.«

Das ist ein interessanter Gedanke. Ich hebe eine Augenbraue. »Es klingt, als würdest du es dir für dich selbst auch so wünschen.«

Sie nickt. »Eines Tages, ja. Besonders weil mein letzter Freund nicht …« Sie beißt sich auf die Zunge. »So was sollte ich nicht sagen.«

Meine Neugier ist geweckt. »Doch, sag es. Ich möchte es wissen.«

Sie nimmt ihr Glas und trinkt einen Schluck.

»Sag's mir, Natalie. Was war los mit deinem letzten Freund?«

Sie fährt mit der Fingerspitze um den Glasrand, drückt sich um die Antwort.

Ich sehe sie eindringlich an. »Spuck's aus. Wollte er dir keine Handschellen anlegen? Dir nicht den Hintern versohlen? Es nicht jede Nacht mit dir treiben?«

Denn all diese Dinge würde ich mit ihr tun – und noch vieles andere auch. Ich würde sie auf allen vieren vögeln. Im Auto. Im Flugzeug. Überall. Jeden Tag.

»Na gut. Er war nicht sehr … *interessant* im Bett.«

Von einem Moment zum anderen bin ich steinhart. Nicht wegen ihres Ex, sondern wegen dem, was ihre Offenbarung impliziert – dass sie im Bett *interessant* ist, und das finde ich wiederum *hochgradig* interessant.

»Bei dir muss es also interessant zugehen?«

»Seltsam, aber ja, es ist so«, erwidert sie und zieht die Stirn kraus. »Ja, ich stehe auf regelmäßigen Sex, auch in der Öffentlichkeit. Ich mag es von hinten, ich stehe auf Handschellen, und ein paar Klapse auf die Pobacken dürfen es auch sein.« Sie zuckt zusammen und schlägt sich die Hand vor den Mund. »Autsch. Habe ich das gerade wirklich gesagt?«

»Jepp. Jede einzelne Silbe.« Ich grinse. »Also, haben wir jetzt eine Abmachung? Keine traurige Natalie heute Abend?«

Sie atmet aus, knabbert an ihrer Unterlippe, dann grinst sie breit. »Abgemacht. Aber nur, wenn ich Achterbahn fahren darf.«

»Du kriegst deine Achterbahn. Du kriegst das volle Vegas-Programm«, sage ich und halte ihr die Hand hin.

Sie ergreift sie, und wir schütteln uns die Hände. »Das volle Vegas-Programm.«

»In einer einzigen Nacht. Wir quetschen alles rein.«

»Wir lassen uns komplett gehen.« Sie macht eine ausholende Armbewegung.

»Komplett.«

»Wir schießen alle Vorsicht in den Wind«, ruft sie und strahlt nun endlich wieder. Sie greift nach ihrem Wodka und schiebt dabei unabsichtlich mit dem Ellbogen ihr Handy näher an mich heran. Aus dem Augenwinkel sehe ich ihre Nachrichten. Die von Lila ist die neueste. Aber darunter ist eine an Charlotte, die sie geöffnet haben muss, nachdem sie die von Lila geschlossen hat, und die Wörter blitzen mich verführerisch an, wie eine Linie, die ich nicht überschreiten sollte, aber dennoch überschreiten werde.

Ich bin so scharf auf ihn.

Und das ist alles, was ich wissen muss. Dieser Satz macht mich tollkühn, und ich kehre zu dem Thema zurück, über das sie vor Lilas SMS sprach. »Erzähl, warum stehst du so auf Wodka Tonic?«

»Rat mal«, sagt sie und rückt näher heran, ihre Aufforderung eine kokette Einladung.

»Wegen des Geschmacks auf deinen Lippen, wenn ich dich küsse?«, frage ich, während südlich meiner Gürtellinie alles in Aufruhr gerät.

Sie sagt nur ein einziges Wort. *Ja.*

Und ehe ich mich versehe, küsse ich Natalie.

8. Kapitel

Rekapitulieren wir doch einmal.

Wie kam es dazu, dass wir uns plötzlich küssten? Was war der Wendepunkt? Schmiegte sie sich an mich? Ich mich an sie? Die Details sind wichtig. Ich zähle sie gern noch einmal auf.

Fangen wir an mit sechs Monaten sexueller Spannung. Nehmen wir ihre beiden Mojitos und meine zwei Biere hinzu, dann die Wodka Tonics. Verrührt wird das alles mit einer schlechten Nachricht und garniert mit Natalies letzter Bemerkung, die keine Fragen offen ließ … und hier bin ich.

Wir schmiegen uns nicht zärtlich aneinander. Es gibt kein langsames, vorsichtiges Herantasten.

Es ist ein heftiges Aufeinanderprallen. Wir sind zwei Autos, die auf dem Highway der Nacht aufeinander zurasen und voll gegeneinanderkrachen.

An alledem ist nichts Behutsames. Gerade küssen wir uns noch nicht, und plötzlich tanzen unsere Zungen Tango miteinander, alles binnen einer halben Nanosekunde. Yeah, eigentlich weiß ich gar nicht, was eine Nanosekunde ist, zugegeben. Jedenfalls geschieht es in Windeseile.

Und jetzt wühlt meine Hand in ihrem Haar, zieht sie heran, während unsere Lippen aufeinanderprallen. Wir küssen uns hart und heftig, befeuert von aufgestautem Verlangen und jeder Menge Wodka und Rum. Ihre Zähne nagen an mir, und ich knurre, liebe ihre Rauheit. Ich sauge brutal an ihrer Unterlippe, und Natalie stößt fast den gleichen Laut aus wie ich eben. Sie ist eine Tigerin, und gemeinsam sind wir Tiere.

Ich packe ihren Kopf fester, und ihre Hände sind überall zugleich – in meinem Haar, auf meinem Brustkorb, an meinen Armen. Wir küssen uns so heftig, dass es beinahe ist, als würden wir uns gegenseitig verschlingen.

Irgendwann löst sie sich ein wenig und flüstert mir atemlos ins Ohr: »Hierauf habe ich so lange gewartet.«

»Nicht so lange wie ich. Und jetzt küss mich bitte wieder«, sage ich, und sie tut wie geheißen.

Meine Hände umfassen ihr Gesicht, aber ich bin nicht sanft, und das möchte sie auch gar nicht. Sie ist kein sanftes Mädchen. Sie ist wild und ungestüm und möchte das Gleiche wie ich. Sie kriecht förmlich in meinen Schoß, während sie sich an mich herandrängt und ihre Titten an mich presst.

Ich sitze auf einem Barhocker, und wir ziehen in aller Öffentlichkeit eine ziemliche Show ab. Doch es ist mir egal.

Meine Zunge erkundet jeden Winkel ihres Mundes und schmeckt den Wodka und das Tonic, aber vor allem schmeckt sie *Natalie*. Sie wimmert und stöhnt, und ich inhaliere jeden der sexy Laute, die sie von sich gibt.

Der Hocker gehört uns. Die Bar gehört uns. Die Nacht gehört diesem Kuss, denn es ist kein Anfängerkuss. Er zeigt ganz klar die Richtung auf, wohin all das führen wird.

Ich weiß mit absoluter Gewissheit, was für eine Art Kuss dies ist.

Während ich ihren Mund erkunde und sie das Gleiche bei mir tut, weiß ich, dass ich Natalie heute Nacht vögeln werde.

***

Irgendwie gelingt es uns, die Bar zu verlassen. Ich zahle die Rechnung, während Natalie ihre Handtasche und das Handy nimmt, und dann stolpern wir nach draußen in den riesigen Schlund des New York-New York.

»So laufen die Dinge also in Vegas.« Sie schaut einladend drein, ihre Stimme klingt anrüchig, und sie wiegt im Gehen die Hüften. »Kommt als Nächstes die Achterbahn?«

»Na logisch«, sage ich. »Fahren wir eine Runde. Wir kosten jede Sekunde in dieser Stadt bis aufs Letzte aus.«

Was ich nicht sage, ist, dass wir am Montag wieder zur Normalität zurückkehren werden. Zur Arbeit. Alles, was über die heutige Nacht hinausginge, wäre zu riskant, aber ich möchte jetzt keine Grundregeln aufstellen. Ich möchte im Hier und Jetzt bleiben. Außerdem ruft der Wodka meinem Hirn zu … *Wen kümmert schon der Montag?*

»Wir machen alles«, sage ich stattdessen, denn es ergibt viel mehr Sinn, als an die Konsequenzen zu denken.

»Gut.« Sie packt den Halsausschnitt meines schwarzen T-Shirts, als wir vor Nathan's Famous Hot Dogs stehen bleiben, wo die Leute sich Käsesteaks und unterarmlange Wurstbrötchen hinter die Kiemen schieben. »Ich liebe es nämlich, Achterbahn zu fahren«, sagt sie und reibt sich im hellen Licht des Casino-Vorraums an mir; das *Pling-pling-pling* eines nahen Spielautomaten, der Münzen ausspuckt, klingt uns in den

Ohren – dazu die Geräusche der sich drehenden Roulettekessel.

Ich packe ihre Hüften und drücke mich an sie, damit sie die volle Länge meiner Hammer-Erektion spürt. Sie seufzt auf, dann entfleucht ein lautes Stöhnen ihren Lippen. Ihre Reaktion ist unbezahlbar, absolut perfekt. »Wie sehr stehst du denn auf Achterbahnen?«

»Wart's ab, bis du mich schreien hörst, wenn es runtergeht. Dann weißt du es.«

Ich hebe eine Augenbraue. »Schatz, es wird gleich die Fahrt deines Lebens.«

Irgendwie schaffen wir es, uns voneinander zu lösen.

Wir folgen den Schildern zur Achterbahn, bleiben aber immer wieder stehen, um zu knutschen. Ich drücke sie an die Wand und küsse ihren Hals, reibe mit meinen Bartstoppeln über ihre zarte Haut. Sie stöhnt auf, und die Laute machen mich verrückt. Ich will mehr davon, möchte sie stöhnen und wimmern hören, wieder und wieder und wieder. Ich kriege einfach nicht genug von ihr.

Es gelingt uns, die dreißig Meter zur Rolltreppe zurückzulegen, dann geht es hinauf zur Arkade und dem Eingang zur Achterbahn.

Aber ich muss Natalie wieder spüren, also wirbele ich sie zu mir herum, schiebe sie an die Wand, presse meinen Körper an ihren und küsse sie voll gieriger Leidenschaft. Als ich aufhöre sie zu küssen, lasse ich meine Lippen über ihr Ohrläppchen gleiten und beiße hinein. Sie stöhnt auf. »Ich bin so was von scharf auf dich«, sage ich.

»Gott, und ich erst. In deiner Nähe zu sein ist reinste Folter. Ich verzehre mich schon seit Langem danach, dich anzufassen. Ich habe meiner Schwester gesagt, dass ich unmöglich mit dir nach Vegas fliegen kann, ohne dass hier etwas zwischen uns läuft.« Sie sagt es in einem atemlosen Wortschwall, und vielleicht verleitet der Alkohol sie zu dem Geständnis, aber das ist völlig okay, denn ich habe ja auch einen sitzen. Aber trotzdem ergibt der kurze Teil der SMS, auf den ich vorhin einen Blick erhascht habe, nun einen Sinn – so betrunken bin ich nun auch wieder nicht.

Es steht also fest – sie hat ihrer Schwester etwas über mich geschrieben. Ihr mitgeteilt, dass es die reinste Folter sei, in meiner Nähe zu sein. Und Charlotte hat geantwortet, dass sie gewusst habe, was Natalie in Vegas mit mir würde treiben wollen. Und fuck, wenn mich das nicht antörnt …

All meine Gründe, ihr zu widerstehen, haben sich in Luft aufgelöst. Mein Prinzip, Arbeit und Vergnügen auseinanderzuhalten, ist zu Staub zerfallen. Aber das hier ist eine einmalige Sache, eine Ausnahme von der eisernen Regel, und ich hoffe, dass es morgen nicht peinlich wird zwischen uns. Aber verdammt, ich kann nur an *jetzt* denken. Morgen hebe ich mir für morgen auf.

Wir gehen an den hellen Lichtern und blinkenden Bildschirmen der Arkade entlang und stellen uns in die Warteschlange an der Achterbahn. Nur wenige Leute sind vor uns. Wir werden uns nicht lange gedulden müssen, aber ich möchte, dass die Wartezeit ein Vorspiel für sie wird. Ich reiße sie an mich, ihr Rücken an meiner Brust, ihr Hintern an meinem Schwanz.

Sie lehnt sich an meine Schulter, wendet den Kopf, legt den Mund an meinen Hals und schnurrt meinen Namen.

Ich raune ihr »Natalie« ins Ohr, und die Art, wie ich die drei Silben ausspreche, scheint sie anzumachen. Sie presst sich an mich, reibt ihren Hintern an mir. Eigentlich gehören wir verhaftet wegen Erregung öffentlichen Ärgernisses, aber erstaunlicherweise sagt niemand etwas.

Vegas, Baby. Ich liebe diese Stadt.

Meine Finger spielen am Bündchen ihres Rocks. »Sag mir, wie sehr du es willst. Ich will es von dir hören.«

»Du meinst, wie sehr ich Achterbahn fahren möchte?«

Ich packe sie fester an den Hüften. »Nein, wie sehr du heute Nacht mit mir vögeln willst.«

Sie dreht sich um, sieht mich aus ihren blauen Augen an. Zuerst sagt sie nichts, mustert mich nur. Vor Verlangen verdunkelt sich ihr Blick, während sie mich so anstarrt. »Wyatt Hammer, weißt du das nicht?«

»Weiß ich was nicht?«, frage ich mit belegter Stimme.

Jedes ihrer Worte trieft vor Begehren. »Ich verzehre mich nach dir.«

Ich habe noch nie fünf Wörter gehört, die nacheinander ausgesprochen so geil klingen. Obwohl wir nicht allein sind, könnte es gut und gern sein, dass wir die einzigen Menschen auf der Welt sind. Ich bringe meine Lippen an ihre, und zum ersten Mal an diesem Abend küsse ich sie zärtlich. Es dauert zwei, drei Sekunden, ehe ich flüstere: »Du bringst mich um, Nat.«

Dann sind wir an der Reihe, und wir lassen voneinander ab. Wir folgen unserer Gruppe zum Einstieg, wo aneinandergereiht mehrere gelbe Wagen stehen, die wie Taxis designt sind.

Ich gehe kein Risiko ein. Ich nehme ihre Hand und führe sie zielbewusst zum letzten Wagen. Sie setzt sich als Erste hinein, und dabei rutscht ihr der Rock ein paar Zentimeter die Schenkel hoch und offenbart mehr von ihrer glatten Haut.

Sobald ich neben ihr sitze, ist meine Hand auf einer Mission. Während sich die Wagen vor uns füllen, verschwinden meine Finger unter ihrem Rock, schieben sich zwischen ihre Schenkel und erreichen ihr Höschen. Ihr feuchtes Höschen.

Und gleiten in sie hinein.

»Oh Gott«, entfährt es ihr.

Und mir bleiben zwei Minuten und fünfundvierzig Sekunden, sie dazu zu bringen, diese beiden Worte zu wiederholen. Aber lauter, viel lauter.

9. Kapitel

Sie spreizt die Beine, so weit sie kann, was nicht viel ist angesichts der Enge im Wagen und des Schoßbügels, der uns mehr oder weniger auf der Sitzbank fixiert.

Aber mir genügt es.

Sie ist feucht und weich und so verdammt seidig. Mir wird der Mund wässrig, weil ich wette, dass sie köstlich schmeckt. Der Wagen setzt sich rumpelnd in Bewegung, während meine Finger über diese geile Nässe streichen. Wir schauen geradeaus und haben keine Bewegungsfreiheit, aber ich brauche nur meine Hand und meine Sprache. Selbst in dem Schultergestänge kann ich ihr mein Gesicht zuwenden, mein Mund an ihrem Ohr, während wir langsam emporsteigen. »Du hast nicht gelogen, Nat«, sage ich, während mein Finger über ihre köstlich geschwollene Klit gleitet.

»Worüber … hätte … ich … gelogen haben sollen?«, stammelt sie.

»Über das süße Foltergefühl, wenn wir zusammen sind. Es ist wahrlich eine süße Folter.«

Sie schüttelt den Kopf und stößt scharf den Atem aus. »Es war nicht gelogen. Ich war einfach nur dauerscharf.«

»Das merke ich. Meine Finger sind klitschnass«, sage ich und massiere ihre Klit intensiver. Sie pocht förmlich unter meiner Fingerspitze.

Kühle Nachtluft empfängt uns, als es plötzlich steil nach

oben geht. Gänge ächzen, Metall schleift über Metall, während der Wagen unaufhaltsam in die Höhe steigt. Es kommt mir vor, als säßen wir im Fünfundvierzig-Grad-Winkel in unseren Sitzen. Verdammt, vielleicht tun wir es sogar. Irgendwie funktioniert es für uns. Natalie windet sich während des Aufstiegs und drückt sich gegen meine Finger.

Ich massiere ihre Pussy, ihre Klit, werde schneller, fordernder. Ich sehe, wie Natalie mit beiden Händen den Schoßbügel umfasst, als hinge ihr Leben davon ab; sie hebt mir den Unterleib entgegen, damit ich sie besser erreiche, und wird mit jeder Sekunde nasser.

Irgendwo vor uns erschallen Schreie der Vorfreude auf unsere erste große Sturzfahrt.

Aber in unserem Wagen läuft ein anderes Spiel, denn mit rauer Stimme flüstere ich ihr ins Ohr: »Ich möchte, dass du so was von heftig kommst.«

»Oh Gott, bitte, ja, das möchte ich auch«, wimmert sie und presst sich gegen meine Finger.

Wir erreichen den Gipfelpunkt, und ich schiebe ihr zwei Finger hinein. Sie ist eng und heiß und presst sich gegen mich. Sie senkt den Kopf – um ihr Gestöhne zu verbergen, nehme ich an, doch eigentlich ist es unnötig. Wir sind in sechzig Metern Höhe, und ihr Stöhnen vermischt sich mit der Soundkulisse aus Geschrei und Gejohle und dem Knarren der Räder auf den Schienen.

Wir erreichen die Spitze, ganz Vegas liegt vor uns ausgebreitet da. Dann plötzlich kippen wir nach vorn und stürzen in die Tiefe.

Sie stößt einen lauten, wilden aufgeregten Schrei aus. »Oh, mein Gott, ja! Genau so!«

»Heilige Scheiße!« Ich stimme in ihren Schrei ein, während unser Wagen mit Lichtgeschwindigkeit durch die Nacht rast und Natalie meine Finger fickt. Sie steht voll unter Strom, und ich weiß, dass sie gleich so weit ist und dass mich nichts auf der Welt davon abhalten kann, sie zum Höhepunkt zu bringen.

Gleichermaßen geil wie entschlossen, bearbeite ich sie von innen mit zwei Fingern, während ich mit dem dritten ihre gierige Klit reibe. Wild, wie sie ist, gelingt es ihr, in dem beengten Raum die Hüften nach oben zu stoßen, damit meine Finger noch tiefer in sie eindringen. Sie ist genauso entschlossen wie ich. Das Bedürfnis, unbedingt kommen zu wollen, steht ihr ins Gesicht geschrieben, ihre Augen sind fest zugekniffen.

Ich konzentriere mich nun auf ihre Klit, während sie mich nahezu flehentlich bittet, um Gottes willen nicht aufzuhören. Als ob ich auch nur daran denken könnte, jetzt einfach aufzuhören.

Das Geschrei der anderen Mitfahrer erfüllt die Luft, während wir durch den Korkenzieherabschnitt der Strecke brausen und dann in den Looping hineinrasen. Ich bin so ein geiler Sack, aber auch ein glücklicher geiler Sack, denn gleich habe ich sie so weit, dem perfekten O nach zu urteilen, das ihr Mund bildet, während sie ihr Becken gegen meine Hand drückt. Dann kreischt sie, doch es ist nicht aus der ermutigenden *Du-hast-es-fast-geschafft-mach-weiter-*Abteilung. Es ist ein ausgewachsener Orgasmus, genau als wir kopfüber in der Luft hängen. »Oh Gott! Oh Gott! Oh ja, ja! Oh Gott!« Ihre Pussy schließt sich fest um meine Finger, als sie schaudernd kommt.

Sie stößt wilde Schreie aus, erst wegen ihres Orgasmus, dann, während wir durch den Rest der Strecke fliegen, wegen der aufregenden Fahrt.

Als wir kurz darauf langsamer werden und in die Station hineinrattern, beugt sie sich zu mir, verabreicht mit ein Dutzend Küsse auf den Hals und knabbert an meinem Ohrläppchen. »Ich kann nicht glauben, was wir getan haben«, flüstert sie. »Es war verrückt. Aber verrückt gut.«

»Kannst du laut sagen«, erwidere ich.

Yeah, ein schlimmer Finger zu sein ist schon etwas Geiles.

Als der Wagen anhält und der Schoßbügel hochklappt, reiche ich ihr die Hand und helfe ihr hinaus. Das Pärchen vor uns wendet sich um; es sind die beiden mit den identischen Hawaii-Hemden. Die Frau zwinkert Natalie zu, mir zeigt sie den erhobenen Daumen.

Verlegen verbirgt Natalie das Gesicht an meiner Schulter, aber ich spiele mit, winke den beiden locker zu. »Ein bisschen Spaß muss sein«, sage ich.

»So viel steht schon mal fest«, entgegnet der Mann mit einem stolzen Unterton in der Stimme, als hätte auch er schon ein ähnliches Kunststück während einer Achterbahnfahrt vollbracht.

Als wir wieder drinnen sind, zieht Natalie mich heran und schlingt mir ihre Arme um den Hals. Sie sagt nichts, grinst mich nur schief an. »Hi.«

»Hallöchen.«

»Das war …« Sie verstummt. Vielleicht findet sie nicht die richtigen Worte, aber ihre rosigen Wangen und das zufriedene Glitzern in ihren blauen Augen genügen mir.

»Interessant?«, schlage ich vor.

»Aber so was von …«

»Ich wette, es wird noch interessanter.«

Wir gehen ein Stück, dann bleibt sie plötzlich abrupt stehen. »Schau mal!«

Ich folge ihrem Blick und lächle, als ich auf dem Bildschirm hinterm Fototresen ein Bild von uns sehe. »Deine Lippen bilden ein perfektes O. Was wir da wohl gerade gemacht haben?«

Sie knufft mich in die Schulter. Ich fische einen Zwanziger aus meiner Brieftasche und deute an der Frau hinterm Tresen vorbei. »Nummer sechzehn, bitte«, sage ich und zwinkere Natalie zu. Sie schlägt sich die Hand an die Stirn. »Sechzehn ist so eine süße Zahl.«

Die Frau am Fototresen, eine Brünette mit Zöpfen und roter Brille, lächelt fröhlich. »Das stimmt. Das Foto ist ruckzuck fertig. Der Ausdruck dauert fünfundvierzig Sekunden, dazu gibt es einen Papprahmen. Möchten Sie es gern laminiert haben?«

Ich gebe vor, darüber nachzudenken. »Hmm. Was meinst du, Nat? Sollen wir den Moment laminieren lassen, als du …«

Sie hebt das Gesicht. Ihre Augen funkeln. »Nein, vielen Dank«, sagt sie zu der Frau. »Ein Papprahmen genügt.«

Wir bekommen eine Tüte, in der zwei Nahaufnahmen von Natalie und mir liegen, als wir schreiend auf den Schienen in die Tiefe stürzten. Während wir weitergehen, sehe ich mir die Fotos an. »Wir können uns aber nicht ganz sicher sein, dass es genau der Moment war, als du gekommen bist«, sinniere ich und zeige ihr das Foto.

Sie wirft mir einen Seitenblick zu. »Ist aber dicht dran.«

»Schon, aber das genügt nicht. Ich meine, woher wollen wir wissen, dass es wirklich der Moment des Triumphes war? Sollen wir es noch mal machen, um ganz sicher zu sein?«

Sie verdreht die Augen. »Musstest du das wirklich kaufen, nur um dich über mich lustig zu machen?«

Ich bleibe stehen, packe sie am Arm. »Über Orgasmen mache ich mich nie lustig. Es ist mir wichtig, dass du auf deine Kosten kommst.«

»Ich weiß«, flüstert sie.

»Wenn du möchtest, werfe ich die Fotos weg.«

Sie zeigt sich versöhnlich. »Ich wollte nicht zu hart mit dir sein. Sorry.«

»Zu hart?«, sage ich und blicke an mir herab auf das Eisenrohr in meiner Hose. »Das bin ich doch schon seit einer ganzen Weile, Schatz.«

»Du bist der König der Anspielungen.«

»Und du die Königin des O-Gesichts beim Achterbahnfahren. Aber im Ernst, das Foto kriegt niemand zu sehen, wenn du es nicht möchtest.«

»Würdest du es wirklich herumzeigen? Guck doch mal, wie wir darauf aussehen. Wie zwei kreischende Vollidioten.« Sie nimmt es mir aus der Hand und hält es mir hin, dann macht sie unsere Gesichtsausdrücke nach – Augen aufgerissen, Münder offen, kreischend, während der Wagen in die Tiefe rauscht.

Ich zucke mit den Schultern. »Nenn mich verrückt, aber mir gefällt es. Ich werde es behalten.«

Dann packe ich ihren Rockbund und ziehe sie zu mir heran, während wir durch die Arkade schlendern. »Du siehst nämlich hammerscharf aus, wenn du kommst, und wenn du gerade nicht kommst, siehst du auch hammerscharf aus, okay?«

Sie wirft mir einen strahlenden Blick zu, der mir beinahe den Boden unter den Füßen wegzieht, dann sagt sie: »Dank dir.« Und fügt gleich darauf hinzu: »Übrigens habe ich dir ein Geschenk mitgebracht. Ich habe es noch in Manhattan für dich gekauft.«

Jetzt bin ich aber gespannt.

Sie wühlt in ihrer Handtasche herum, fischt etwas heraus und drückt es mir in die Hand. Die Folienverpackung und der Gummiring lassen einen Hitzeschwall durch meinen Körper rasen.

»Ganz schön vermessen von dir.«

Sie zuckt mit den Schultern. »Aber liege ich falsch?«

10. Kapitel

Ich bin ein Mann, der im Moment nur eines im Sinn hat.

Da wir nicht in diesem Hotel wohnen und da ich diese Frau so brauche wie den nächsten Atemzug … mache ich mich auf die Suche nach einer Ausweichmöglichkeit.

Mit ihrer Hand in meiner gehe ich zielbewusst durch die Arkade, halte in alle Richtungen Ausschau. Vielleicht gibt es hier irgendwo eine Toilette. Oder eine stille Ecke. Oder einen Fotoautomaten. Ich habe diese Dinger immer für unterbewertete verborgene Kleinode gehalten, in denen man in aller Öffentlichkeit so einiges anstellen kann und obendrein ein Souvenirfoto erhält.

In der Nähe des Arkadenausgangs erblicke ich dann einen schwarzen Samtvorhang, der mir äußerst vielversprechend erscheint. Man weiß nie, was sich hinter einem Vorhang verbirgt.

Möglicherweise ausreichend Privatsphäre.

Ich hebe ihn an und sehe, dass sich dahinter eine Art Abstellraum befindet. Darin stehen alte Flipperautomaten und ausgediente Arkadenspiele.

Ich lasse den schweren Stoff hinter uns herabfallen. »Nein, du liegst nicht falsch«, sage ich und küsse sie erneut. Ihre Lippen schmecken nicht mehr so sehr nach Wodka, aber der Nachgeschmack ist noch da und erinnert mich, dass ihre Kühnheit von Bacardi und Belvedere befeuert wird.

Aber das ist okay. Ohne den flüssigen Mut, den ich mir angetrunken habe, wäre ich jetzt nicht hier und würde meine sexy Assistentin gewiss nicht auf einen kaputten Metallica-Flipper heben.

Binnen Sekunden verschwinden ihre Hände unter meinem T-Shirt. »Hierauf warte ich schon so lange.«

»Ja?«, sage ich und will mehr hören, denn ihre Worte machen mich total an.

Ihre Finger spielen mit den Furchen zwischen meinen Bauchmuskeln. Ich schaudere unter ihrer Berührung.

»Manchmal, wenn du ins Büro kommst, checke ich dich ab«, sagt sie mit leiser sexy Stimme.

»Was, meine Frisur?«, entgegne ich grinsend. »Checkst du ab, ob mein Haar gut liegt?«

Sie beugt sich vor und beißt mir ins Kinn. »Nein, deinen Schwanz, Wyatt.«

Meine Haut kribbelt, als ich ihr die Beine spreize. »Du Perverse.«

»Ich schaue auf deine Arme und deine Taille, und dann kann ich nicht anders, als auf deinen Schwanz zu starren. Weißt du, dass du bei der Arbeit manchmal eine Erektion hast?«

Ich lache laut. »Warum wohl? Könnte es möglicherweise irgendetwas mit dir zu tun haben? Oder meinst du, es liegt an dem sexy Schreibtisch, an dem du sitzt?«

Sie kichert. »Wenn du mich angesehen hast, wusste ich, dass du mit mir vögeln willst. Ich habe dich genauso angesehen und konnte nur daran denken, wie *gut bestückt* du bist.« Sie wackelt mit den Augenbrauen und kichert lauter. »Mein Gott, es klingt wie in einem Siebzigerjahreporno, oder?«

»Wusstest du, dass ich in Pornos im Siebzigerjahrestil mitgespielt habe?«

Sie streicht mir mit dem Zeigefinger über die Oberlippe. »Hast du dabei einen Schnurrbart getragen?«

Ich nicke. »Klar. Und eine superenge Jeans mit Schlag. Besonders wenn ich den Bademeister oder den Pizzaboten gespielt habe.«

Sie summt anerkennend. »Vielleicht bringst du ja irgendwann mal deine VHS-Sammlung zu mir, und dann sehen wir uns deine besten Szenen an. Haben sie dich ›Well Hung‹ genannt, ›Gut Bestückt‹?«

»Sie haben mich nicht nur so genannt, ich hatte eine ganze Serie unter diesem Namen.« Ich senke meine Stimme zu einem Flüstern. »Aber ehrlich, Natalie, es sind alles Betamax-Videos. Sieh zu, dass du für unseren Filmabend ein Betamax-Gerät am Start hast, okay?«

Ich ziehe sie an den Rand des Flippers und lege ihre Hände an meinen Hosenbund. Schluss mit den Witzen, jetzt wird es ernst. »Und im Büro hast du dir ständig vorgestellt, wie es wäre, deine Hände um meinen Schwanz zu legen?«

Sie nickt, ihre Augen glänzen vor Verlangen. »Manchmal habe ich mich auf dem Heimweg gefragt, wie es wohl wäre, deine Jeans aufzuknöpfen, meine Hand in deine Boxershorts zu schieben und ihn anzufassen.«

Allmächtiger! Ein Flächenbrand entzündet sich in meinen Adern, breitet sich in meinem Blut aus und macht mich geiler, als ich je im Leben gewesen bin.

»Dann finde es heraus«, sage ich, schiebe ihre Hände zum Knopf, mache ihn auf und führe ihre Finger am Reißverschluss hinunter. »Tu es. Fass meinen Schwanz an.«

Ihre Augen sind hungrig, als würde gleich ihre größte Fantasie wahr werden. Für mich gilt das Gleiche. Gleich werde ich meine Natalie vögeln.

Ich streife meine Boxershorts hinunter, und als mein Schwanz herausspringt, reißt Natalie die Augen auf. Ihr fällt die Kinnlade herunter. »Ich hatte recht«, flüstert sie ehrfürchtig, dann öffnet sie die Beine noch weiter und legt ihre zarte Hand um meinen langen, prallen Schwanz.

Ich stoße einen Zischlaut aus ob des köstlichen Feuers, das ihre Berührung in mir entfacht. Ihre Hand gleitet an mir auf und ab, und ich spreize ihre Beine noch weiter. Der Ausdruck in ihren Augen wäre bestes Fotomaterial. Ich werde mich ewig daran erinnern. Ihre Iriden sind verhangen vor Lust, und sie starrt sehnsüchtig auf meinen Schwanz, während sie ihn unablässig bearbeitet.

Sie umfasst ihn, als würde sie ihn abmessen, als würde sie ihn in der Hand wiegen, und ich weiß, dass sie mehr als zufrieden ist. Es mag eingebildet klingen, aber ich meine es nicht so. Wenn sie zufrieden ist, dann nur, weil wir zugegeben haben, dass wir einander beide mit der gleichen Inbrunst wollen, dass wir uns beide nach dem anderen auf die gleiche versaute Art verzehren. Und dieses Wissen ist es, was das Ganze um so geiler macht – so unendlich geil.

Sie drückt meinen Schwanz zusammen, dann reibt sie ihn weiter oben und streicht mit der Fingerspitze über die Eichel. Ich lehne mich zurück, spüre, wie es in mir rumort. »Fuck, Natalie. Ich muss in dir drin sein. Und zwar auf der Stelle.«

Sie reißt die Verpackung auf und gibt mir das Kondom, und zehn Sekunden später ist mein Fleischdolch in Gummi gehüllt und bereit für Action. Ich ziehe sie näher zu mir heran, positioniere meinen Schwanz an ihrer Pussy und dringe in sie ein. In dem Moment, als er mit ihrer heißen Nässe in Kontakt kommt, schaltet mein Hirn ab, und ich bestehe nur noch aus *Gefühl*.

Es ist eine Vielzahl berauschender Empfindungen. Die heiße Enge. Die seidige Nässe, die es mir so verdammt leicht macht, in sie hineinzugleiten. Die perfekte Passform ihrer Muschi. Das Gefühl, dass mein ganzer Körper vibriert, unter Strom steht – ja, genauso soll ein erstes Mal sein.

Es ist überwältigend.

Unsere Blicke treffen sich, und die Geilheit steigert sich in überirdische Regionen. Es ist dermaßen intensiv, wie wir uns ansehen, die knisternde Verbindung zwischen uns.

»Du bist …« Ich weiß nicht, was ich zu sagen versuche.

»Du auch …«

Meine Haut brutzelt vom Kopf bis zu den Zehen. Die Härchen an meinen Armen stehen zu Berge. Fuck, sogar meine Nippel sind hart. Sie schlingt die Beine um mich, hakt die Fußknöchel ein, zieht mich tiefer in sie hinein. Ich fülle sie vollständig aus, stecke bis zum Anschlag in ihr, und ich glaube nicht, dass mein Schwanz jemals an einem schöneren Ort war als diesem. Ihre Arme hat sie mir um den Hals geschlungen, ihre Hüften halte ich fest gepackt. In dieser Position ficke ich sie.

Es ist kein langsames zärtliches Liebemachen, was wir hier treiben. Es ist ein harter eiliger Fick. Wir könnten erwischt werden. Wir könnten verhaftet werden. Wir könnten gesehen werden. Dringlichkeit erfüllt die Luft.

Gerade noch bin ich tief in ihr, und im nächsten Moment ziehe ich ihn weit zurück, aber nur, um gleich wieder mit aller Kraft zuzustoßen, und ihr Stöhnen und Ächzen sagen mir, dass ihr der Rhythmus gefällt. Sie mag dieses Wettrennen. Sie mag die Aufregung. Sie fährt voll darauf ab, wie gut unsere Körper zusammenpassen – ich merke es daran, wie sie mir die Hüften entgegenhebt, um mich wieder in sie hineinzuziehen.

Gott, wie ich auf das alles hier abfahre! Ich wünschte, ich könnte es im Einzelnen erklären, könnte sagen, es sei die Art, wie ich meine Hüften vorschnellen lasse oder wie Natalie ihre süße enge Pussy an meinem Schwanz reibt. Aber nein, es ist das alles und noch viel mehr. Es ist überirdisch gut, weil ich sie so sehr wollte, und nun habe ich sie. Und es ist besser, als ich mir je hätte träumen lassen.

»Es fühlt sich so gut an.«

»Unfassbar gut.«

»Du bist so unfassbar feucht.«

»Und du unfassbar hart.«

Ich lache leicht, während ich erneut zustoße. »Die grundlegenden Dinge haben wir wohl drauf.«

Auch sie lacht, was mich – unglaublicherweise – noch mehr anmacht; wie *locker* wir immer noch reden können. Miteinander zu vögeln hat nichts zwischen uns verändert. Wir sind immer noch dieselben Menschen.

»Meinst du, du kannst noch mal kommen?« Ich möchte nicht vermessen sein. Vielleicht zählt sie ja zur Ein-Orgasmus-und-das-war's-Kategorie.

»Oh Gott, i…ich hoffe«, stammelt sie. »Glaubst du, du kannst mich dorthin bringen?«

Ich stehe auf Herausforderungen. »Denke schon«, sage ich und schiebe meine Hand zwischen uns, um mit dem Daumen ihre Klit zu massieren, während ich rhythmisch in sie hineinstoße.

»Oh Gott«, keucht sie und schiebt ihre Hände unter mein T-Shirt und krallt mir die Finger in den Rücken. »Ja, ja, ja«, wimmert sie mir ins Ohr, feuert mich an.

Ich ficke sie und massiere ihre Klit, bin voll auf sie konzentriert. Sie ist der Mittelpunkt meiner Welt.

Eine Schweißperle rinnt mir über die Stirn. Natalie hebt das Gesicht, streicht mit den Lippen über meine Augenbrauen und leckt den Schweiß ab. Die Geste versetzt mir einen Stromstoß. Sie stöhnt, und ich spüre, dass ich bald kommen werde und dass es episch wird. Ein wohliger Schauer rast mir über den Rücken und fährt mir in alle Knochen.

»Ich muss dich dorthin bringen«, sage ich und reibe ihre Klit, spüre ihre Nässe am Daumen.

»Ich bin kurz davor, Wyatt, ganz kurz davor. Mach bitte genauso weiter«, bettelt sie, ihre Stimme rau, als hätte sie sich bei einem Rockkonzert oder in der Achterbahn die Seele aus dem Leib geschrien.

Und jetzt wird mir klar, was wir heute Nacht sind. Wir vögeln wie ein Rocksong. Wir sind eine fickende Achterbahn, die sich durch brachiale Steilkurven windet. Wir sind … der Wahnsinn.

Ich ramme meinen Schwanz schnell und hart in sie hinein.

»Ja, so«, stöhnt sie, während ich mit dem Daumen kreisend ihre Klit bearbeite und mein Schwanz ihr Inneres immer besser kennenlernt und ihren G-Punkt erreicht.

Sie kratzt mir mit den Fingernägeln über den Rücken, bohrt die Nägel in meine Haut. Heilige Scheiße. Ich halte es kaum noch aus, will mich vollends gehen lassen.

Aber zuerst kommt sie. Sie explodiert mit einem Urknall, windet sich, zuckt unter mir. »Oh Gott, oh Gott, oh Gott!«, stößt sie aus und birgt das Gesicht an meiner Schulter, dämpft ihr Gestöhne.

Aber ich kann sie hören – ihr sexy Gemurmel, ihre unablässigen Lustlaute und wie sie wieder und wieder meinen Namen flüstert.

Es ist wie der Refrain des besagten Rocksongs.

Und während der Refrain läuft, bin plötzlich auch ich so weit. Meine Eier ziehen sich zusammen, mein Nacken wird steif, und ich stöhne auf. Ich mache mehr Lärm, als ich möchte, kann das Gestammel, das mir über die Lippen kommt, nicht kontrollieren. »Ich komme gleich«, warne ich sie, und die Wörter verwandeln sich in ein animalisches Grunzen, während ich ein letztes Mal zustoße und tief in Natalie abspritze, sie auf einem ausrangierten Flipper-Automaten in einem Lagerraum in einem Hotel in Vegas.

Ich keuche und hechle wie ein Marathonläufer, der im Ziel fix und fertig zusammenbricht. Natalie klammert sich an mir fest. Der Nachhall meines Höhepunkts summt mir in den Knochen. Verdammt, was für eine geile Nacht! Und sie fängt gerade erst an.

»Du gehörst zur lauten Sorte«, sagt sie lächelnd.

Ich zucke mit den Schultern. »Laut ist gut.«

Sie nickt. »Stimmt.« Sie seufzt zufrieden und spielt mit meinem Haar. »Wir sind perfekt zusammen«, sagt sie leise, und ihre Worte bringen irgendwo in meinem Innern eine Saite zum Klingen. Sie fühlen sich richtig an. Sie sind wahr.

»Ja, das sind wir«, erwidere ich. »Und wir sind noch lange nicht fertig heute Nacht.«

»Das will ich doch hoffen«, sagt sie und lächelt mich an. »Was steht bei Wyatts und Natalies Vegas-Erkundung als Nächstes auf dem Programm?«

Ich fasse mir ans Kinn, überlege. Dann habe ich eine Idee. »Ich muss dir etwas völlig Abgefahrenes zeigen.«

11. Kapitel

Auf dem Weg aus dem Hotel genehmigen wir uns noch eine Doppelrunde Tequila-Shots, die die Nacht weiterhin glitzern lassen und einen magischen Es-wird-immer-nur-besser-und-besser-Glanz über sie legen.

Doch es ist nicht nur der sanfte Geschmack des Casa Noble, der mich so beschwingt. Vor allem ist es Natalies Hand in meiner Potasche, während wir das New York-New York verlassen. Es ist die Art, wie sie an meinem Hintern herumtätschelt, während wir den Strip entlangschlendern. Wie sie mir mit der anderen Hand durchs Haar fährt, während wir uns unterhalten.

Sie kann nicht die Finger von mir lassen, und es ist fantastisch. »Du bist aber eine Fummlerin«, sage ich zu ihr, als wir an einem belebten Zebrastreifen stehen bleiben, wo eine Touristenhorde die Stadt der Sünde begafft.

Sie streicht mir über das T-Shirt und erwidert: »Ich habe den Eindruck, dass dir mein Gefummel gefällt ...«

»Da liegst du absolut richtig.« Ich schiebe ihre Hände über meine Bauchmuskeln hinunter zur Jeans.

Als wir den Springbrunnen vor dem Bellagio erreichen, fühle ich mich derart extrem von ihr angetörnt, dass ich fast ein wenig dankbar bin, dass wir noch andere Dinge zu tun haben, als uns anzufassen. Falls sie so weitermacht wie bisher, könnte es sein, dass ich in einigen Minuten wegen Erregung öffentlichen Ärgernisses verhaftet werde.

Gutes Benehmen wird absolut überbewertet.

Mit einer ausholenden Armbewegung deute ich auf den künstlichen See. »Ich glaube, der stand auf deiner Liste der Dinge, die du sehen wolltest.«

Sie legt die Hände auf das Geländer und wippt auf den Fußballen, während sie auf den Beginn der Wassershow wartet. »Das wollte ich immer sehen, seit ich mal ein Buch gelesen habe, in dem der Held es der Heldin während des Spektakels hier am Geländer besorgt.«

Tja, das ist wenig hilfreich für die Situation südlich meiner Gürtellinie. »Möchtest du mir damit etwas sagen, Fummlerin?«

Sie lacht lauter als sonst und hebt zwei Finger. »Ich bin schon zwei Mal gekommen. Das dritte Mal hebe ich mir für nachher auf.« Einen Moment lang ist sie ganz in Gedanken. »Wo ich gerade dabei bin, in den Büchern der Autorin gibt es viele Szenen, die hier spielen.«

»Vielleicht hat es ihr der Bellagio-Brunnen besonders angetan«, sage ich, als die Lichter über die Wasseroberfläche streichen und der See sein nächtliches Ballett beginnt.

Natalie beobachtet, wie die glitzernden Fontänen in die Luft emporschießen. Sie seufzt glücklich und mit einer entspannten Zufriedenheit, die nur die Mischung aus befriedigendem Sex und hochprozentigem Alkohol zu erzeugen vermag. »Ich verstehe, warum es der Autorin so gefällt.« Sie wendet sich mir zu und klingt sexy und neugierig, als sie mich fragt: »Was gefällt *dir* so richtig?«

»Du meinst, genug, um darüber ein Buch zu schreiben?«

»Genau.«

»Burger. Bier. Scharfes Essen. Aber das weißt du schon«, sage ich und kneife ihr in den Hintern, einfach weil ich es kann. Sie kichert, und ich fahre fort. »Ich mag Sport und sehe mir gern Spiele der Yankees an. Für ein Tierheim führe ich Vierbeiner Gassi und helfe dabei, dass sie ein neues Zuhause finden. Ich interessiere mich für abgefahrene Fakten über Tiere. Und ich koche so oft ich kann selbst.«

Ein breites Grinsen breitet sich auf ihrem Gesicht aus. »Du kochst?«

Ich recke das Kinn. »Warum erstaunt dich das so? Ich habe viele Talente. Ich werde dir zeigen, wie man mit Grill und Bratpfanne wahre Wunder bewirkt.«

»Ich bin halt ein bisschen überrascht. Ich kenne dich nur mit Hammer und Bohrer und dem sexy Werkzeuggürtel, den du immer trägst«, sagt sie und lässt den Blick über meinen Körper schweifen, sieht mich auf eine Weise an, die mich noch mehr berauscht. »Und jetzt stelle ich mir vor, wie du in der Küche stehst und irgendein scharfes Gericht brutzelst, und da es meine Fantasie ist, hast du einen freien Oberkörper und hältst einen langen Bratenheber in der Hand.«

»In meiner Fantasie trägst du nichts außer einem roten Höschen und High Heels, wenn ich dir das scharfe Gericht serviere.«

Sie schmiegt sich an mich und sagt mit sexy-samtener Stimme: »Ich wette, es ist lecker.«

»Genau wie du«, sage ich und ziehe sie an mich. Wir wenden uns wieder dem Wasser zu und betrachten die Springbrunnen-Choreografie. »Was ist mit dir, Fummlerin? Was gefällt dir so gut, dass du darüber ein Buch schreiben würdest?«

»Außer Ed-Sheeran-Songs?«

Ich schaudere. »Ich tue so, als hätte ich das nicht gehört.« Sie weiß, dass ich den Burschen nicht mag, aber immerhin kann ich würdigen, was er für Heerscharen von Männern getan hat, indem er ihnen musikalisches Gleitmittel in Form seiner Songs zur Verfügung stellte.

Sie summt ein paar Töne aus seinem angesagtesten Lied, dann antwortet sie mir. »Mir gefällt es, wagemutig zu sein. Ich erkunde gern neue Orte, aber auch welche, die ich schon kenne. Mir gefällt es, mich manchmal wie ein Doofkopf aufzuführen und manchmal todernst zu sein. Auch mag ich Pediküre, und ich lackiere mir die Fußnägel gern in unterschiedlichen Farben. Und mir gefällt, dass ich endlich in Manhattan wohnen kann, denn dort habe ich das Gefühl, dass ich alles möglich machen kann, wenn ich mich nur genug anstrenge.«

»Das ist eine schöne Art, New York zu beschreiben.«

»Und Vegas«, fügt sie hinzu und schaut mir wieder in die Augen. »Ich merke, dass es mir hier gefällt.« Sie legt mir eine Hand auf die Brust, behutsam diesmal, nicht die Fummlerin, sondern die süße Natalie. »Sehr sogar.«

Ein Stromstoß durchfährt mich, erfüllt meinen gesamten Körper mit Wärme und Begehren. »Mir auch.« Ich gebe ihr einen zarten Kuss, spüre ihren sanften Atem an den Lippen. »Ich habe mit dir eine superschöne Zeit.«

Für einen kurzen Augenblick sehe ich uns mehr Gespräche wie dieses führen. Ich stelle mir Wettbewerbe mit scharfem Essen vor, stelle mir vor, mit ihr neue Ecken in Manhattan zu erkunden, alle Achterbahnen im Dreistaateneck auszuprobieren und zu schauen, auf wie vielen wir es miteinander treiben werden. Nicht um Kerben in den Bettpfosten ritzen zu können, sondern weil es Spaß machen würde. Das haben Natalie und ich gemeinsam – das unablässige Streben danach, Spaß zu haben. Wir machen gern beide das Beste aus jeder Sekunde.

Allerdings wäre da noch die nicht ganz unerhebliche Tatsache, dass sie meine Angestellte ist.

In meinem berauschten Schädel blitzt eine kurze Vorstellung davon auf, wie es kommenden Montag bei der Arbeit mit ihr sein wird. Aber das Bild verschwindet genauso schnell, wie es kam – denn diese Nacht existiert in ihrer eigenen Blase, und ich habe zu viel Spaß, um an etwas anderes als das Hier und Jetzt zu denken.

Vor uns erreicht das Wasserspektakel seinen Höhepunkt, die glitzernden Fontänen schießen weit in den Nachthimmel empor.

»Hey, lass uns ein Selfie machen«, sagt sie, zieht ihr Smartphone heraus und hebt es vor unsere Gesichter. Ich drücke mich an sie und lege ihr einen Arm um die Schultern. Wir lächeln in die Kamera, umrahmt von einer der schönsten Kulissen in ganz Vegas.

»So, jetzt gehen wir zum Venetian und nehmen die nächste Gondel.« Ich gebe ihr einen Klaps auf den Hintern.

Sie hebt die Augenbrauen. »Das gefällt mir.«

»Du bist so was von interessant, Fummlerin.«

»Warte, bis du meinen Hirtenstab siehst.«

Während wir zum Venetian gehen, lädt sie unser Foto auf ihrer Facebook-Seite hoch. Eine Gruppe von Frauen kommt uns entgegen. Eine von ihnen nippt an einem riesigen Drink, der wie ein übergroßer Messbecher aus dem Chemieunterricht aussieht. Natalie starrt sehnsüchtig darauf, während sie ihr Handy wegsteckt.

»Hattest du schon mal so einen in Vegas?«, frage ich sie.

Sie knufft mich in die Seite. »Du weißt, dass ich so einen noch nicht hatte.«

»Dann müssen wir dich in diesem Bereich auf der Stelle entjungfern.« Als die Gruppe uns erreicht, rufe ich den Frauen zu: »Hey, wo kriegen wir dieses scharfe Gesöff her?«

Die Frau deutet auf einen Straßenstand im nächsten Block, wo wir einen bestellen. Und wie sich herausstellt, ist der Messbecher voll mit gutem Zeug.

Natalie nimmt einen Schluck aus dem rosa Plastikbehälter in Form einer Bong. »Whoa. Hiernach sind wir lattenstramm.«

»Yeah, das Zeug geht direkt ins Hirn. Wahrscheinlich dorthin, wo das Urteilsvermögen sitzt«, scherze ich und summe eine Zeile aus dem Sheeran-Song, den sie vorhin gesungen hat. »Ja, das Zeug geht voll aufs Urteilsvermögen.«

Während wir Arm in Arm an den Shops entlangflanieren, erzählen wir uns versaute Witze, singen Teile aus unseren Lieblingssongs und kommen kaum aus dem Lachen heraus.

»Hey, willst du etwas Lustiges hören?«

»Na sicher.«

»Bei mir auf der Highschool ging das Gerücht um, dass man einen Waschbrettbauch bekommt, wenn man vierundzwanzig Stunden am Stück lacht. Man musste es nur ein einziges Mal hinbekommen, einen ganzen Tag lang lachen, und dann hatte man für den Rest seines Lebens ein Sixpack«, sage ich und deute auf meinen Bauch.

Sie lacht auf, dann streicht sie mir über das T-Shirt. »Und du, hast du diesen Lach-Marathon vollbracht, um den da zu bekommen?«

»Nein, aber wir haben es zu Hause versucht«, gebe ich etwas dümmlich zu.

Jetzt bricht sie endgültig in schallendes Gelächter aus. »Oh, mein Gott. Du bist so was von komisch!«

»Nick und ich wollten uns die lustigsten Fernsehsendungen ansehen, die wir finden konnten, und stießen auf diesen animierten japanischen Cartoon. Eine Viertelstunde lang haben wir uns weggeworfen vor Lachen.« Dann schlinge ich die Arme um sie. »Aber heute Abend habe ich auch jede Menge gelacht, also kriege ich jetzt vielleicht endgültig einen ultraharten Superwaschbrettbauch.«

Sie schüttelt den Kopf. »Dazu wird es nicht kommen.«

Ich verziehe das Gesicht. »Warum nicht?«

»Weil dir das Lachen bald vergehen wird.«

»Wirst du mir etwas Trauriges erzählen?«

Ein weiteres Kopfschütteln. »Nein, das nicht. Aber ich bin sicher, dass du nicht lachen wirst, wenn wir nachher nackt aufeinanderliegen. Du wirst stöhnen und hecheln und diese sexy Laute machen, wenn du meinetwegen die Beherrschung verlierst.«

Die Temperatur in mir erreicht beinahe den Siedepunkt. Ich stöhne tatsächlich ein bisschen, als ich sie dicht zu mir heranziehe.

»Genauso wird es kommen«, schnurrt sie mir sexy ins Ohr.

Ich lege die Hand an ihren Hinterkopf und küsse sie heftigst. Wir beide klingen, als könnten wir voneinander nicht genug kriegen.

Als es uns schließlich gelingt, den Kuss zu beenden, führe ich sie zu einer der Gondeln. Wir nehmen auf der Sitzfläche Platz, während ein Mann in einem gestreiften T-Shirt und mit einem Strohhut mit rotem Band auf dem Kopf eine lange Stange im Wasser versenkt und die Gondel stakend voranbewegt. Arm in Arm sitzen wir da, und plötzlich fange ich an, wieder diesen Sheeran-Song zu summen. Und da wird es mir klar – im nüchternen Zustand würde ich das nie tun. Auch nicht, wenn ich einen sitzen habe.

Das bedeutet, ich habe keinen sitzen.

Ich bin sternhagelvoll.

Und die Welt könnte nicht besser sein.

Offenkundig sehen die Leute in unserer unmittelbaren Umgebung das genauso, denn auf den anderen Gondeln wird geklatscht und gejohlt. Und jetzt sehe ich, warum: Auf dem Boot vor uns ist ein Mann, der eine gebügelte Hose und ein weißes Button-down-Hemd trägt, auf ein Knie gesunken, und eine Brünette hat ihm die Arme um den Hals geschlungen und vergießt Freudentränen, während sie auf den neuen Ring an ihrem Finger schaut. Alle anderen jubeln lautstark, und auch die Leute am Kanalufer johlen, genau wie Natalie.

Sie legt die gewölbten Hände um den Mund. »Woohoo!«

Sie stößt mich an, und das ist mein Einsatzzeichen, mich ebenfalls bemerkbar zu machen, deshalb recke ich eine Faust und rufe: »Glückwunsch! Heirate sie noch heute Nacht!«

Der Mann lacht und macht die Daumen-hoch-Geste. Seine künftige Ehefrau winkt uns zu. Jemand am Ufer befürwortet meinen Vorschlag. »Geht in die A-Little-White-Wedding-Kapelle!«

Auf ihrer Gondel sehen sich der Mann im Button-down-Hemd und seine Lady intensiv an und stecken die Köpfe zusammen, flüstern, scheinen den Vorschlag abzuwägen. Sekunden später breitet er die Arme aus und ruft: »Wir werden noch heute heiraten!«

Der Jubel explodiert, und es klingt, als ob dein Lieblingsbaseballspieler soeben einen astreinen Homerun hingelegt hätte, mit dem er das Spiel entschieden hat. Natalie johlt am lautesten, und sie packt meinen Arm, während sie freudig ruft: »Sie gehen zur Kapelle und lassen sich trauen …« Sie packt mich an der Schulter. »Weil du sie davon überzeugt hast, sich noch heute das Jawort zu geben.«

»Wenn man in Vegas ist …«, sage ich und verstumme, während sich unsere Blicke treffen.

Die fünf Wörter hallen nach.

Ihre Augen blitzen, und es ist, als würden wir beide denselben Gedanken haben.

Mir gefällt es, wagemutig zu sein.

»Wie wagemutig bist du eigentlich?«, frage ich sie.

Sie hebt einen Mundwinkel. »So wagemutig, wie es nur geht. Warum fragst du?«

»Wegen unserer Abmachung für heute Nacht. Alles zu tun. Nichts auszulassen.« Mit einer Kopfbewegung deute ich auf das Pärchen in der Gondel vor uns, und ich schwöre, ich hatte nie eine bessere Idee als die, die mir gerade gekommen ist. Sie ist einfach genial. »Denkst du das Gleiche wie ich?«

Ihr klappt die Kinnlade herunter, dann nickt sie, ihre Augen leuchten vor Aufregung. »Kann gut sein. Verrätst du mir, was du denkst?«

Ich lasse eine Augenbraue in die Höhe schnellen. »Ich denke, dass es noch eine Sache gibt, die zum totalen Vegas-Erlebnis dazugehört.«

Sie schlägt sich eine Hand vor den Mund, nimmt sie wieder herunter. »Oh, mein Gott, werden wir wirklich das Gleiche tun, was die beiden tun werden?«

»Ich glaube, wir haben keine andere Wahl angesichts unserer Abmachung in der New York-New York-Bar. Entweder man nimmt das ganze Paket, oder man bleibt zu Hause.«

Einen Moment lang herrscht absolute Stille. Ich muss aber nicht lange auf eine Antwort warten.

»Nimm das ganze Paket, Wyatt«, sagt sie leise, aber bestimmt. Sie findet meine Idee eindeutig brillant. Wie könnte sie auch nicht?

Ich sinke auf ein Knie und ergreife ihre Hand. »Natalie, wollen wir uns eine Vierundzwanzig-Stunden-Kapelle suchen und heiraten?«

Sie hickst, dann lacht sie und gibt mir einen Schmatzer, der nach Tequila und exotischen Früchten schmeckt. »Wenn man in Vegas ist …«

12. Kapitel

Eine seiner Koteletten rutscht dem Mann vom Gesicht.

Es ist leicht verwirrend. Aber lange nicht so verwirrend wie sein goldener Trainingsanzug. Der Zweiteiler hat einen Kragen, aus dem man Flügelschwingen machen könnte, und ist die exakte Definition von knalleng. Er bedeckt jeden Zentimeter des Mannes, absolut jeden.

Nein, es tut mir nicht leid. Der Kerl trägt einen verdammten Gymnastikanzug. Mannomann.

»Ist das Trainingsanzug-Larry oder -Elvis?«, zische ich Natalie zu. Wenn ein Laden »Larry, Lana und der Schnellhochzeitsservice des King« heißt, könnte der Kerl beides sein.

Sie nickt in Richtung des Mannes, der dauergewelltes Pudelhaar hat, und flüstert mir zu: »Oder Richard Simmons hat einen neuen Job.«

Es ist allerdings kein richtiges, sondern ein betrunkenes Flüstern. Das heißt, besonders leise ist sie nicht, doch ich bezweifle, dass es den Sportfanatiker kümmert, denn er scheint mir reichlich stoned zu sein. Zumindest sieht er so aus, während wir vor seinem winzigen Traualtar stehen und er nach den Eheringen sucht. Es ist Teil des Pakets – zwei Goldringe für siebenundfünfzig Mäuse. Was für ein Schnäppchen.

Er riecht nach Gras, und da als unser Hochzeitslied ein Bob-Marley-Song läuft, nehme ich an, dass er gerade einen gekifft hat, als wir vor einigen Minuten in einer Limousine vorgefahren sind; davor haben wir uns eine Heiratserlaubnis besorgt, ehe die Büros um Mitternacht schließen. Die schicke schwarze Stretchlimo wartet auf dem Parkplatz auf uns. In meiner Hochzeitsnacht soll es nur das Beste geben. So bin ich eben, ein bombiger Typ.

Der Kerl fischt die Ringe aus der Brusttasche seines Anzugs und hält sie uns entgegen. »Hab sie.« Einer fällt ihm herunter. »Upsi, dupsi.«

Natalie muss lachen und packt meinen Arm, klammert sich an mich. Ich kichere auch, denn heute Nacht ist alles lustig. Und alles ist nur geil, als würde mein Leben auf einem Floß in einem Infinity-Pool dümpeln, unter der warmen Sonne, während ich völlig sorgenfrei eine Piña colada trinke.

Natalie befummelt meine Arme, und ich wackle mit den Augenbrauen. Wir können nicht aufhören zu flirten, uns anzufassen und zu kichern.

Der Sportfanatiker bückt sich, um den Ring aufzuheben, als ich plötzlich das verräterische Geräusch einer reißenden Naht vernehme. Keine Ahnung, welcher Teil seines Anzugs aufgeplatzt ist; es interessiert mich aber nur am Rande, denn ich habe nur Augen für die Braut.

»Das war das wahre Upsi-dupsi«, sagt Natalie, und nun bin ich derjenige, der in Gelächter ausbricht und ihre niedlich schmale Taille umfasst. Es gibt nichts Besseres, als sich auf der eigenen Hochzeit vor Lachen auszuschütten.

»Ich wär' dann so weit«, sagt der Kerl. Dann wölbt er die Hände um den Mund und ruft: »Hey Lana! Wir brauchen die Musik fürs große Finale.«

Eine Frau in einem weißen Elvis-Anzug platzt herein; aus dem überwiegend offenen Reißverschluss der Jacke quellen ihre riesigen Brüste. »Ah, das glückliche Paar«, ruft sie und grinst schief, dann deutet sie nach oben. Vielleicht auf das Soundsystem der Kapelle, aus dem nun ein Song plärrt, den ich erkenne, sobald ich die erste Zeile über das, was weise Männer sagen, höre.

Als ich mich Natalie zuwende, geschieht etwas Sonderbares in meiner Brust. Es ist, als würde mein Herz zusammengepresst. Ich blinzele, versuche meine Mitte zu finden, doch es ist schwierig, wenn Natalie mich so ansieht, während Trainingsanzug-Larry sich räuspert und der King einen seiner romantischsten Songs über herbeieilende Narren säuselt. Es kommt mir vor, als würde ich schweben. Muss wohl der Alkohol sein, der mir einen Streich spielt und mich wie einen Idioten lächeln lässt, während Natalie mich aus ihren großen blauen Augen anschaut.

Larry, der Offiziant, gibt mir ihren Ring, und Natalie und ich treten einen Schritt auseinander, während er uns durch die bekannten Treueschwüre leitet. Wir tauschen die Ringe, und als ich auf meinen neuerdings geschmückten Finger blicke, steigt etwas Namenloses in mir auf. Ich trete wieder zu Natalie heran, ergreife ihre Hände, und plötzlich sprudeln die Worte nur so aus mir heraus. Ich sage ihr, wie schön sie ist und wie viel Spaß es macht, mit ihr zu arbeiten, und wie toll diese Nacht ist, und dann verkünde ich, welche großartigen Dinge die Zukunft für uns bereithält und kann mir kaum merken, was ich da alles von mir gebe. Aber ich weiß, dass ich all das, was die Vergangenheit, Gegenwart und Zukunft betrifft, ernst meine, dass es von Herzen kommt. Die ganze Zeit über nickt sie, und das liebe ich so an ihr – dass sie mich *versteht*. Dann rührt sich das namenlose Ding in mir und zieht sich zusammen, verwandelt sich in tiefe Sorge. Und ehe ich mich's versehe, erzähle ich ihr davon – das Wichtigste, was sie je von mir gehört hat. Und ich nehme ihr das Versprechen ab, dass sie sich daran halten wird.

»Versprich es mir, Nat. Versprich es, versprich es, versprich es«, sage ich mit rauer Stimme und warte.

Aber nicht lange.

»Ich verspreche es dir, Wyatt. Ich verspreche es. Und ich verstehe es. Wirklich, ich verstehe es.«

Meine momentane Anspannung fällt schlagartig von mir ab, und meine Welt ist wieder schillernd bunt und schön und berauschend.

Ich umfasse ihr Gesicht mit beiden Händen und gebe meiner Ehefrau einen Kuss – einen tiefen leidenschaftlichen Kuss, der daran erinnert, wie absolut unfassbar geil die Nacht bisher war. Sie schwankt leicht, während ich sie küsse, und dann taumele auch ich, bis ich das Gleichgewicht wiedergefunden habe und wir uns schließlich voneinander lösen. Wir grinsen uns wie blöde an.

Trainingsanzug-Larry räuspert sich. »So, ihr beiden Turteltauben, jetzt lasst mich meine Arbeit zu Ende bringen. Also, kraft des mir vom Staat Nevada verliehenen Amtes erkläre ich Natalie und Wyatt hiermit zu Mann und Frau. Aber vergesst nicht, es gibt kein Zurück an den Absender. Also wird es Zeit, dass ihr jetzt die Puppen tanzen lasst. Ihr seid verheiratet!« Er wirft die Arme in die Luft und johlt. »Ich würde dir ja gern sagen, dass du die Braut jetzt küssen darfst, aber das hast du ja schon getan. Also raus mit euch und weiter so, Leute!«

Kurz darauf sitzen wir wieder in der Limo. Ich mache den Champagner auf und proste meiner Braut zu, während wir nach Mitternacht in der Stadt herumfahren und die nächste Nummer schieben. Irgendwann fahren wir für ein paar Runden Roulette vor dem Flamingo vor. Als wir gleich die erste Runde gewinnen, lädt uns an unserem Tisch ein angeheiterter Typ, der sagt, er arbeite für einen Rapper, zu einer Party in der Penthouse-Suite ein.

»Ihr beiden seid cool. Genau die Richtigen für Secretariats Party«, sagt er und streicht sich mit seiner Pranke über den kahl rasierten Schädel.

Wir lassen uns unser Geld auszahlen und begleiten ihn. Verdammt, warum denn nicht?

Und dann ist dieser Rapper, Secretariat, auch noch ein Triple-Crown-Gewinner.

In der obersten Hoteletage tobt die Party. Die Musik pulsiert so laut, dass ich sie in den Knochen spüre, während spärlich bekleidete Frauen mit spärlich bekleideten Männern tanzen und eine andere Gruppe von Partygästen auf Schaukelpferden sitzt und an ihren Drinks nippt. Natalie und ich ziehen uns das alles rein, dann genießen wir den herrlichen Ausblick auf den Strip und den in Strömen fließenden Champagner.

Natalie wölbt die Hände um mein Ohr. »Ich muss mal aufs Klo.«

Das klingt mir ebenfalls nach einer guten Idee, und nachdem wir unsere Notdurft verrichtet haben, schaut sie durch den Flur ans hintere Ende der Suite und deutet auf etwas.

Unfassbar.

»Die haben hier einen verdammten Titanic-Spielautomaten«, sage ich und gehe darauf zu; daneben steht ein normaler einarmiger Bandit mit Obstsorten als Anzeige, das Standardmodell in Las Vegas.

»Möchtest du spielen? Der Titanic nimmt Scheine«, sagt sie.

Wir schieben einige Dollarnoten in den Schlitz und verlieren in der Folge unseren gesamten Roulettegewinn. Aber es fühlt sich nicht an, als würde ich verlieren, als Natalie sich an meinen Schritt presst und die Arme um mich schlingt, während hinter ihr auf der Anzeige Jack, Rose und das Herz des Ozeans aufleuchten.

Ich fühle mich wie ein Gewinner, als ihre Lippen die meinen treffen und sie mir über die Brust streicht. Jedes Gefühl für Schicklichkeit geht den Bach runter, während ich schaue, ob die Luft rein ist, und Natalie hinter den Spielautomaten ziehe. Sekunden später habe ich mir eins der Kondome übergezogen, die sie in weiser Voraussicht mitgenommen hat. Vermutlich hat sie einen ganzen Karton dabei.

Während ich ihr Bein um meine Hüfte lege, um tiefer in sie einzudringen, flüstere ich in ihr Ohr. »Du bist so was von mutig.«

»Und du bist so verdammt aufregend«, stöhnt sie.

Als sie ihrem Höhepunkt näher kommt und immer lauter wird, halte ich ihr den Mund zu, denn jemand ist jetzt bei uns im Flur und spielt mit dem einarmigen Banditen. Wer immer es ist, schafft drei Kirschen, genau als Natalie zum dritten Mal in dieser Nacht kommt.

Anscheinend haben heute alle Glück.

Wir verabschieden uns von Secretariat und seinem kahlköpfigen Assistenten und bedanken uns für die Gastfreundschaft und die fantastischen Spielautomaten. Nur gut, dass sie hoch genug waren, um uns Deckung zu bieten. Unten angekommen, schlendern wir über den Strip und machen ein Selfie vor dem berühmten Vegas-Schild. Auch das postet Natalie auf Facebook. Und im Edge-Nachtclub legen wir eine heiße Tanznummer aufs Parkett. Irgendwann gegen halb fünf schaffen wir es in ihr Zimmer. Oder vielleicht ist es auch meins. Ich weiß es wirklich nicht. Die Nacht ist verschwommen, eine Aneinanderreihung von Gelächter und Sex und wildem, verrücktem Spaß.

Das Einzige, was ich mit Sicherheit weiß, ist, dass die Nacht noch lange nicht vorbei ist. Nicht, wenn Natalie mich aus diesen glutvollen Augen ansieht, während sie eilig beginnt, sich auszuziehen.

Ich lege meine Hände auf ihre, stoppe sie. »Ab hier mache ich weiter. Es wird Zeit, meine Frau zu vögeln.«

Gleich werde ich sie zum ersten Mal nackt sehen, und ich fühle mich wie ein kleiner Junge vor der Bescherung an Weihnachten. Es gibt nichts, was ich mehr möchte, als Mrs. Hammers Nacktheit zu bewundern.

13. Kapitel

Allgemein gesprochen ist jeder Sex gut.

Das liegt am Mannsein. Ehrlich, anatomisch ist es einfach schwierig für uns, schlechten Sex zu haben. Ausreichend Reibung, dazu etwas Feuchtigkeit an der Ausrüstung, und die Chancen stehen gut, dass wir den Big Bang erleben werden. Das ist das Schöne daran, ein Kerl zu sein.

Aber mancher Sex ist besser als anderer, und das Allerbeste ist Hotelsex. Das Dunkel der Nacht, das große Bett, die Flucht aus der Realität … Hotelzimmer sind wie geschaffen für großartigen Sex.

Im Moment könnte nichts wahrer sein für Natalie und mich, hier auf der letzten Etappe unserer großen Flucht.

Diffuses buntes Neonlicht strömt von draußen herein und illuminiert ihr Gesicht und ihren Körper. Sie sitzt auf der Bettkante.

Ein Teil von mir möchte sie in aller Ruhe entkleiden, möchte es genießen, wie die Seide und Spitze über ihre glatte zarte Haut streichen. Doch der stärkere Teil in mir weiß, dass dies nicht der richtige Zeitpunkt für ein ausgedehntes Vorspiel ist, denn die Nacht ist fast vorüber. Die roten Lichter am Hotel-Radio erinnern mich daran, dass die Sonne bald aufgeht, deshalb verdränge ich alle Bilder von hauchzarten Küssen auf ihre Waden und ihren Bauchnabel aus meinem Kopf.

Außerdem schreien ihre Titten förmlich nach mir. Die tief geschnittenen Körbchen ihres BHs aus schwarzer Spitze offenbaren leckeres, pralles, helles Fickfleisch, das dazu einlädt, es abzuschlecken und hineinzubeißen. In wenigen Sekunden werden die Titten aus ihrem Gefängnis befreit sein, und ich bin nicht sicher, ob ich dann noch die Finger von ihnen werde lassen können. Ich glaube, ich habe mich jetzt schon in sie verknallt.

»Ich kann nicht glauben, dass ich die beiden Schönheiten erst jetzt, zu so vorgerückter Stunde, kennenlerne«, sage ich und hake blitzschnell den BH auf. »Aber jetzt ist es endlich so weit.«

Ich schleudere den BH quer durchs Zimmer, sehe aber nicht, wo er landet, denn ich habe nur noch Augen für diese beiden prachtvollen Möpse.

Es ist Liebe auf den ersten Blick. Meine Hände schnellen vor und legen sich um die Dinger, und ja, Liebe bei der ersten Berührung ist es auch. Sie fühlen sich unfassbar gut an. Und Natalie scheint es auch zu gefallen, wie ich sie anfasse, denn sie stöhnt leise, während ich ihre Titten streichele und knete. Ich streiche mit meinen schwieligen Handwerkerfingern über die Nippel und zwicke sie. Natalie greift mir ins Haar und stöhnt meinen Namen heraus. »Oh, das macht mich so scharf«, murmelt sie.

Mann, Natalie hat wahnsinnig empfindliche Nippel, und ich bewundere ihre Titten. Wer hätte diese perfekte Paarung vorhersehen können? Vielleicht sollten meine Hände ihre Brüste heiraten.

»Hast du etwas dagegen, wenn ich herausfinde, wie scharf es dich macht?«, necke ich sie.

»Bitte, fühl dich frei, einen gründlichen Test an mir durchzuführen ... Inspector Hammer«, sagt sie grinsend.

Lachend streiche ich ihr über den Bauch, und als ich eine Hand zwischen ihre Schenkel schiebe, höre ich auf zu lachen. Selbst ich kann keinen Scherz über das Ausmaß an Feuchtigkeit machen, es ist schlicht unglaublich. Ihr Höschen ist klitschnass.

Einfach wunderbar, diese Nässe.

Ich presse mich gegen sie, drücke sie mit meinem großen Körper aufs Bett. Sie rutscht ein Stück nach hinten, stützt sich auf die Ellbogen. Ich klettere über sie, noch voll bekleidet.

Ich lasse meinen Kopf über ihrer Brust herabsinken, nehme einen Nippel in den Mund und sauge heftig daran. Sie hebt sich mir entgegen, während ich an ihren Brustwarzen lecke und schlecke und hineinbeiße. Das ist der wahre Hauptgewinn – zu erfahren, dass meine Frau es liebt, ihre Nippel bearbeitet zu bekommen.

Sie stöhnt und ächzt und packt wieder meinen Kopf.

Sie hält mich im Schwitzkasten, und glaubt mir, dieses Mädchen weiß, wie das geht, aber von ihrem steinharten Nippel in meinem Mund lasse ich trotzdem nicht ab. Keine Sorge. Man müsste mich schon von ihr herunterreißen. Sie spreizt die Beine und drückt sich gegen mich, als ich ihren Nippel voll ansauge und hineinbeiße. Sie keucht atemlos.

»Das macht mich verrückt«, stöhnt sie, ohne ihren Griff zu lockern, und kurz frage ich mich, ob sie mit der Nippel-Methode kommen kann. Es ist zwar eher unwahrscheinlich, doch ich beschließe, es herauszufinden. Während ich ihre Brust verschlinge, knete ich die andere Titte, zwicke den Nippel und ziehe ihn lang, bis Natalie sich unter mir hin und her wirft.

Verdammt, meine Ehefrau ist mehr als nur interessant im Bett. Sie ist elektrisch. Sie ist wild. Sie ist so was von sinnlich und im Einklang mit ihrem Körper. Es macht süchtig, dass sie das Gleiche will wie ich. Sie drückt meinen Kopf weg und starrt mich aus rasenden hungrigen Augen an, schiebt ihre Hand zwischen uns und tastet nach meinem Reißverschluss. »Jetzt, Wyatt. Sofort. Ich brauche dich in mir.«

Es gibt bestimmte Sätze, die bei einem Mann eine automatische Reaktion auslösen. Egal was man tut, wenn eine Frau »Ich brauche dich in mir« sagt, vergisst man alles andere und macht sich augenblicklich ans Werk.

Natalie zieht sich in Windeseile aus, und gleich darauf bin auch ich nackt und reibe mit meiner Schwanzspitze an ihrer paradiesischen nassen Pussy. Sie packt meinen Hintern, und mir wird ganz schwindlig. Fuck, ich will sie so sehr. Heute Nacht wird nicht ausreichen, um meinen Hunger auf sie zu stillen.

Ich versenke mich langsam in ihr, als mir einfällt, dass ich keinen Überzieher darauf habe.

»Shit«, sage ich und lasse den Kopf hängen.

»Was ist los?«

»Das Gummi. Wir müssen eins holen.«

Sie packt mich fester. »Ich nehme die Pille. Ist bei dir alles in Ordnung?«

Ich nicke. »Bin blitzsauber.«

»Ich auch.« Sie hebt die Lippen an mein Ohr. »Ich glaube, mein Ehemann kann mich ohne Gummi vögeln.«

Das besiegelt es. Etwas an der Art, wie ihr die Worte aus dem Mund purzeln, macht es mir unmöglich zu widerstehen.

Ich tauche in sie ein, und es ist überwältigend. Sie ist heiß und eng, und ihre Nässe ist noch wunderbarer, weil ich sie direkt spüre, ohne Trennwand. Haut auf Haut. Härte in Hitze. Sie und ich. Sie hebt die Knie, und ich pumpe. Stoße hinein, zieh ihn zurück. Stoße hinein, zieh ihn zurück. Betrachte ihr Gesicht. Studiere ihre Reaktionen. Fahre darauf ab, wie sie ruckartig ausatmet und stöhnt.

Sie ist so laut, und ihre Laute sind eine Droge. Es ist toll, dass sie sich nicht zurücknimmt, dass sie voll aus sich herausgeht, mich anfeuert und leitet. Es macht meinen Job so viel leichter, wenn ich weiß, was die Lady wünscht.

Und allem Anschein nach gefällt es der Lady, wie ich sie ficke. Wie ich bis zum Anschlag in sie eindringe. Wie ich meinen hammerharten Schwanz fast vollständig aus ihr herausziehe. Wie ich mich herabbeuge und an ihren Nippeln sauge.

Nachdem ich von ihren Titten ablasse, kümmere mich um ihren Hals, beiße hinein. Meine Belohnung besteht darin, dass sie das Becken immer schneller und wilder hochreißt und nun richtig laut wird.

Ich stoße tief und schnell in sie hinein. »Ich fahre voll auf dich ab. Ich liebe deine heiße nasse Pussy«, keuche ich. »Ich liebe es, dich zu ficken.«

»I…ich liebe es auch«, stammelt sie.

Schweiß überzieht unsere Körper, und das Zimmer ist erfüllt von *unseren* Geräuschen. Aneinanderklatschendes Fleisch, animalische Laute, heisere Schreie, und das Bett knallt rhythmisch gegen die Wand. Das ist Hotelsex. Das ist das furiose Rennen auf der Schnellspur ins Reich der Erlösung.

Sie wirft sich herum, krallt mir die Nägel in den Rücken.

»Hinterlasse Spuren«, sage ich im Befehlston.

»Mach ich«, sagt sie und schlägt mir die Nägel tief in die Haut, kratzt mir derart heftig über den Rücken, dass ein Hitzeschwall durch meinen Körper schießt. Ich stehe auf rauen Sex und mag es, wenn man hinterher Spuren davon sieht.

Sie hebt den Kopf und küsst mich, tief und intensiv und voller Gier, während ich wuchtig in sie hineinstoße und sie rhythmisch das Becken nach oben schnellen lässt und die Fingernägel in meine Pobacken bohrt.

Als unsere Münder sich voneinander lösen, sieht sie mich an, und der Blick ihrer Augen ist so ehrlich, so voller Begehren.

Und der Blick entwaffnet mich, beraubt mich meines Schutzwalls, droht all die Gründe vergessen zu machen, derentwegen ich diese Geschichte nach der heutigen Nacht eigentlich wieder beenden möchte. Der Ausdruck in Natalies Augen lässt mein Herz jubilieren, und ich verlangsame meine Stöße, gönne uns eine Pause von unserer ruhelosen Fickerei.

Nun lässt auch Natalie es ruhiger angehen, hört auf, mich zu kratzen. Stattdessen streicht sie mir über den Rücken, streichelt meinen Hals, krault mein Haar, und ich erschauere.

Wir veranstalten jetzt keinen Lärm mehr, atmen hauchend, stöhnen leise. Ich nehme ihre Hüfte und drücke ihr Bein hoch, während ich langsam und tief in sie hineinficke. Ich sinke auf meine Ellbogen herab und schaue ihr in die Augen. Sie zittert am ganzen Leib.

»Oh Gott, Wyatt«, flüstert sie.

Sie ist nicht laut und rasend. Jetzt ist sie roh und real, und ich fühle mich genauso. Nackt, *splitterfaserfuckingnackt*, und das nicht nur, weil ich meinen Geburtstagsanzug trage.

Denn ganz gleich, was morgen geschieht, heute Nacht ficke ich meine Ehefrau. Ich beuge mich vor und flüstere ihr ins Ohr: »Ich liebe es, meine Frau zu vögeln. Gott, ich liebe es so sehr.«

Und sie schreit leise auf.

Sie zittert, bebt unter mir, während sie so leise stammelt, dass ich es kaum verstehe: »Oh Gott, ich k…komme. Ich komme so heftig.« Ich liebe es, dass sie nicht mehr richtig sprechen kann, dass ihr die Worte unkontrolliert über die Lippen kommen, während ein Kategorie-fünf-Orgasmus durch ihren Körper flutet und eine Ekstasewelle der nächsten folgt. Und bei mir ist es auch gleich so weit. Meine Muskeln verkrampfen, meine Eier ziehen sich zusammen. Und dann rast ein Sturm der Lust durch meinen Körper, und ich stöhne so laut auf, dass es die Nachbarn, eigentlich das ganze Hotel aus dem Schlaf reißen müsste.

»Fuck, Natalie«, rufe ich keuchend, während ich in ihr komme. »All-mäch-ti-ger.«

Ich kann nicht mehr aufhören zu stöhnen. »Fuck. Fuck. Fuck«, bringe ich gerade so heraus und sacke über ihr zusammen.

Sie schlingt die Arme um mich. »Du bist so laut«, sagt sie. »Weißt du eigentlich, wie scharf ich es finde, wenn du in mich reinspritzt?«

Ich lache leicht. »Schön, dass es dir so gefällt.«

»Nichts ist heißer, als deinen Liebessaft in mir zu spüren.«

»Doch, du bist heißer«, sage ich und gebe ihr einen zarten Kuss auf die Lippen, als mir plötzlich ein Gedanke kommt.

Ja, jeder Sex ist gut, aber nicht jeder Sex ist gleich beschaffen. Denn gerade habe ich erlebt, dass Sex mit Natalie eine

Klasse für sich ist. Besser als profaner Hotelsex. Mit Natalie zu vögeln ist das Größte.

Das ist keine Übertreibung.

Es ist nichts als die Wahrheit.

Ich bin fix und fertig, schwitze und japse, und bestimmt könnte man aus meinen Poren Alkohol herauswringen, aber egal, dies ist eine Nacht für die Ewigkeit. Ich ziehe sie an mich, streiche ihr eine Strähne aus dem Gesicht und sage: »Niemand hat jemals mehr aus einer Nacht in Vegas gemacht als wir beide.«

Sie lächelt. »Und das wird auch niemandem gelingen. Niemals.«

Und ich bin sicher, dass, wenn ich später an diese Nacht zurückdenke, ich mich an jedes einzelne köstliche Detail mit Genuss erinnern werde.

14. Kapitel

Natalie: Erinnerst du dich an *Hangover?* Die Am-Morgen-danach-Szene?

Charlotte: Ist das deine Art, mir zu sagen, dass du einen Zahn verloren hast? Das fände ich äußerst traurig. Du hast nämlich sehr schöne Zähne.

Natalie: Quatsch. Meinen Beißern geht es blendend. Ich habe nur Kopfweh, aber mithilfe von Kaffee und Aspirin ist es auszuhalten. Versuch es noch mal.

Charlotte: Warte! Bradley Cooper sitzt mit freiem Oberkörper in deinem Hotelzimmer?

Natalie: Nee. Aber ein Mädchen darf ja träumen.

Charlotte: Hm, neben dir liegt Zach Galifianakis … ohne Hose?

Natalie: Einmal darfst du noch raten.

Charlotte: Liegt ein Tiger in deiner Wanne?

Natalie: Nein, denk in eine andere Richtung.

Charlotte: *episches Augen-Verdrehen einfügen* Hast du alle, einige oder keines der Gummis aus dem Sechserpack benutzt, das du mitgenommen hast? Hast du dich mit deinem Chef betrunken? Ihn geküsst? Mit ihm geschlafen? Die Nacht mit ihm verbracht?

Natalie: Wir haben fast alle benutzt. Das heißt, die Antwort auf alle deine Fragen lautet Ja. Und ich muss dir etwas erzählen.

Charlotte: !!!!! Ich will alles wissen! Sofort! Fang mit dem Wichtigsten an. WIE WAR ES?

Natalie: Supertoll. Schau, alles war toll. Außer eins. Aber dazu komme ich später.

Charlotte: Was ist es??? Hat er Mundgeruch? Hässliche Füße? Furzt er im Schlaf?

Natalie: NEIN!!! NEIN!!! NEIN!!!

Charlotte: Was war dann so schlimm?

Natalie: Zuerst die guten Sachen. Die Küsse, die Gespräche, das Lachen. Wir verstehen uns fantastisch. Er ist so lustig. Ihm liegt etwas an mir. Er ist gut zu mir. Und er küsst mich so … na ja, so, wie ich schon immer geküsst werden wollte.

Charlotte: Wow. War es so, als würde die Welt stehen

bleiben und nichts anderes mehr zählen außer dem Kuss?

Natalie: Ja. Und der Sex erst. Oh Gott, der Sex. Es war unvorstellbar gut.

Charlotte: Und du hast ein gutes Vorstellungsvermögen.

Natalie: Ich weiß, ich weiß, ich weiß. Es war einfach überragend. Aber da ist etwas, was ich dir erzählen muss.

Charlotte: Du bist nicht gekommen?

Natalie: Ich habe nicht aufgehört zu kommen. Ich konnte nicht mehr mitzählen. Ich hatte zwanzig Orgasmen. Oder waren es nur sechs? Keine Ahnung. Es kam mir vor wie zwanzig. Oder wie zweihundert.

Charlotte: Was ist dann das Problem? Ich meine neben dem nicht unbedeutenden Umstand, dass er dein Chef ist und du seine Angestellte bist und ich eine fürchterliche Schwester bin, weil ich dich dazu ermutigt habe, dem Mann nachzustellen, auf den du so scharf warst? Zumal jeder weiß, dass Beziehungen zwischen Chefs und Angestellten ein massives No-Go sind und immer mit gebrochenen Herzen enden. Aber falls dir jemand das Herz bricht, trete ich demjenigen zwanzig Mal in die Eier, weil ich dich wie verrückt liebe. Ergo – ich trete Wyatt in die Eier?

Natalie: Wie es aussieht, habe ich ihn letzte Nacht geheiratet. (Klingelt's endlich bei dir? Erinnerst du dich nicht an die Szene, in der Ed Helms aufwacht und plötzlich verheiratet ist?)

.

.

.

.

.

.

.

.

.

Natalie: Hallo? Bist du noch dran?

Charlotte: &*$#%^

Charlotte: DAS IST DOCH EIN SCHERZ, ODER?

Charlotte: Sag mir, dass es einer deiner patentierten Natalie-verarscht-mich-Witze ist.

Natalie: Schrei nicht so. Mir tut der Kopf weh.

Charlotte: Bei so etwas darf man ja wohl mal ein bisschen lauter werden. Und warum hast du es mir nicht früher erzählt?

Natalie: Wollte ich ja, aber dann kamen wir auf den Sex zu sprechen. Wie auch immer, entspann dich. Als ich aufwachte, wurde ich ein bisschen panisch, aber das Koffein und das Aspirin halfen mir, einige meiner verlorenen Hirnzellen zu bergen. Ich habe schon einen Plan, wie ich das wieder hinbiege.

Charlotte: Ich kann nicht glauben, dass du ihn geheiratet hast. Ich weiß, du bist scharf auf ihn. Aber bist du verdammt noch mal verrückt????

Natalie: Wir waren total besoffen.

Charlotte: Dann lass die Ehe annullieren. Auf der Stelle.

Natalie: Mach ich. Ganz klar.

Charlotte: Wie ist es passiert?

Natalie: Der Offiziant sagte: Ich erkläre euch zu Jagdhund und Frau. Oder etwas in der Art.

Charlotte: Ich spreche nicht von der Trauung. Wie so etwas abläuft, WEISS ICH. Ich meine ALLES, WAS EUCH AN DIESEN PUNKT GEBRACHT HAT.

Natalie: Wir waren in der Gondel. Ein Mann machte einer Frau einen Heiratsantrag. Wir beschlossen, es ihnen nachzutun. Es schien eine brillante lustige Idee zu sein, wie es eben so ist, wenn man ein halbes Dutzend Drinks intus hat. Also haben wir geheiratet. Danach hatten wir wieder Sex. In der Limo. Hinter einem Spielautomaten. Aber davor auf einem Flipper. Und irgendwie auch in der Achterbahn.

Charlotte: Toll, du bekommst eine Medaille für »Herausragende Leistungen bei öffentlichem Sex«. Und so, wie du klingst, war es der beste Sex deines Lebens, aber du darfst dir davon nicht das Hirn weich machen lassen, Kleine. Ich meine, date ihn ruhig. Aber heirate ihn nicht.

Natalie: Keine Sorge. Wir bleiben nicht mehr lange verheiratet. Und daten werde ich ihn auch nicht.

Charlotte: Warum???? Vergiss alles, was ich vorhin gesagt habe. Du sagst, er sei gut zu dir. Warum ihn nicht daten?

Natalie: Mist. Er wacht auf. Ich erkläre es dir, wenn ich wieder in New York bin.

Charlotte: Ich kann es kaum erwarten …

15. Kapitel

Die große Kugel am Himmel gleißt erbarmungslos durchs Fenster und verschießt grelle Lichtblitze in meine Augen. Ich kneife sie zu, massiere sie, versuche den Sonnenangriff mit schierer Willenskraft zu besiegen.

Aber mein Kopf …

Ab welchem Moment begann mein Schädel sich wie eine Kanonenkugel anzufühlen oder besser wie eine Großbaustelle, auf der eine Armee wütender Winzlinge meine Schädelinnenwand mit Presslufthämmern bearbeitet? Ich stöhne und lege mir einen Arm über die Augen.

Eine zarte Stimme sagt leise: »Hey, Zeit aufzustehen.«

Ich zucke zusammen, nicht wegen der Stimme, sondern weil die Realität über mich hereinbricht. Sie ist scheiße. Mein Mund besteht aus Sägemehl. Meine Adern sind verschlammt. Mein Kopf wiegt fünfzig Tonnen.

Einen Kater zu haben ist lustig. Das hat noch niemand gesagt.

»Dornröschen«, flüstert die Stimme, und eine Hand schüttelt sanft meine Schulter.

Ich stütze mich im Bett auf, fahre mir durchs zerstrubbelte Haar, dann muss ich gähnen und halte die Hand vor den Mund … *Was zur Hölle, was ist das da an meinem linken Ringfinger?*

Ich setze mich ruckartig auf, trotz meines Kanonenkugel-Kopfes.

Ich hebe meine Hand und starre sie an, als wäre sie mir im Schlaf von Außerirdischen angenäht worden. Denn ich trage einen verdammten goldenen Ehering.

Jepp. Aliens. UFOs. Marsianer. Das ist die einzige vernünftige Erklärung. Letzte Nacht haben mich kleine grüne Männchen besucht und mir einen Ehering über den Finger gestülpt.

Ich wende den Kopf und sehe eine Blondine neben mir auf dem Bett sitzen. Ihr muss die zarte Stimme gehören. Oder vielleicht ist sie ein Engel. Zumindest sieht sie so aus. Die Sonne scheint hell ins Zimmer, und ich muss blinzeln, doch ich erkenne, dass die Frau mich sehnsüchtig anlächelt. Verdammt, sie ist bildschön, und so umwerfende blaue Augen wie ihre habe ich noch nie gesehen. Ich halte mir die Hand vor den Mund, denn mein Atem riecht bestimmt wie eine volle Mülltonne, die seit Tagen nicht geleert wurde, und damit will ich die Lady auf keinen Fall belästigen.

Ich blinzele wieder.

Heilige Scheiße.

Die Frau auf meinem Bett ist meine Assistentin. Sie trägt Jeans und ein graues Tank-Top, das feuchte Haar hat sie sich zu einem Knoten auf dem Kopf zusammengedreht.

Und ich trage … keinen einzigen Stofffetzen am Leib.

Ich kratze mich am Kopf. Vielleicht habe ich sie gestern Abend angerufen und gebeten, herüberzukommen und mich aus dem Schlamassel zu erretten, in das ich offenbar geraten bin, genauer gesagt, das Schlamassel, das das Gegenstück zu dem Ehering an meinem Finger trägt. Mann, ich habe keinen Schimmer, wen ich letzte Nacht geheiratet habe oder wann die stets effiziente und bestens organisierte Natalie eingetroffen ist, um meinen Arsch zu retten. Womöglich bin ich immer noch betrunken.

Notiz an mich selbst: Zeige künftig in Gegenwart eines Angestellten etwas mehr Anstand.

»Ich muss mir die Zähne putzen«, sage ich und krieche aus dem Bett.

Kriechen ist übertrieben. Aber es kostet mich tatsächlich einige Mühe, mich zu erheben, die Beine über die Bettkante zu schwingen und aufzustehen. Und sofort wird mir wieder bewusst, dass ich ja splitterfasernackt bin. Echt jetzt, an der Sache mit dem Anstand sollte ich ernsthaft arbeiten.

Aber ich muss dringend aufs Klo. Dort angekommen, pisse ich mich eine gefühlte Ewigkeit lang aus; genau genommen dauert es so lange, dass ich schon erwäge, mich für einen Eintrag ins Guinness-Buch der Rekorde zu bewerben.

Als ich endlich fertig bin, betätige ich die Klospülung, wasche mir die Hände und schrubbe mir mit meiner Zahnbürste den üblen Geschmack aus dem Mund.

Schon besser. Ich fühle mich wieder wie ein halber Mensch.

Nein, das ist zu großzügig. Bestenfalls fühle ich mich wie ein viertel Mensch. Ich drehe den Hahn auf, spritze mir ein paar Hände voll Wasser ins Gesicht und schaue in den Badezimmerspiegel. Dann auf den Ehering an meinem Finger. Dann wieder in den Spiegel.

»Was zum Henker hast du letzte Nacht getrieben, Hammer?«, murmele ich.

Aus dem Spiegel schauen mich Natalies Augen an. Ich wirbele herum und stöhne auf, denn plötzlich schalten die Winzlinge in meinem Kopf wieder die Presslufthämmer an.

In einer Hand hält Natalie einen Kaffeebecher, mit der anderen deutet sie auf die Ablage aus Marmor. »Da sind Aspirin. Ich habe sie dir hingelegt, als ich vorhin welche genommen habe. Du siehst aus, als könntest du ein paar davon brauchen.«

Ich nehme die beiden weißen Pillen, lege sie mir auf die Zunge und schlinge sie förmlich herunter, auf dass sie mich von meinen pochenden Kopfschmerzen befreien. Sie hält mir den Kaffee hin. »Du bist doch ein Koffein-Junkie«, sagt sie und zwinkert mir wissend zu.

Ich nehme den Becher und danke ihr. Zumindest ist sie teilweise ein Engel. Ich trinke ein paar Schlucke, und sofort setzt die lebenserhaltende Wirkung des Koffeins ein. Jetzt fühle ich mich tatsächlich wieder wie ein halber Mensch.

»Alles in Ordnung mit dir?« Ihre Stimme klingt sanft und teilnahmsvoll. »Ich war auch ziemlich angeschlagen, als ich aufgewacht bin. Aber jetzt geht es einigermaßen.«

Ich zucke mit den Schultern und versuche mich cool zu geben, was mir aufgrund meines Adamskostüms nicht so recht gelingt. Natalie scheint es allerdings überhaupt nichts auszumachen. Ich muss dieser Frau wirklich eine Gehaltserhöhung geben. Sie ist unerschütterlich. Sie geht weit über die Pflicht hinaus. »Ja, geht schon. Und sorry wegen dem hier.« Ich deute zwischen meine Beine, wo sich allmählich etwas tut in Richtung Morgenlatte.

Sie grinst mich an.

Du lieber Himmel!

Und dann fällt mein Blick auf ihre linke Hand und den goldenen Ehering, den Natalie trägt.

Mein Herzschlag gerät ins Stottern. Meine Atmung setzt aus. Der Fußboden verschwimmt vor meinen Augen.

Ich kneife sie zu. Das kann nicht sein. Das kann nicht sein. *Das kann einfach nicht wahr sein.* Es ist nur ein Traum. Ein sehr lebhafter Traum. Aber als ich die Augen wieder aufschlage, ist Natalie noch da, ich bin noch da, und die Eheringe sind es ebenso. Plötzlich galoppiert mein Herz mitsamt meinem Verstand davon.

Ich deute auf sie.

Ich versuche zu sprechen.

Krächze.

»Was zum …?«

Sie stemmt die Hände in die Hüften. »Was? Liegt ein Tiger in der Wanne?«

»Häh?«

»Fehlt dir ein Zahn?«

Ich fasse mir an den Mund. Nein, bitte, lieber Gott, nein – ich habe Albträume über so etwas. Ich liebe meine Zähne. Jahrelang habe ich eine Spange getragen, um meine Beißer gerade zu kriegen, und inzwischen habe ich eine perfekte Kauleiste, um die mich alle Welt beneidet. Ich streiche mit dem Finger über meine Zähne und seufze erleichtert. Puh. Alle noch da. »Nein, mir fehlt keiner.«

»Oder ist es *das* hier, was dich so entgeistert?« Sie hebt die Hand, hält mir den goldenen Ehering entgegen. »Du hast mich letzte Nacht geheiratet, Wyatt.« Sie verdreht die Augen. Sie sind noch leicht gerötet, als ob Natalie kaum mehr Schlaf bekommen hat als ich. »Ich kann es nicht glauben, dass du dich nicht daran erinnerst.«

»Klar, ich erinnere mich«, lüge ich sie an. »Ich sehe es ganz deutlich vor mir.«

Sie legt den Kopf schräg, mustert mich. »Wirklich?«

Ich fasse mir in den Nacken, fest entschlossen, die große fette Leerstelle in meinem Kopf zu füllen. »Ist alles in Technicolor hier oben drin«, sage ich und tippe mir an die Stirn.

»Großartig. Dann wird es dich ja nicht überraschen, wenn gleich die Cops einreiten, um deine Aussage dazu aufzunehmen, dass du nackt in den Bellagio-Brunnen gesprungen bist und mir zugerufen hast: ›Na los, Fummlerin. Du auch!‹«

Ding, ding, ding.

Jetzt fällt bei mir der Groschen. Verschwommene Bilder der letzten Nacht steigen in meinem Bewusstsein auf. Ich erinnere mich an Koteletten, an eine Achterbahn, an Natalies umtriebige Hände, an einen knallbunten Riesendrink, an einen verrückten Heiratsantrag, und dann wird mir plötzlich schwindlig. Ich schwanke, halte mich am Waschbecken fest. Weitere Einzelheiten fallen mir ein. Das Vögeln und Knutschen, die lustigen Gespräche – und die brillante Idee, uns trauen zu lassen.

Und anscheinend haben wir es getan.

Weil … wir besoffen in Las Vegas unterwegs waren.

Heiliger Strohsack.

Ich habe mit meiner Assistentin geknutscht.

Habe mit ihr gevögelt.

Habe sie geheiratet.

Ich habe meine eine große, fette Grundregel gebrochen. Normalerweise vermische ich Geschäft und Vergnügen nämlich nicht. Aber wie es scheint, habe ich es letzte Nacht doch getan, und zwar in der denkbar spektakulärsten Weise.

»Oh, und offenbar geht ein virales Video um, wie du auf das Vegas-Schild geklettert bist«, fügt sie hinzu. »Wie ein Kletteraffe.«

Sie verarscht mich, doch ich setze das fröhlichste Lächeln auf, das ich mir unter den gegenwärtigen Umständen abringen kann. »Ich bin ja ziemlich beweglich, aber so beweglich nun auch wieder nicht, Nat. Ich müsste schon Saugnäpfe an den Händen haben, um da hochzukommen.« In dem Bemühen, erinnerungstechnisch meine Glaubwürdigkeit bei ihr zurückzuerlangen, fahre ich fort: »Hättest du gesagt, ich sei auf eine Achterbahn oder einen Flipperautomaten geklettert, hätte ich dir vermutlich geglaubt.«

Ich kann es einfach nicht begreifen, dass diese Fickfiestas zu einem Heiratsantrag führten. Ständig muss ich auf den Ring an meinem Finger starren, als würde er verschwinden, wenn ich nur lange genug darauf schaue. Aber den Gefallen tut er mir nicht, obwohl ich die Einzelheiten der eigentlichen Eheschließung nur verschwommen im Kopf habe. Ich erinnere mich an einen Typen in einem knallengen goldenen Trainingsanzug, an irgendwelche Elvis-Songs, daran, mit Natalie wie irre herumgekichert zu haben, und an ein schnell herausgelachtes Jawort. Als Nächstes eine Fahrt in einer Limo, Champagner, offene Fenster, Fahrtwind in unseren Gesichtern, der uns nach all dem Sex ein wenig abgekühlt hat.

Plötzlich fallen mir die Laute ein, die sie machte, als sie kam, und ehe ich mich's versehe, habe ich einen voll ausgewachsenen Ständer.

Warum nur musste der Sex mit ihr derart grandios gewesen sein?

Sie tippt sich aufs Handgelenk. »Unser Flug geht in zwei Stunden, Dornröschen. Ich habe recherchiert, als du noch geschlafen hast – wie es aussieht, bleibt dir gerade noch genug Zeit, um kurz zu duschen und uns eine Ehenichtigkeitserklärung zu besorgen, danach müssen wir umgehend zum Flughafen, um den Flieger zu erwischen. Ich habe uns schon eingecheckt, und da wir First Class fliegen, wird die Sicherheitskontrolle ganz schnell gehen«, sagt sie und reibt sich die Hände.

Nun gerät mein Kopf endgültig ins Schleudern. Wir haben letzte Nacht geheiratet, und Natalie hat bereits die Annullierung der Ehe arrangiert? Wie schafft sie so was? Sie gähnt, und es ist der einzige Hinweis darauf, dass die letzte Nacht auch bei ihr einen Tribut fordert, aber im nächsten Moment ist sie wieder voll auf dem Damm. Verdammt, es ist beeindruckend, wie locker sie den Kater wegsteckt.

»Du hast schon rausgefunden, wo wir hinmüssen wegen dieser Annullierung?« Ich sollte nicht überrascht sein. Von der Arbeit weiß ich, was für ein überragendes Organisationstalent sie besitzt. Aber trotzdem, selbst für ihre Verhältnisse ist das hier ein neues Level an Effizienz.

»Natürlich. Unsere Ehe ist ruckzuck wieder annulliert«, sagt sie und bedeutet mir, mich zu beeilen. »Komm in die Puschen.«

»Hast du die Annullierung vielleicht schon vor unserer Trauung arrangiert?«, scherze ich. »Gib's zu, du hast alles von vornherein so geplant, nicht wahr? Du wolltest mich reinlegen, oder?«

Doch ihrem Stirnrunzeln nach zu urteilen, ist der Scherz mir gründlich misslungen. »Dich reinlegen?«

»Yeah. Damit du mich die ganze Nacht haben kannst.«

Sie stößt einen lang gezogenen Seufzer aus. »Es würde bedeuten, dass ich von vornherein vorhatte, dich zu heiraten.«

»Warte. Wessen Idee war es denn?«

Sie starrt mich an, als hätte ich in einer fremden Sprache gesprochen. Als sie schließlich antwortet, klingt sie einigermaßen frustriert. »Die Idee kam von uns beiden. Wir haben geheiratet, weil wir sturzbetrunken waren und Spaß hatten, nicht weil *ich* es geplant habe«, sagt sie und tippt sich an die Brust. »Wir *beide* sind mit einem schweren Kater aufgewacht und waren *beide* gleichermaßen schockiert. Ich bin einfach nur diejenige, die versucht, uns aus dem Schlamassel wieder herauszulotsen und uns rechtzeitig zum Flughafen zu bringen. Dank meiner hervorragenden Google-Fertigkeiten und dem erstaunlichen Umstand, *lange vor* dir aufgewacht zu sein, wird mir das auch gelingen. Von Reinlegen kann also keine Rede sein. Wie auch immer, ich habe einen Juristen gefunden, dem wir auf dem Weg zum Flughafen einen kurzen Besuch abstatten. In dreißig Minuten holt ein Wagen uns ab. Wenn du mich jetzt bitte entschuldigen würdest, ich muss mir die Haare föhnen.«

Sie wendet sich um. Doch bevor sie geht, wirft sie mir noch einen Blick zu, der in meine südliche Region geht.

»Netter Ständer übrigens. Falls du diesen Teil der letzten Nacht vergessen haben solltest: Wir haben vier Mal gevögelt, und du bist, wie ich meinen würde, härter und lauter gekommen als jemals zuvor.«

Sie geht, und meine Füße kleben an den Bodenkacheln, mein Schwanz zeigt in ihre Richtung, will eine Wiederholung. »Runter mit dir«, murmele ich, aber mein bestes Stück hört nicht, weil Natalies Worte mich total scharfgemacht haben. »Du warst auch ganz schön laut«, rufe ich ihr nach, dann stelle ich mich unter die heiß prasselnde Dusche und versuche, das Bedauern abzuwaschen. Denn so geil der Sex auch gewesen sein mag, nach meinen schlechten Erfahrungen mit Frauen hatte ich geglaubt, meine Lektion gelernt zu haben, und entsprechende Prinzipien aufgestellt, an die ich mich streng gehalten habe.

Bis letzte Nacht.

Ich senke den Kopf, lasse das heiße Wasser auf meinen Nacken und Rücken prasseln. Während ich mich einseife, muss ich an die beiden großen Fehler denken, die mir in der Vergangenheit in puncto Frauen unterlaufen sind. Ich sehe Roxy vor mir, ihr sexy Lächeln, das mich so umhaute, dann Jahre später ihre Aktion, mit der sie mich und mein Geschäft ruinieren wollte. Nach all dem Mist, der darauf folgte, war ich mit Katrina besonders vorsichtig. Geholfen hat es nichts. Das Miststück hat mich trotzdem gehackt.

Es versetzt mir einen Stich, wenn ich mir vorstelle, dass die niedliche blonde Schönheit im angrenzenden Zimmer das Gleiche mit mir macht. Natalie könnte mich und meine Firma zum Lunch verspeisen. Sie ist jetzt Mrs. Hammer. Sie hat Zugang zu allem, was mir gehört, sie könnte sich meine Kreditkartennummern krallen und mich nach Strich und Faden ausnehmen.

Aber der Gedanke ist absurd.

»Reiß dich zusammen«, murmele ich. Natalie würde mich niemals abzocken. Sie ist nicht wie die anderen. Sie ist kein Hai in Stilettos.

Aber du kennst sie erst seit sechs Monaten, Alter.

Ich schrubbe meine Haut ab, versuche mich wieder einzukriegen. Meine Befürchtungen sind lächerlich. Natalie und ich haben eine einzige Nacht miteinander verbracht, und sie hat bereits die Annullierung arrangiert, um unseren Fehler zu korrigieren. Nur weil ich einige durchgeknallte Weiber hinter mir habe, heißt das nicht, dass die Braut, die ich letzte Nacht genagelt habe, genauso aus der Spur laufen wird.

Aber sie als *die Braut, die ich letzte Nacht genagelt habe* zu bezeichnen scheint auch nicht richtig zu sein, besonders da der goldene Ring an meinem Finger mir ins Gedächtnis ruft, wie viel mehr da zwischen uns war als bloßes Nageln. Ich erinnere mich an ausgelassenes Lachen und Leichtigkeit, an zärtliche Küsse, an ein Gefühl von Verbundenheit.

Ich habe sie letzte Nacht nicht nur genagelt. Ich bin ganz sicher. Was zwischen uns geschehen ist, war mehr als das.

Genauso sicher bin ich mir allerdings, dass es sich nicht wiederholen lässt.

16. Kapitel

Dreißig Minuten später sind meine Kopfschmerzen dank des Aspirins auf ein erträgliches Maß abgeklungen, und ich setze mich, mit einer Sonnenbrille im Gesicht, in den Fond eines per Klimaanlage heruntergekühlten Autos, das uns zu einer Mall bringt. Die ganze Fahrt über sprechen wir kein einziges Wort. Ich weiß sowieso nicht, was ich sagen soll. Natalie scheint auch nicht in Plauderlaune zu sein. Vielleicht ist sie sauer wegen meines Spruchs, dass sie mich vielleicht reinlegen wollte. Oder aber ihr Kater ist schlimmer, als es den Anschein hat.

Wir halten vor *Easy Out Divorce*, der Kanzlei, wo es die Ehenichtigkeitserklärungen gibt.

An der Tür begrüßt uns ein Mann um die dreißig, der einen Diamantohrring und ein gestreiftes purpurnes Oberhemd trägt. Er reicht uns die Hand, führt uns in ein kleines Büro und erklärt uns gut gelaunt das Prozedere.

»Mehr brauchen Sie nicht zu tun«, sagt er und lässt ein Lächeln aufblitzen. »Es kostet hundertneunundneunzig Dollar, die Unterlagen vorzubereiten. Dann gehen Sie damit zum Gericht und reichen sie ein; die Bearbeitungsgebühr kostet noch einmal zweihundertneunundsechzig Dollar. Das können Sie dann am Montag machen.«

Natalie schüttelt den Kopf. »Wir brauchen Ihren vollen Rundum-Service. Wir fliegen gleich nach Hause.«

Er schnippt mit den Fingern. »Ach, richtig. Darüber haben

wir ja heute Morgen am Telefon gesprochen. Sie sind die New Yorker.« Er klatscht in die großen Hände. »Dann übernehmen wir das für Sie. Wir setzen die Ehenichtigkeitserklärung auf, reichen sie beim Gericht ein und bezahlen die Bearbeitungsgebühr.« Er macht eine raumgreifende Geste. »Anschließend holen wir die vom Richter unterschriebene Erklärung ab und schicken sie Ihnen. Das Ganze kostet siebenhundertneunundneunzig Dollar. Sie können eine Anzahlung leisten und den Rest in Raten bezahlen, oder Sie zahlen den gesamten Betrag sofort. Wie hätten Sie es gern?«

»Ratenzahlung«, sagt Natalie, während ich im selben Moment erkläre: »Ich zahle sofort.«

Der Mann reißt die Augen auf und hebt die Hände, wie um *Ich halte mich da raus!* zu sagen.

»Ich bevorzuge die Ratenzahlung«, sagt Natalie leise, aber bestimmt.

»Ich habe die hier dabei«, sage ich und ziehe meine Kreditkarte aus der Brieftasche.

Sie wendet sich mir zu und zischt zwischen zusammengepressten Zähnen: »Ich möchte mich an den Kosten für die Annullierung unserer Ehe beteiligen, Wyatt.«

»Das musst du nicht. Ich bezahle es.«

»Ich will, dass wir es teilen.« Jedes Wort von ihr ist ein Messerstich. »Und wenn wir noch lange darüber streiten, kehren meine Kopfschmerzen zurück.«

Für mich gilt das Gleiche, deshalb werde ich weder über diesen Punkt weiter diskutieren noch werde ich mich ihrem Wunsch fügen. »Lass uns die Sache einfach erledigen, Nat. Widersprich mir nicht, wir klären die Sache später zwischen uns.«

Sie verschränkt die Arme, während ich dem Mann meine Kreditkarte reiche. »Die volle Summe.«

Er nimmt die Zahlung entgegen, zeigt uns, wo wir unterschreiben müssen, und erklärt, dass er uns auf dem Laufenden halten werde. »Glückwunsch zu Ihrer Blitztrennung«, sagt er und strahlt uns an.

Auf dem Weg nach draußen funkelt Natalie mich an. »Was sollte das gerade? Warum bestehst du darauf, die Gebühr allein zu bezahlen?«

»Weil es mein Fehler war.«

»Ah. Richtig. Natürlich.« Sie lässt die Worte verklingen, dann wirft sie mir einen eisigen Blick zu. »Im Hotel hieß es noch, ich könnte dich reingelegt haben. Aber jetzt war es *dein* Fehler?« Ich setze zu einer Erwiderung an, doch sie lässt mir keine Zeit; sie beugt sich zu mir vor und sagt: »Vielleicht wollte ich ja mitbezahlen, weil ich auch einen Fehler begangen habe. Du warst nicht der Einzige.«

»Das meine ich nicht.« Ich öffne ihr die Tür.

»Was meinst du dann?«

»Schau«, sage ich, während ich ihr in den Wagen folge und der Fahrer losfährt. »Es tut mir leid, dass die Dinge letzte Nacht derart aus dem Ruder liefen. Es tut mir leid, dass ich vorschlug, wir sollten heiraten. Alles tut mir schrecklich leid. Da kann ich doch zumindest die Kosten übernehmen.«

Sie schließt die Augen, als täte ihr das Ganze weh. »Mir tut es auch richtig leid«, sagt sie mit leiser Stimme.

Ich weiß nicht, wie zwei Leute, die gestern die Nacht ihres Lebens hatten, sich plötzlich zanken können wie ein altes Ehepaar. Ach, stimmt ja. Wir *sind* ein Ehepaar. Wir haben etwas unfassbar Blödes gemacht. Aber wenigstens lässt dieser

Fehler sich korrigieren. »Je eher die Sache ausgestanden ist, desto besser.«

»Absolut.«

»Bald ist es ja vorbei. So, wie der Kerl gesagt hat.« Während der Wagen über den Highway braust, versuche ich die Stimmung zu heben. »Hey, ich schätze, das Sprichwort stimmt wirklich. Was in Vegas geschieht, bleibt auch in Vegas. Wir kehren mit weißer Weste nach New York zurück. Es wird sein, als hätte es die letzte Nacht nie gegeben.«

»Bestimmt«, presst sie zwischen ihren zusammengepressten Lippen hervor und schaut den Rest der Fahrt schweigend aus dem Fenster.

Auch während des Flugs sprechen wir kaum miteinander, ebenso während der Fahrt nach Manhattan. Als wir ihr Apartment erreichen, räuspere ich mich.

Aber was soll ich sagen? *Danke für die schönen Erinnerungen an eine Nacht, die ich nie vergessen werde?*

Das kann ich nicht bringen. Dazu ist die Atmosphäre zwischen uns zu angespannt. Und es ist auch besser so, denn wir sind ja kein Paar.

Und so sage ich nur: »Wir sehen uns bei der Arbeit.«

Zum Abschied winkt sie mir flüchtig zu, und ich fahre nach Hause. Dort knalle ich mich ins Bett und flüchte mich vor meinen schlechten Entscheidungen in den Schlaf, bis es schließlich Montag ist und ich Natalie wieder unter die Augen treten muss.

17. Kapitel

Inzwischen sollte offenkundig sein, dass ich, wenn es um Frauen geht, nicht immer die richtigen Entscheidungen treffe. Ich bin nicht sicher, warum. Vielleicht klebt an meiner Stirn ein Schild, auf dem steht: »Bist du durchgeknallt? Dann nimm mich. Verrückte Frauen und ich, das passt. Wie ein guter Wein und Käse.«

Ich gebe den Frauen keine Schuld, denn ich bin jemand, der die Verantwortung für seinen Scheiß übernimmt. Ich weiß, dass ich derjenige bin, der das Problem hat, und es begann alles mit Roxy. Sie fiel mir im letzten College-Jahr im Wahlfach Astronomie auf. Nach dem College zogen wir zusammen, und sie arbeitete für eine große New Yorker Firma in der Public-Relations-Abteilung, meist bis spät in den Abend. Auch ich arbeitete mir den Arsch ab, versuchte mir als Bautischler meine Sporen zu verdienen. Roxy war großartig, sie unterstützte mich nach Kräften und war alles, was sich ein junger Bursche in Manhattan, der sich hochzuarbeiten versuchte, nur wünschen konnte – lustig, immer gut drauf und eine Rakete im Bett. Aber darum geht es nicht. Es geht darum, dass sie diejenige war, die mich ermutigte, mich mit einer eigenen Firma selbstständig zu machen. Sie gab mir dazu viele nützliche Tipps.

Könnt ihr euch denken, worauf dies hinausläuft?

Yeah, ich auch.

Sie half mir mit meiner Firma auf die Sprünge, aber als sie für diesen Banker die Beine breit machte, war für mich Schluss mit lustig. Ich warf sie hochkantig aus meinem Apartment.

Sie zog bei ihm ein. Leider war das nicht das Letzte, was ich von ihr hörte. Einen Monat später versuchte sie, sich an meiner Firma gütlich zu tun, indem sie behauptete, sie hätte das »intellektuelle Startkapital« zur Verfügung gestellt, um mir auf die Sprünge zu helfen, und dass ihr aufgrund ihrer Tipps und Ideen ein Teil von WH Carpentry & Construction zustehe.

Sie verlangte einen prozentualen Anteil am Gewinn, und zwar für einen unbegrenzten Zeitraum.

Es wurde ziemlich hässlich, und mein Kumpel Chase brachte mich mit seinem Cousin zusammen, der ein extrem gewiefter Rechtsanwalt ist. Er half mir aus der Bredouille, und dafür bin ich den beiden bis heute etwas schuldig.

Ich wünschte, ich könnte derartige Dinge kommen sehen. Ich wünschte, ich hätte eine Art sechsten Sinn für hinterlistige Weibsbilder, die mir eines Tages fürchterlich ans Bein pinkeln werden. Ich frage mich, ob ich zu vertrauensselig bin, aber ich denke nicht, dass dies der Fall ist. Ich bin nicht der Typ, der sich verknallt und die entscheidenden Fragen erst hinterher stellt.

Nehmen wir Katrina: Ich war vorsichtig mit ihr, wartete, bis unser Website-Vertrag endete. Ich änderte die Passwörter, bevor ich zum ersten Mal mit ihr ausging. Sie schien total lieb zu sein, und sogar meine Schwester mochte sie. Und echt jetzt, Josie Hammers Gütesiegel zu bekommen ist nicht einfach.

Es genügt zu sagen, dass wir alle völlig geschockt waren, als Katrina dann ausflippte.

Josie erklärte, in Frauenfragen klebe mir halt das Pech an den Händen. Außerdem hat doch jeder diesen einen Freund, der immer an die falschen Frauen gerät. Ich schätze, für meine Kumpel bin eben ich dieser besagte Freund. Aber es ist nicht so, als würde es einen Lackmustest für durchgeknallte Frauen geben. Das ist ein weiterer Grund dafür, warum ich nicht der Versuchung erliegen darf, die Natalie auf der Arbeit darstellt.

Obwohl meine Assistentin am Montagmorgen wirklich hinreißend aussieht, als sie sich an den Schreibtisch setzt und mit dem Papierkram beginnt, verbiete ich es mir, an ihre nackten Beine und ihren schlanken Hals zu denken. Auch vermeide ich es, auf ihre fantastischen Titten zu starren, in die sie sich so gerne beißen lässt. Und gewiss male ich mir nicht eine Sekunde lang aus, wie sie die Beine um mich schlingt und mir die Fingernägel in die Haut bohrt.

Mein Kopf ist tatsächlich völlig frei, und dem Lächeln nach zu urteilen, das wie festgeschweißt auf Natalies Gesicht klebt, scheint auch sie absolut zufrieden damit zu sein, weiterzumachen wie bisher. So, als wäre nichts geschehen.

»Gute Nachrichten«, sagt sie. »Ist gerade reingekommen. Wir sollen für einen Küchenumbau in der Park Avenue einen Kostenvoranschlag erstellen.« Dann rattert sie die Einzelheiten herunter und erklärt, dass man mich um vier Uhr vor Ort erwarte.

Ich spiele mit den Büroklammern auf ihrem Schreibtisch herum. »Großartig. Kümmerst du dich um die Schaubilder?«

»Natürlich. Das gehört zu meinem Job.«

Ich schnappe mir mein Werkzeug und verabschiede mich, und Natalie winkt kurz. Ich schaue auf ihre linke Hand. Die Finger sind nackt. Ihr Ring ist verschwunden.

Meinen trage ich noch, und ich weiß ehrlich nicht, warum ich ihn nach unserer Rückkehr nicht abgenommen habe; ich habe nicht einmal bemerkt, dass er noch an meinem Finger steckt.

Ein momentaner Anflug von Traurigkeit überkommt mich, aber das ist sinnlos, deshalb verdränge ich das Gefühl und konzentriere mich in den folgenden Stunden voll auf die Arbeit.

Später erscheint auch Natalie zu dem Termin in der Park Avenue, in der Hand ihre Laptoptasche. Sie ist durch und durch professionell, beantwortet die Fragen des Kunden und lässt mich wie ein Rockstar erscheinen.

Als wir das Gebäude gemeinsam verlassen, erkundige ich mich nach ihrem Befinden. »Alles in Ordnung mit dir?«

Sie tippt sich ans Handgelenk. »Alles in Ordnung. Aber ich muss los. Zum Karate. Tschüss.«

Sekunden später verschwindet sie in nördliche Richtung aus meinem Blickfeld, taucht in den Passantenstrom auf der Park Avenue ein. Weiterhin ohne Ehering.

Zurück im Apartment spiele ich mit dem Gegenstück herum, streiche über das glänzende Edelmetall. Doch ich nehme den Ring immer noch nicht ab.

Während ich mir ein Omelett zubereite, frage ich mich, wie Natalie ihre Eier mag, ob sie mein Omelett mögen würde. Als ich mich hinsetze und esse, ziehe ich den Ring ab und beschreibe damit abwesend Kreise auf dem Küchentisch.

Nach dem Essen schiebe ich mir einen Oreo in den Mund und schalte meinen E-Reader ein, um in meinem neuesten Buch über faszinierende Tierfakten zu lesen. Währenddessen spiele ich abwesend mit dem Ring, rolle ihn zwischen den

Fingern herum. Schließlich stehe ich auf und gehe ins Schlafzimmer, wo ich das Foto von uns in der Achterbahn in die Hand nehme. Aber es zu betrachten weckt in mir die Sehnsucht nach dem, was ich nicht haben kann, deshalb lege ich es wieder weg.

Später halte ich den Ring ins Badezimmerlicht, dann lege ich ihn in den Medizinschrank und frage mich, was Natalie mit ihrem gemacht hat.

***

Aber es spielt keine Rolle, denn als ich eine Woche später bei *Easy Out Divorce* anrufe, erzählt mir der schwatzhafte Bursche: »Alles läuft wie gewünscht. Die Unterlagen wurden eingereicht. Demnächst sind Sie wieder ein freier Mann.«

»Großartig«, sage ich.

Und es ist tatsächlich großartig, wie schnell man einen riesigen Fehler rückgängig machen kann. Als ich auf dem Heimweg vom neuen Auftrag in der Park Avenue kurz im Büro vorbeischaue, unterrichte ich Natalie von dem Telefonat.

Ihre Antwort besteht aus einem kühlen Lächeln und einem knappen »Das ist gut«. Dann hängt sie sich die Handtasche über die Schulter und verlässt das Büro.

So geht es in den nächsten zwei Wochen weiter. Wir erstellen Kostenvoranschläge, planen neue Projekte. Ich baue, sie managt. Wir ziehen einige neue Aufträge an Land, darunter auch einen für eine Freundin von Lila. Ihr Name ist Violet, und sie erzählt, Lilas neue Küche habe sie so inspiriert, dass sie sich etwas Ähnliches für ihr eigenes Apartment vorstelle. Als Natalie mir schließlich den Vertrag für den neuen Auftrag vorlegt, zeige ich mich hocherfreut, denn nun sind wir wieder auf Expansionskurs.

»In ein paar Wochen geht's los. Vorher kriegen wir den Auftrag nicht unter«, sagt Natalie nüchtern. »Es scheint Lila zu freuen, dass sie uns mit Violet zusammengebracht hat. In meinem Selbstverteidigungskurs wiederholte sie noch einmal, wie leid es ihr tue, dass der Vegas-Auftrag geplatzt ist.«

»Sie nimmt bei dir Karate-Unterricht?«

Natalie nickt. »Ja. Lustig, was? Ich kannte sie ja nur aus dem Arbeitskontext mit dir, aber plötzlich schneite sie herein und meinte, sie wolle Karate lernen.«

»Das ist ziemlich cool.«

»Sie lernt schnell. Und ich finde es toll, dass sie einer Freundin von dir erzählt hat. Damit sind wir nach dem Vegas-Debakel endgültig wieder im grünen Bereich.«

Anfangs bin ich nicht sicher, auf welches Debakel sie anspielt – auf die Eheschließung oder auf den geplatzten Auftrag –, aber dann wird mir klar, dass sie vom Geschäft spricht. Und das ist mir nur recht, denn es zeigt, dass wir trotz unseres persönlichen Fiaskos weiterhin hervorragend zusammenarbeiten, professionell, gelassen, ohne Komplikationen.

Warum sollten wir uns auch anders verhalten? Schließlich hatten wir uns vorgenommen, das Beste aus jenem Abend in Vegas zu machen, und das haben wir getan. Wir haben es bis zur Neige ausgekostet, und als die Sonne aufging, war es eben vorbei. Ende der Geschichte.

Heute Abend werde ich ohnehin nicht mehr groß darüber nachdenken, denn ich sehe mir ein Yankees-Spiel an. Zuerst schaue ich in der Sunshine Bakery vorbei, wo Josie gerade

Feierabend macht. Als ich hereinkomme, strahlt sie mich an und schnappt sich einen Besen, um zu fegen.

Ich lächle. »Du hast es nicht vergessen, oder?«

Sie schüttelt den Kopf. »Du hast mich fünf Mal daran erinnert.«

Ich hebe einen Finger. »Einmal. Ich habe es dir einmal gesagt. So habe ich es Chase erzählt. Ist schon peinlich genug.«

»Du musst bei ihm ganz schön in der Kreide stehen.«

»Ja, ist Jahre her. Und jetzt soll ich die alte Schuld begleichen.«

Josie lehnt den Besen an die Wand und geht hinter den Tresen. Sie nimmt einen kleinen gelben Bäckereikarton. Auf dem Deckel klebt ein herzförmiger Sticker, der den Karton zuhält. Sie drückt ihn mir in die Hand. »Ein Erdbeertörtchen für Chase Summers.«

»Ich kann nicht glauben, dass ich dem Kerl eine verdammte Torte in die Bronx bringe.« Ich schnüffle am Karton. »Bitte, sag mir, dass du als Belohnung für mich auch einen deiner berühmten Schoko-Cookies reingelegt hast.«

»Leider nicht.« Sie deutet auf den Aufkleber. »Ist nur für ihn.«

Ich lese ihre kurze Nachricht. *Extra für dich. Schön, dass du meine Erdbeertörtchen vermisst hast. Komm doch mal vorbei! Ist schon zu lange her!*

»Ich schwöre dir, Josie, er hat von nichts anderem geredet. *Bringst du mir ein Erdbeertörtchen mit? Bringst du mir ein Erdbeertörtchen mit?* Ich meinte, er soll sie sich selbst bei dir holen. Aber er hatte die ganze Woche lang tagsüber Dienst und schaffte es einfach nicht herzukommen. Und irgendwie hat es mir leidgetan, ihn so zu sehen, du weißt schon …«, sage ich schulterzuckend.

»Der Mann hat letztes Jahr im kriegsgeplagten Afrika unzählige Leben gerettet«, entgegnet sie. »Er hat etwas leckeren Süßkram verdient. Richte Doktor McHottie aus, das nächste Mal soll er selbst vorbeikommen.«

Ich funkele sie an. »Nenn ihn nicht so.«

Sie reißt die Augen auf, macht ein *Wer-ich*-Gesicht. »So hast du ihn doch immer genannt.«

Ich schüttele den Kopf. »Glaub mir, so habe ich ihn nie genannt.«

»Wer dann?«

»All die Frauenzimmer.«

Sie deutet auf sich selbst. »Ich bin auch ein Frauenzimmer.«

»Und er ist ein Hund.«

Sie lacht. »Klingt aber wie ein Kompliment, denn du magst Hunde ja.«

Ich überlege kurz. »Da hast du mich erwischt«, sage ich und gehe zur Tür. Aber auf halbem Weg bleibe ich stehen und wende mich noch einmal zu meiner Schwester um. »Sag mal, Josie …«, beginne ich nonchalant.

»Ja?«

»Ist alles in Ordnung mit Natalie?«

Josie legt den Kopf schräg. »Natürlich. Warum fragst du?«

Ich zucke wieder mit den Schultern. »Einfach so. Ich wollte nur sicher sein.«

Josie starrt mich an, und ich weiß, dass ich zu viel gesagt habe. Sie ist meine Schwester und braucht mir nur ins Gesicht zu schauen, um zu wissen, was in mir vorgeht. »Ist in Vegas etwas schiefgelaufen?«

»Nein. Überhaupt nicht«, erwidere ich bemüht locker. Dann kommt mir ein beunruhigender Gedanke. »Warum? Hat sie etwas gesagt?«

»Nein. Ich war nur neugierig. Sie ist in letzter Zeit ein bisschen stiller. Hast du irgendetwas Blödes zu ihr gesagt?«

Ungefähr eine Million verschiedene Sachen.

»Ich denke, nicht«, antworte ich und grinse sie schief an.

»Jetzt mal im Ernst. Warst du ein guter Junge?«, fragt sie und durchbohrt mich mit dem Blick aus ihren großen grünen Augen. Fordert mich heraus. Bringt mich dazu, mir die gleiche Frage zu stellen. Bin ich weiterhin ein guter Junge, nachdem ich Natalie vom Fleck weg geheiratet habe und die Ehe nun wieder annullieren lasse? Ich rufe mir die Ereignisse in Vegas ins Gedächtnis und finde, dass ich ein guter Junge war. Vielleicht nicht besonders klug und vorausschauend, aber ich habe sie nicht schlecht behandelt und bin seit unserer Rückkehr weiterhin ein netter Chef.

»Ja, ich war ein guter Junge. So gut, dass ich einen deiner Schoko-Cookies verdiene«, erkläre ich und klimpere mit den Lidern.

Sie lacht und greift hinterm Tresen nach einem der selbst gebackenen Kekse. »Du weißt, dass du von mir immer einen kriegst.«

»Du bist die beste Schwester der Welt, Welt, Welt«, echoe ich, als würde ich in ein Mikrofon sprechen.

»Ich weiß, weiß, weiß. Umarme Chase von mir.«

»Auf keinen Fall. Dazu wird es nie kommen.«

18. Kapitel

Im Yankee Stadium finde ich meinen College-Kumpel in der dritten Reihe an der ersten Baseline; er tippt auf seinem Smartphone herum. »Wischen dich die Frauen alle nach links weg?« Ich klopfe ihm auf den Rücken. »Ist blöd, wenn man auf Tinder immer die letzte Wahl ist, oder?«

»Wem sagst du das?«, entgegnet er, dann stoßen wir unsere Fäuste aneinander. »Schön, dich zu sehen.«

»Dich auch.« Ich beäuge seine tief gebräunte Haut. »So sieht man also aus, wenn man ein Jahr in Afrika gearbeitet hat, was?«

Er streckt den Unterarm aus. »Gefällt es dir? Ich bin jetzt ein bronzener Adonis«, sagt er augenzwinkernd und greift nach Josies Karton. »Her damit. Das Zuckerzeug habe ich echt vermisst, während ich weg war.«

Chase ist gerade aus Afrika zurückgekehrt, wo er ein Jahr für Ärzte ohne Grenzen tätig war. Nun ist er wieder in New York und arbeitet in einem Trauma-Krankenhaus.

»Keine Erdbeertörtchen in Afrika?«

»Schockierenderweise nein«, sagt er, liest Josies Nachricht und öffnet lächelnd den Karton. Er nimmt das Törtchen heraus, beißt hinein und verdreht genüsslich die Augen. »Das ist der Sinn des Lebens. Genau das hier. Dieses Erdbeertörtchen.«

»Josie ist eine Göttin, wenn es ums Backen geht.«

»Auf jeden Fall«, sagt er anerkennend. »Und das hier macht meinen ganzen Tag besser. Ich hatte nämlich einen richtig beschissenen Nachmittag. Beziehungsweise die Patienten hatten einen beschissenen Nachmittag.«

»Lass mich raten. Du hattest fünf Stichverletzungen«, sage ich grinsend.

Lachend fährt er sich durch sein goldbraunes Haar. »Vier, genau genommen. Dazu drei Schusswunden und ein Senfglas in einer Körperöffnung«, berichtet er und erklärt mir, während er am Törtchen knabbert, in allen Details, wie er bezüglich des Senfglases vorging.

Ich winde mich auf meinem Platz. »Wie kannst du essen, während du so was erzählst?«

Er zuckt mit den Schultern. »Ich war noch nie zimperlich. Ist vermutlich angeboren. Wahrscheinlich bin ich deshalb so ein guter Unfallchirurg«, meint er trocken, ganz der eingebildete Fucker, als den ich ihn kenne. Aber er ist ein toller Bursche. Er hatte immer meine volle Rückendeckung und ich seine.

Er futtert das Törtchen auf, steckt den Aufkleber ein und sagt: »Bestell Josie, dass sie immer noch die beste Bäckerin weit und breit ist.«

»Sag's ihr selbst. Geh einfach hin«, entgegne ich, denn Josie und Chase kennen sich. Er hat uns während der Semesterferien ein paarmal besucht und sich mit ihr angefreundet. Aber plötzlich fällt mir der McHottie-Kommentar ein. »Warte. Geh lieber nicht hin. Lass es bleiben.«

Stirnrunzelnd hebt er die Hände. »Na, was denn nun? Soll ich hingehen oder nicht, Hammer?«

»Geh hin, Summers. Aber mach sie nicht an«, warne ich ihn.

Er wackelt mit den Augenbrauen. »Sie ist immer noch eine richtig heiße Braut, was?«

Ich funkele ihn an. »Alter, sag nicht solche Sachen. Sie ist meine Schwester, und vor allem ist sie mein Lieblingsmensch im ganzen Universum.«

»Empirisch betrachtet ist sie aber wunderschön. Es ist eine Tatsache.«

»Trotzdem darfst so etwas nicht sagen, nur weil du einen Doktortitel hast. Es ist verboten«, sage ich, während die Yankees aufs Spielfeld herausströmen und die Zuschauer jubeln.

»Entspann dich, Mann. Ich bin mit ihr fast genauso lange befreundet wie mit dir. Und ich habe sie kein einziges Mal angemacht.«

»Gut. Können wir jetzt bitte über etwas anderes sprechen?«

»Klar«, gibt er zurück. »Wie ist zum Beispiel dein Leben als verheirateter Mann?«

Ruckartig blicke ich auf meinen Ringfinger herab. Er ist nackt. »Woher weißt du das?«

Er lacht tief. »Alter, du hast mir nachts um drei aus Vegas eine SMS geschickt und geschrieben, dass du geheiratet hast. Ich hielt es für einen Scherz. Ist es wahr?«, fragt er, während der Stadionsprecher die Mannschaftsaufstellung verkündet und die Namen und Fotos der Spieler auf der Anzeigetafel aufleuchten.

Ich nicke still.

»Erzähl mir die Geschichte.«

Ich erzähle ihm die Kurzfassung der fantastischen Erlebnisse, die Natalie und ich in Vegas hatten, dann kaufe ich uns am Bierstand zwei kühle Blonde. Und da ich es bisher niemandem erzählt habe, merke ich, wie gut es tut, mich Chase anzuvertrauen.

»Du hast das kleine Problem also noch nicht ganz aus der Welt geschafft?«, fragt er, während ich ihm einen Bierbecher reiche. »Ich habe dir doch gesagt, dagegen gibt es eine Pille. Du hättest sie an dem Abend nehmen sollen.«

»Wie heißt denn diese Pille?«, steige ich auf sein Spiel ein.

Er fasst sich ans Kinn. »Mal überlegen. Wie hieß sie noch gleich? Ein Pharma-Vertreter brachte neulich eine mit. Ach genau, sie heißt Tu-genau-das-Gegenteil-dessen-was-dein-Instinkt-dir-bezüglich-einer-Frau-sagt-Pille.«

»Leider verschreibst du sie mir ein paar Tage zu spät.«

»Aber im Ernst, Mann.« Er klopft mir auf die Schulter. »Ist doch halb so schlimm. Alles ist geregelt, ihr wollt euch nichts Böses, und bald ist es vorbei.«

»Ja, stimmt«, sage ich und trinke einen Schluck, doch meine Stimme klingt seltsam hohl.

»Mann, in Vegas machen alle bescheuerte Sachen.«

»Das Land des unbegrenzten Bescheuertseins.«

»Eine Art Initiationsritus.«

»Für dich gilt das aber nicht«, stelle ich fest, und es stimmt. Chase ist durch und durch der Goldjunge. In der Schule zwei Klassen übersprungen, volles Collegestipendium, Jahrgangsbester im Abschlussjahr. Medizinstudium, großartiges Krankenhaus während der Facharztausbildung. Dann ging er nach Afrika, um in krisengeschüttelten Regionen Gutes zu tun. Ja, tatsächlich, er kann Leben retten. So, das wäre das. Und was die Damenwelt betrifft, hat er absolut keine Probleme.

»Normalerweise nicht, stimmt. Aber wenn ich in Vegas wäre, würde ich vermutlich das Gleiche tun«, sagt er.

»Besonders, falls ich so auf meine Assistentin stünde wie du auf deine.«

Ich wirbele zu ihm herum, obwohl auf dem Spielfeld inzwischen die Bases besetzt sind. »Was? Wie kommst du darauf? Du bist seit gerade mal zwei Wochen wieder im Land. Woher willst du das verdammt noch mal wissen?«

Er zieht eine Augenbraue nach oben. »Mir dünkt, dass der Gentleman zu heftig widerspricht.«

»Was auch immer. Beantworte die Frage, Mann.«

Chase nimmt einen tiefen Schluck von seinem Bier. »Es liegt an der Art, wie du über sie sprichst. Du magst diese Frau.«

Was soll ich darauf antworten? Er hat ja recht. Ich mag Natalie tatsächlich. Vom ersten Tag an. Aber das spielt keine Rolle. Das Thema sind nicht meine Gefühle, sondern es ist die ganze Situation, und die wird sich so bald nicht ändern.

»Außerdem bist du nicht der Typ Mann, der mit einer Frau schläft und sie dann ausrangiert«, schiebt er nach.

»Ich habe ein Tinder-Account«, entgegne ich zu meiner Verteidigung, während der Werfer einen Ball serviert.

»Und wie oft hast du es benutzt, ein Mal?«

Ich zucke mit den Schultern. Er hat recht. Tinder ist nicht mein Ding. »Yeah, ein Mal.«

»Na, dann viel Glück für eure tägliche Zusammenarbeit. Das dürfte ziemlich beschissen werden.«

Der nächste Ball fliegt quer über den Platz. »Vielen Dank. Deine Aufmunterung kann ich gut gebrauchen. Ich freue mich schon auf morgen im Büro.«

»Dein Leben könnte schlimmer sein«, sagt er mit einem bösen Grinsen. »Zum Beispiel könntest du mit einem Senfglas im Hintern in der Notaufnahme liegen.«

19. Kapitel

Auf einer Beschissenheitsskala ist die Zusammenarbeit mit Natalie nicht so schlimm – als, sagen wir, wenn man sich mit dem Hammer auf den Daumen schlägt. Oder wenn man mit dem Knie volle Kanne gegen den TV-Schrank stößt, den man gerade in Tribeca im frisch renovierten Loft eines berühmten Regisseurs und seiner Schauspielergattin eingebaut hat.

Klar, derlei Dinge sind ein Berufsrisiko, aber das letzte Mal, dass mir so etwas gleich zwei Mal am selben Tag passierte … hm, ehrlich gesagt kann ich mich nicht daran erinnern. Wie auch immer, die Eiszeit zwischen Natalie und mir macht mich unkonzentriert bei der Arbeit. Aber ich bemühe mich nach Kräften, die Gedanken an sie zu verdrängen, damit ich den Tribeca-Auftrag zu Ende bringen kann.

Es ist nicht leicht. Natalie nimmt ärgerlich viel Raum in meinem Kopf ein, aller meiner gegenteiligen Bemühungen zum Trotz.

Als ich ins Büro zurückkehre, um das Werkzeug abzuladen, telefoniert sie gerade. »Perfekt. Ich bin heute Abend dort. Sixty-Fourth und Lex. Super, dass Sie bei dem neuen Kurs an mich gedacht haben.«

Ich ziehe eine Augenbraue nach oben und mache die Daumen-hoch-Geste. Ich bin zwar nicht allwissend, nehme aber an, dass es um ihren Karate-Unterricht geht. Als sie auflegt, breite ich die Arme aus. »Bestimmt geht es darum, Leuten den

Hintern zu versohlen und auch noch Geld dafür zu bekommen, stimmt's?«

Sie lächelt, und ich spüre förmlich, wie die Spannung verfliegt, die seit Vegas zwischen uns geherrscht hat. Es ist wieder so wie vorher. Wir sind wieder gute Kollegen, die sich gegenseitig unterstützen und miteinander essen gehen können. Alles ist gut. »Ja«, sagt sie. »Ein weiteres Dojo hat mich als Aushilfe auf die Trainerliste gesetzt.«

In runzele meine Stirn. »Als Aushilfe? Du solltest deine eigenen Kurse bekommen.«

Sie zuckt mit den Schultern. »Kein Problem. Ist in Ordnung für mich.«

»Aber hilft dir das mit deinen Videos? Kannst du dir so einen Ruf als Karatelehrerin aufbauen? Die Leute sollten in *deinen* Unterricht kommen wollen, und dir nicht nur zufällig begegnen, wenn du für irgendeinen Trottel einspringst, der es nicht zum Training schafft.«

»Ist schon in Ordnung, Wyatt«, sagt sie scharf, und vielleicht bin ich für sie doch noch nicht wieder der nette Kollege von früher.

»Ich finde einfach, dass du dich unter Wert verkaufst.«

»Mach dir keine Gedanken, wirklich. Es ist in Ordnung.« Sie tippt auf einen Papierstapel auf dem Schreibtisch. »Einige Rechnungen sind fällig. Ich habe die Schecks ausgestellt. Wenn du sie unterschreibst, werfe ich sie unterwegs in den Briefkasten.«

Sie reicht mir einen Kugelschreiber, und ich fühle mich wie ein gescholtener kleiner Junge, der ohne Abendbrot zu Bett geschickt wird. Vielleicht war mein Kommentar unangemessen. Vielleicht verstehe ich sie nicht mehr so gut wie früher.

Ich beuge mich herab, um die Schecks zu unterzeichnen. Ich komme Natalie so nahe, dass ich ihren Duft wahrnehmen kann. Ich schlucke trocken und erinnere mich, wie es war, meine Nase in ihr Haar zu stecken, mit meinen Lippen über ihre Haut zu streichen, sie einzuatmen. Ich verfluche mich dafür, sie in Vegas nicht geleckt zu haben. Was habe ich nur gedacht? Mir wird der Mund wässrig, während ich die Schecks unterzeichne und mir vorstelle, unter dem Schreibtisch zwischen ihren Beinen zu hocken und mein Gesicht unter ihren Rock zu schieben. Ihre süße Hitze zu schmecken. Sie nach allen Regeln der Kunst mit meiner Zunge zu verwöhnen.

»Fuck«, murmele ich.

»Was ist los?«

Was los ist? Ach, nichts eigentlich. Nur dass mein Schwanz hart wie eine Eisenstange ist und sich in meinem Kopf ein Karussell voller Bilder von deinem nackten Körper dreht. Aber wir können das Problem lösen, wenn du auf der Stelle die Beine breit machst und mich deine wunderbare Muschi lecken lässt.

»Nichts. Alles ist gut.« Ich winke ab und versuche mich so hinzustellen, dass sie meine Erektion nicht sieht. Da fällt mir ein, was Natalie auf dem Flipperautomaten gesagt hat, nämlich dass sie mich bei der Arbeit heimlich abcheckte. Ich frage mich, ob sie es noch immer tut. Ob sie mir verstohlen auf den Schwanz starrt und zufrieden ist mit der Wirkung, die sie auf mich ausübt. Ob sie irgendetwas gegen den Schmerz in meiner Hose tun möchte. Und vor allem frage ich mich, ob sie sich genauso fühlt wie ich.

»Der letzte Scheck«, sagt sie und schiebt ihn herüber – ihre

Hände gefährlich nahe an meinem Schwanz, »ist mein Gehaltsscheck.«

Ich will schon unterschreiben, als mir unvermittelt etwas auffällt. Der Betrag ist falsch.

»Was ist das?« Ich deute auf den Scheck. Ich denke nicht mehr an ihre duftende Muschi, sondern daran, was sie mit meiner Firma anstellt.

»Das nennt man einen Scheck. Damit geht man zur Bank und erhält die Geldsumme, die darauf steht«, gibt sie zurück und klingt dabei so locker, als ob wir uns tatsächlich wieder gut verstünden.

Aber meine Frage war nicht derart fundamentaler Natur. »Ich spreche von dem Betrag. Er ist falsch.« Ich deute auf die Summe, die sie eingetragen hat.

»Das ist mein normales Gehalt.«

Ich seufze und spüre, wie ein unvertrauter Anflug von Verärgerung in mir aufsteigt. Ich bin kein jähzorniger Typ, rege mich nicht leicht auf. Aber in diesem Fall sieht die Sache anders aus; was Natalie hier tut, macht mich richtig sauer. »Ich habe dir eine Gehaltserhöhung gegeben, Natalie.« Meine Stimme klingt angespannt. »Hast du das vergessen?«

Sie sieht mich schuldbewusst an, aber ihre Stimme ist fest. »Ich habe es nicht vergessen. Aber ich dachte, es gilt nicht mehr.«

Ich pflanze meine Handflächen auf ihren Schreibtisch und starre sie nieder. »Wir haben die Ehe annulliert, nicht unser Arbeitsverhältnis.«

»Ich dachte eben, es sei eines von diesen Dingen.«

»Eines von welchen Dingen?«

»Na, das, was man so sagt, wenn man betrunken ist«, entgegnet sie.

Ich presse die Zähne zusammen und atme durch die Nase. »Aber ich habe es ernst gemeint.«

Sie schiebt sich auf ihrem Stuhl zurück. »Schau, ich wollte nicht anmaßend sein und davon ausgehen, dass das Angebot weiterhin gilt. Ich wollte nicht, dass du dich *verpflichtet* fühlst«, erwidert sie ernst.

Und das macht mich noch saurer. In den letzten Wochen haben wir uns gegenseitig behandelt wie rohe Eier, und jetzt trifft sie für meine Firma auch noch Entscheidungen, die zu treffen sie nicht befugt ist.

»Das ist meine Firma. Ich entscheide, was ich dir zahle.« Ich werde nicht lauter. Natalie versteht mein Ansinnen auch so, und zwar aufgrund meines eisigen Tonfalls und der Tatsache, dass ich den Scheck vor ihren Augen zerreiße.

Ich nehme einen neuen und trage den korrekten Betrag ein. Einen höheren. Ich gebe ihn ihr.

»Ich habe dir eine zehnprozentige Gehaltserhöhung angekündigt, und die kriegst du auch. Wenn ich etwas verspreche, dann halte ich mich daran, ganz gleich, ob ich ein paar Biere getrunken habe oder nicht. Ich stehe zu meinem Wort, und von den Leuten, mit denen ich zu tun habe, erwarte ich, dass sie es auch tun und sich entsprechend verhalten.«

»Dank dir.« Mit zittriger Hand ergreift sie den Scheck, senkt den Blick, schnappt sich ihre Handtasche und zischt ab. Zutiefst verärgert, lasse ich mich auf ihren Stuhl fallen und schlage die Hände vors Gesicht.

»Fuck, fuck, fuck.«

Ich weiß, dass ich nicht so wütend sein sollte. Aber ich kann nicht anders, und ich hasse dieses Gefühl. Eigentlich bin ich ein tiefenentspannter Typ, aber im Moment bin ich das genaue

Gegenteil. Ich gehe nach Hause, ziehe mir Shorts an und trainiere in dem Fitnessraum, der sich ganz unten in meinem Wohnhaus befindet, stemme mehr Gewichte, als ich stemmen sollte, renne schneller als normalerweise und powere mich wegen meiner Wut total aus.

Und ich weiß kaum, warum.

Aber nach einer heißen Dusche zu Hause entwirren sich meine verhedderten Gedanken. Und plötzlich weiß ich, warum ich so wütend bin.

Nicht weil sie versuchte, meine Autorität zu untergraben und sich ein *geringeres* Gehalt zu zahlen. Das ist lächerlich.

Nicht weil wir in Vegas sturzbetrunken waren und über Teilen jener Nacht immer noch ein Schleier liegt. Ich bin wütend, weil wir nicht mehr dieselben sind. Es ist uns nicht gelungen, wieder Natalie und Wyatt zu sein. Wir sind jetzt voll im Chef-Untergebene-Modus; wie es vorher war, gefiel mir deutlich besser. Da hatten wir Spaß bei der Arbeit. Jetzt ist der Job so angenehm wie eine Wurzelkanalbehandlung.

Ich ziehe mir Jeans und T-Shirt an, streiche mir durch mein fast trockenes Haar und verlasse mein Apartment. Ich marschiere quer durch die Stadt und hoffe, dass sie noch in dem Dojo in der Sixty-Fourth ist. Als ich dort ankomme, ist es kurz vor neun, alle Lichter brennen. Drinnen sehe ich Natalie, die dabei ist, das Sportstudio dichtzumachen. Ich hake die Daumen in den Taschen meiner Jeans ein und warte.

Nach einigen Minuten erlischt im Dojo das Licht. Die Tür geht auf, Natalie schließt ab und wendet sich um.

»Oh.« Sie macht große Augen.

»Hey«, sage ich leise.

»Hey«, entgegnet sie ebenso leise, und ihre Stimme klingt wie ein zärtliches Streicheln.

»Ich war ein Arsch. Es tut mir leid.«

Sie lächelt. »Schon gut. Ich hätte nicht …«

Ich falle ihr ins Wort. Ich bin hier derjenige, der zu Kreuze kriechen muss. »Nein. An deiner Stelle hätte ich das Gleiche getan. Ich hätte nicht zulassen dürfen, dass du unsicher wurdest, wie viel du bei mir verdienst. Hast du den neuen Karate-Job deshalb angenommen? Weil du nicht wusstest, ob die Gehaltserhöhung ernst gemeint war?«

Sie nickt schuldbewusst. »Ich brauche das zusätzliche Geld.«

Mir sinkt das Herz. »Es tut mir leid, Nat. Das meine ich ernst. Ich möchte nicht, dass du an deinem Wert zweifelst oder an meinen Worten oder an dem, was ich dir verspreche. Ich muss und möchte diese Dinge besser managen. Und ich möchte dich für deine herausragende Arbeit angemessen bezahlen.«

»Dank dir.«

»Ohne dich könnte ich die Firma nicht am Laufen halten. Deshalb die Gehaltserhöhung. Schlicht und einfach.«

»Dank dir. Das weiß ich wirklich zu schätzen.«

»Du verdienst es.« Ich seufze. »Alles wieder gut zwischen uns?«

»Ja. Alles ist gut«, sagt sie, und zum ersten Mal seit ich in Vegas mit einem Kater aufgewacht bin, habe ich das Gefühl, dass sich die Dinge zwischen uns wieder eingerenkt haben.

Ihr Magen knurrt, und ich lächle. »Hört sich an, als hättest du Kohldampf. Lust, essen zu gehen? Ich lade dich ein. Bier und Burger?«

Zum ersten Mal seit unserer Rückkehr sieht das Lächeln, das sich auf ihrem Gesicht ausbreitet, nach Natalie aus. Nach der Frau, die ich kenne. »Ich bin dabei.«

Und das Lächeln sagt mir, dass die Dinge zwischen uns wirklich wieder so sein werden, wie sie bis vor Kurzem waren.

Ich weiß es einfach.

20. Kapitel

Natalie deutet auf mein Kinn. »Ketchup«, sagt sie. Ich nehme meine Serviette und wische den Ketchup ab, dann beende ich meine Geschichte.

»Dann haben wir aus ihrer Ausgabe von *Vom Winde verweht* die letzten zehn Seiten herausgerissen und hineingeschrieben: *Rhett haut ab. Er ist ein Arsch.*«

Sie schlägt mir auf den Schenkel. »Mann, wart ihr gemein.«

Ich nicke beipflichtend und nehme einen Schluck von meinem Bier. Wir sitzen am Tresen des *Best Burger Joint in the City* in der Lexington Avenue und arbeiten uns durch unsere riesigen Jalapeño-Burger. »Wir waren echt schlimm. Josie war hin und weg von dem Buch. Sie hatte ihre Scarlett-O'Hara-Phase, zog sich an Halloween wie eine Südstaaten-Schönheit an, komplett mit Sonnenschirm.«

»Oh, das ist süß. Ich werde sie fragen, ob sie noch Fotos davon hat. Aber du und Nick wart fürchterlich. Reißt die Buchseiten raus und versaut ihr das Ende.« Sie schüttelt amüsiert den Kopf und beißt in ihren Burger.

»Meine Mom meinte manchmal, wir seien eineiige, nicht zweieiige Zwillinge, weil wir beide die gleiche Böser-Scherzbold-DNA in uns trügen. Wie auch immer, Josie war am Boden zerstört. Sie ging zu unserer Mom und fragte: ›Stimmt das?‹ Meine Mutter marschierte in unser Zimmer, warf das Buch nach uns und erklärte, dass wir von unserem Taschengeld Josie nicht nur eine neue Ausgabe von *Vom Winde verweht* kaufen müssten, sondern auch jedes andere Buch, das sie sich in diesem Jahr wünsche.«

Natalie strahlt. »Exzellente Strafe. Aus der Sache ging Josie als klarer Sieger hervor.«

»Kann man wohl sagen. Wir kleinen Arschlöcher waren diejenigen, die ihre Jane-Austen-Sammlung finanzierten.« Ich beiße in meinen Burger. Ein Spoon-Song dröhnt aus den Lautsprechern über uns. Während ich den Bissen hinunterschlucke, deute ich nach oben. »Das da ist richtige Musik. Nicht die Weichspülerkacke von Katy Perry, Justin Bieber und Taylor Swift, auf die du so stehst.«

Sie knufft mich in die Schulter. »Katy Perry rockt. Taylor Swift ist unfassbar gut. Und mit Justin Bieber habe ich nichts am Hut. Ich achte auf einen gewissen Standard, du Musik-Snob.«

»Gott sei Dank«, murmele ich.

»Aber sag mal, hat Josie euch die Sache mit dem Buch jemals heimgezahlt?«

Ich nicke. »Na klar. Sie hat auf andere Weise Rache geübt.«

Natalie hebt ihre Bierflasche und stellt sie wieder ab. »Erzähl's mir. Erzähl's mir. Erzähl's mir.«

»Als wir in der neunten Klasse waren, übergoss sie alle unsere T-Shirts mit einem ekligen Mädchen-Parfüm. Wir hatten nichts anderes zum Anziehen, mussten so in die Schule gehen.«

Natalie ballt die Hand zur Faust. »Ausgezeichnet. Wenn ich sie nachher sehe, werde ich ihr meinen Glückwunsch aussprechen. Dich und Nick wie kleine Prinzessinnen duften zu lassen war der Inbegriff einer süßen Rache.«

»Ich roch eigentlich richtig nett«, sage ich tüttelig, und Natalie lacht auf. Dann verdüstert sich mein Ton. »Aber ich habe es ihr natürlich heimgezahlt. Ich war ein totaler Arsch.«

Sie runzelt die Stirn. »Was ist passiert?«

»Ich habe ihr Shampoo mit Pflanzenöl vermischt.«

Natalie reißt die Augen auf. »Du warst ein Teufel.«

»Der Leibhaftige. Am nächsten Tag habe ich sie natürlich voll verarscht. Ich meinte zu ihr, sie rieche wie ein öliger Salat, was für eine Zwölfjährige natürlich kaum zu ertragen ist.«

»Wyatt«, rügt sie mich und sieht mich aus ihren blauen Augen vorwurfsvoll an. »Das war böse.«

Ich zucke mit den Schultern. »Ich weiß. Glaub mir, ich weiß. Sie war außer sich vor Wut, versuchte aber, sich nichts anmerken zu lassen«, sage ich und entsinne mich, wie Josie sich in ihrem Zimmer verbarrikadierte und überlegte, warum ihr Haar nach dem Waschen so fettig war. »Auf Nick konnte ich es nicht schieben, denn er war zu der Zeit bei einem Freund. Meine Mom nahm mich an dem Tag zur Seite.«

Natalie tunkt einen Pommes in die scharfe Soße, schiebt ihn sich in den Mund und schluckt ihn – ohne mit der Wimper zu zucken – herunter. Wieder einmal bin ich schwer beeindruckt von ihr. »Hast du Ärger bekommen?«

Ich seufze lang gezogen bei der Erinnerung an die brillante Strafe, die meine Mutter sich für mich ausgedacht hat. »Gewissermaßen. Ich bekam keinen Stubenarrest oder so was, sondern erhielt in Gegenwart eines Mädchens eine Standpauke. Ich war fünfzehn und hatte meine erste richtige Freundin. Wir sahen uns bei mir einen Film an. Meine Mom kam ins Wohnzimmer, schaltete den Fernseher aus und erzählte, was passiert war, in Gegenwart meiner Freundin.«

Natalie klappt die Kinnlade herunter. »Was hat sie gesagt?«

»Meine Freundin war sauer auf mich und stand auf der Seite meiner Mom. Meine Mom sagte, es sei aus vielerlei Gründen wichtig, wie ein Junge seine Schwester behandelt, weil sie dadurch lernt, was sie von Jungen und Männern erwarten kann. Sie sagte: ›Sei nett, freundlich und respektvoll zu ihr, sei ihr ein gutes Vorbild. Wenn du und Nick euch anständig verhaltet, wird Josie später eine starke selbstbewusste Frau sein, die von einem Mann nicht alles mit sich machen lassen wird.‹«

Natalie lächelt leise. »Ich habe zwar keinen Bruder, aber ich glaube trotzdem, dass deine Mom recht hatte. Ich denke, wir sind alle Vorbilder füreinander.«

»Sehe ich auch so. Vielleicht ist es der Psychologiestudent in mir, aber ich habe eine Theorie, dass wir nicht nur von unseren Eltern lernen, wie man sich gegenseitig behandelt, sondern auch von unseren Geschwistern. Es ist alles wichtig. Alles, was wir tun, ist wichtig.«

Ihre Lippen verziehen sich zu einem Grinsen. »Du hast Psychologie studiert?«

Ich lache. »Seltsam, was?« Ich hebe die Hände. »Dachtest du, ich hätte einen Abschluss als Holzhobler, oder was?«

Sie lacht und schüttelt den Kopf. »Nein. Aber genau genommen, passt Psychologie zu dir.«

»Yeah? Wieso?«

»Du verhältst dich zwar, als wäre alles ganz simpel, aber tief im Innern bist du einfühlsamer, als du dir anmerken lässt. Meistens wenigstens.« Sie zwinkert. »Haben die Worte deiner Mom gefruchtet?«

»Ja. Ich musste mich ändern, Josie besser behandeln. Mit

den Witzen und Beleidigungen aufhören. Meine Mom hat mir das klargemacht. Mir diese Dinge in Gegenwart eines Mädchens zu erzählen, das ich mochte, hat ihren Punkt noch unterstrichen. Ab da bestand mein Ziel darin, ein anständiger Kerl zu sein und Josie zu zeigen, wie Männer sein können – und dass sie nur das Beste verdient.«

»Und sieh sie dir heute an«, sagt Natalie. »Sie ist stark, unabhängig und unglaublich lieb. Auch ist sie alles andere als ein Prügelknabe. Dass du damals dein Verhalten geändert hast, hatte also eine lang anhaltende Wirkung auf sie.« Während sie spricht, wischt Natalie sich an der Serviette die Hände ab, dann legt sie mir eine Hand an die Schulter. Sie ist tatsächlich eine Person, die andere gern berührt. Es gefällt ihr, mich anzufassen. Sie hat es immer getan, und nun tut sie es wieder. Ich bin mir nicht sicher, warum ich mich – abgesehen vom Offenkundigen – so darüber freue. Wahrscheinlich weil es ein Zeichen dafür ist, dass die Dinge wieder normal zwischen uns sind. Dass die atmosphärischen Störungen zwischen uns vorüber sind.

»So sollte ein Bruder sein. Er sollte seiner Schwester zeigen, dass sie nur das Beste verdient, dass sie nur das Beste erwarten sollte«, sage ich mit Stolz in der Stimme. »Ich mag ein Arschloch gewesen sein, aber nach der Geschichte mit dem Öl im Shampoo habe ich hart daran gearbeitet, ein besserer Kerl zu werden. Ein guter Typ. Josie ist der Grund dafür, warum es mir so wichtig ist, ein anständiger Mann zu sein.«

Natalie holt tief Luft. Einen Moment lang sieht es so aus, als wären ihre Augen feucht, als hielte sie die Tränen zurück. Doch sie vergießt keine, also lag es vielleicht doch am scharfen Essen. »Die Jalapeños?«

Sie nickt und nimmt das Glas mit dem Eiswasser, trinkt einen Schluck. Aber sie sagt nichts mehr, deshalb halte ich das Gespräch mit einer Frage am Laufen. »Ist es sonderbar, diese Dinge zu erfahren, wo du doch mit ihr zusammenwohnst?«

Sie schüttelt den Kopf. »Nein. Ich finde es wundervoll.« Sie wendet sich mir zu und sieht mich an. »Ich habe Josie sehr gern und finde es schön zu wissen, dass deine Schwester dir so viel bedeutet.«

Ihre Stimme stellt etwas mit mir an. Sie wärmt mich. Berührt mein Herz. »Was ist mit Charlotte? Ihr steht euch heute sehr nahe. Habt ihr euch immer so gut verstanden?«

Sie zuckt mit den Schultern. »Meistens schon. Aber als wir jünger waren, gab es natürlich die üblichen Streitigkeiten unter Schwestern. Ich wollte einen ihrer Röcke anziehen, sie erlaubte es mir nicht. Solche Sachen eben.« Natalie senkt die Stimme zu einem Flüstern. »Ich habe ihr auch Streiche gespielt.«

»Du böses Mädchen«, sage ich. »Raus mit der Sprache. Was hast du gemacht?«

»Sie war total auf die Schule fixiert, und eines Morgens habe ich ihren Wecker verstellt. Gott, war sie sauer! Sie hat beinahe einen Test verpasst. Ich war neidisch auf sie.«

Ich lege den Kopf schräg. »Warum?«

»In der Schule flog ihr alles zu. Sie hatte nur Einsen und schaffte es nach Yale, als wäre es gar nichts.« Sie wendet sich ab und fummelt an ihrer Bierflasche herum.

»Und du? Schule war nicht dein Ding?«

»Ich war mehr an Sport interessiert, habe meine Zeit komplett in den Kampfsport investiert. Aber es war ein riesiges Problem, weil meinen Eltern unsere Schulausbildung wichtig war, und Charlotte war nun mal der Überflieger. Ich schätze aber, meine Eltern hatten recht. Charlotte hat heute ein florierendes Unternehmen, und ich bin Aushilfskaratelehrerin«, sagt sie und streicht sich eine Haarsträhne von den Schultern.

»Hey«, sage ich sanft. »Du bist keine Aushilfe. Du bist dabei, dir etwas aufzubauen, dir einen Ruf zu erarbeiten. Und ich bin davon überzeugt, dass deine Videoreihe ein voller Erfolg wird. Apropos, wirst du sie mir zeigen?«

»Wenn ich mit dem Schnitt fertig bin, maile ich sie dir«, entgegnet sie. »Falls du sie wirklich sehen willst.«

»Na klar. Ich will sie unbedingt sehen und dir in jeder erdenklichen Weise helfen.«

Sie strahlt. »Ein bisschen Feedback wäre toll.«

»Kriegst du. Ich helfe dir, dass die Videos der Hammer werden. Und hey, ganz nebenbei gesagt: Was du bei WH Carpentry & Construction leistest, ist einfach überragend. Du bist mehr als nur eine Assistentin, Nat. Du managst den Laden. Ohne dich würde die Firma nicht laufen.«

Und nun breitet sich auf ihrem Gesicht ein strahlendes Lächeln aus. »Wirklich?«

Sie freut sich über alle Maße über das Kompliment, und ihre Reaktion erfreut wiederum mich. »Du bist unfassbar gut in dem, was du tust. Du bist unbezahlbar.«

»Es macht riesigen Spaß. Jeder Arbeitstag ist wie ein Puzzle, dessen Teile ich zusammensetzen darf.«

»Du meinst, für mich zu arbeiten ist besser, als eine Telefonsexagentur zu leiten?«, erwidere ich grinsend.

»Viel besser«, sagt sie und lacht. Dann wird sie ernst und legt mir eine Hand auf den Unterarm. »Der Job gefällt mir wirklich, Wyatt. Denk bitte nicht, dass ich ihn wegen des

Karateunterrichts aufgeben würde. Ich möchte beides unter einen Hut bringen.«

Ich wische mir über die Stirn. »Puh. Da habe ich ja Glück. Ohne dich wäre ich aufgeschmissen.«

»Ich habe nicht vor zu kündigen. Solange du mich willst«, sagt sie. Dann geht ihr die Zweideutigkeit ihrer Bemerkung auf, und sie verbessert sich schnell. »Solange du mit meiner Arbeit zufrieden bist, meine ich.«

»Ich bin sehr zufrieden mit deiner Arbeit.« Ich nehme mein Bier, dann fällt mir ein, dass sie ihre Geschichte nicht zu Ende erzählt hat. »Wie ist es ausgegangen? Was war deine Strafe für den verstellten Wecker?«

»Ich musste für sie eine Woche lang das Geschirr spülen und die Wäsche waschen.«

Ich lache. »Du hast ihren Wecker bestimmt nie wieder verstellt, oder?«

Natalie zuckt fröhlich mit den Schultern. »Es war eigentlich gar keine richtige Strafe. Ich wasche gern Wäsche.«

»Niemand wäscht gern Wäsche.«

»Dann bin ich wohl die Ausnahme. Ich mag saubere Räume, ein aufgeräumtes Zuhause. Die dafür nötige Arbeit gefällt mir.«

»Du bist die geborene Planerin. Ich war ziemlich beeindruckt davon, dass du Kondome nach Vegas mitgebracht hast.« Ich hebe meinen Burger an den Mund, aber ehe ich hineinbeiße, wird mir bewusst, was ich da eben von mir gegeben habe. »Ähm, könnten wir vielleicht so tun, als hätte ich das gerade nicht gesagt?«

Sie lacht. »Hör mal, wir müssen uns nicht gegenseitig wie rohe Eier behandeln. Wir brauchen auch nicht so zu tun, als wäre nichts passiert. Lass uns froh sein, dass das Leben weitergeht. Wir hatten unseren Spaß, jetzt ist es vorbei, und wir können als gute Kollegen miteinander abhängen.«

Sie nimmt ihren Burger und hält ihn mir entgegen, und wir stoßen an … mit unseren Hamburgern. »Darauf einen Toast. Als gute Kollegen.«

Wir futtern unser Essen auf, löschen das Feuer in unseren Mündern mit eiskaltem Bier und sind wieder diejenigen, die wir vorher waren. Doch das stimmt nicht ganz. Denn als ich sie nach Hause bringe und mit ihr unter der grünen Markise stehe, die den Eingang zu ihrem Wohnhaus vor Regen schützt, knallt die Realität mir wieder einen vor den Latz.

Hierum geht es – selbst wenn man übereinkommt, sich wieder so zu verhalten wie vor dem Sex, ist es verdammt schwierig, so zu tun, als wäre nie etwas gewesen, wenn man dann mit der betreffenden Frau vor ihrem Haus steht und man nichts lieber will, als sie nach oben zu begleiten, sie zu küssen und dann nach allen Regeln der Kunst zu vögeln. Man begreift, dass es nahezu unmöglich ist, den Geist wieder in die Flasche zurückzustecken.

»Dann war es das also«, sagt sie mit zarter Stimme.

Ich nicke, wippe auf meinen Fußballen auf und ab. »Das war's.«

Ich schlucke, mein Rachen ist ganz trocken. Ich lecke mir über die Lippen. Sie öffnet leicht den Mund, und ich bin mir sicher, dass keiner von uns angeschwipst ist. Wir haben kaum etwas getrunken, aber trotzdem schwanken wir leicht, bewegen uns aufeinander zu. Vielleicht herrscht zwischen uns eine unsichtbare Sogkraft, die uns zueinander zieht. Wir stehen auf dem Bürgersteig vor ihrem Haus, und ich habe nur Augen für sie. Ich sehe, wie eine Brise ihr das Haar ins Gesicht weht, wie sie mit den Händen ringt, als wüsste sie nichts mit ihnen anzufangen, wie der Atem ihr geisterhaft über die Lippen streicht.

Keine von uns rührt sich.

Dann umarmt sie mich. »Ich bin froh, dass wir heute essen waren«, flüstert sie, ihr Mund nahe an meinem Ohr. Ein Schauder überkommt mich.

»Ich auch«, sage ich leise, lasse sie aber nicht los. Es ist zu schön, sie in den Armen zu halten. Stattdessen drücke ich sie fester an mich. Ich atme sie ein, ziehe sie enger an mich, und sie lässt es zu. Sie schmiegt sich an mich, und es scheint, als wären wir nur allzu bereit, den Flaschengeist heute Nacht wieder auf die Reise zu schicken.

Ein Auto hupt, und für mich ist es das Signal, sie loszulassen. Wir verabschieden uns, und ich sage mir, dass es morgen leichter sein wird, in ihrer Nähe zu sein.

Am nächsten Morgen aber werden die Dinge dann viel komplizierter.

21. Kapitel

Ich presse mir Daumen und Zeigefinger in die Augenwinkel. Wenn ich kräftig genug zudrücke, verändert es vielleicht das, was mir die Frau am Telefon erzählt. Aber sooft ich sie auch frage, ob es wirklich wahr ist, bejaht sie die drei Punkte jedes Mal aufs Neue: Dem Gericht in Las Vegas liegen keine Papiere von uns vor. *Easy Out Divorce* hat sie nicht eingereicht. *Easy Out Divorce* hat dichtgemacht und unser Geld einbehalten.

»Sie sollten die Kreditkartenfirma anrufen und sich die siebenhundertneunundneunzig Dollar zurückholen«, sagt die Frau am Telefon, als würde es mir vor allem um das Geld gehen.

»Großartig. Damit kann ich dann die nächste Annullierung meiner Ehe bezahlen«, sage ich und beende das Telefonat.

Als ich mich umwende, steht Natalie in der Tür. Aus großen Augen sieht sie mich besorgt an. »Was hast du gerade gesagt?«, fragt sie langsam.

»Unsere Papiere wurden nicht eingereicht. Wir wurden betrogen.« Ich lasse mich auf den wackeligen Bürostuhl fallen und streiche mir mit der Hand durchs Haar.

Sie lehnt sich an den Türrahmen. »Was machen wir jetzt?«

»Keine Ahnung«, entgegne ich mit angespannter Stimme, denn alles schien sich zum Guten zu wenden, doch nun stellt sich heraus, dass das, was in Vegas geschah, nicht im verfickten Vegas geblieben ist. Es verfolgt uns. Diese Ehe ist wie eine Infektion, die einfach nicht verschwinden will.

Natalie blickt zur Wanduhr. »Du musst los, Wyatt, sonst verspätest du dich. Nimm die Schranktüren, und mach dich auf den Weg. Ich kümmere mich um die Sache. Versprochen. Ich lasse mir etwas einfallen.«

»Okay«, sage ich seufzend, froh, dass sie den Arbeitsplan im Kopf hat. Ich habe völlig vergessen, wohin ich heute Morgen eigentlich muss.

Sie reicht mir einige Holzleisten und gibt mir den Werkzeuggürtel, den ich gestern Abend auf dem Stuhl liegen gelassen habe. Sie sieht, dass ich die Hände voll habe, also schlingt sie mir den Gürtel kurzerhand um die Hüften.

»Fertig«, verkündet sie und begleitet mich zum Truck, der im Parkhaus neben unserem Büro steht.

»Hector wird dir helfen. Konzentriere dich einfach auf die Arbeit. Den Rest erledige ich. Im Ernst«, sagt sie und umfasst meinen Arm, wieder ganz die gute alte Fummlerin, als die ich sie in Vegas kennengelernt habe. *Verdammt, so darf ich nicht über sie denken.*

Sie gibt mir etwas, was in braunes Papier eingewickelt ist.

»Was ist das?«

»Ein Dankeschön für gestern Abend. Ich habe dir ein Truthahn-Sandwich gemacht, mit Extra-Sriracha-Soße. Dazu gibt es noch einen Oreo. Die liebst du doch so«, erwidert sie und lächelt niedlich, was mir verrät, dass ich mich über ihre Geste freuen soll.

Und ich freue mich tatsächlich. »Danke«, sage ich, und als ich in den Truck klettere und losfahre, geht mir auf, wie ehefrauenmäßig die Aktion von eben war. Sie legt mir den Gürtel um, bringt mich zum Wagen, drückt mir ein Lunchpaket in die Hand.

Ganz so, als wäre sie Mrs. Hammer.

Und das ist sie ja auch.

Doch als ich an der 10th Avenue den Blinker einschalte, um abzubiegen, kommt mir aus dem Nichts ein bestürzender Gedanke. Sie hat mir bisher noch nie ein Sandwich gemacht. Was, wenn sie Arsen unter die Soße gemischt hat? Was, wenn dies ihr Plan ist, als Mrs. Hammer meine Firma zu übernehmen? Sie war diejenige, die in Vegas *Easy Out Divorce* ausgesucht hat. Was, wenn sie wusste, dass EOD Betrüger sind? Was, wenn sie mich reinlegen will, um meinen gesamten Besitz an sich zu reißen, während ich dank des Sandwichs den Löffel abgebe?

Vor mir hupt ein Taxi, und ich steige auf die Bremse.

Mist. Ich hätte fast eine rote Ampel überfahren. Mein Puls rast unkontrolliert, während ich an der Kreuzung warte.

Reiß dich zusammen, Hammer. Niemand versucht dich umzubringen. Du bist paranoid. Beruhig dich, verdammt noch mal.

Ich atmete ein paarmal tief durch und konzentriere mich aufs Fahren. Als ich geparkt habe und auf das Gebäude des Kunden zugehe, werfe ich das Sandwich an der Ecke in eine Mülltonne.

Lieber so, als auf dem Friedhof zu landen.

Einige Minuten später stehe ich im vierten Stock am Fenster in der Wohnung des Kunden und sehe, wie ein Obdachloser in der Mülltonne herumwühlt und das Sandwich herausfischt.

Großartig. Jetzt wäre es meine Schuld, falls er abkratzt.

***

Natalie: Was mache ich jetzt?

Charlotte: Ich habe eine befreundete Anwältin angerufen. Sie meint, es sei eigentlich gar nicht weiter schlimm. Es gibt zwei Möglichkeiten, die Sache zu klären. Die erste wäre, die Papiere neu aufzusetzen und nach Nevada zu schicken. Es könnte aber sein, dass der dortige Richter euch zu einer Anhörung einbestellt.

Natalie: Und die andere Möglichkeit?

Charlotte: Die wäre wohl die bessere Alternative. Ihr lasst euch in New York scheiden.

Natalie: Äh, ich will mich gar nicht scheiden lassen. Die Ehe soll annulliert werden.

Charlotte: Verstehe schon. Aber es wäre trotzdem eine vernünftige und einfache Lösung. Ihr würdet eine sogenannte unstrittige Scheidung vollziehen. Das ist etwas ganz anderes als die langen komplizierten Scheidungsverfahren, von denen man in New York ständig hört.

Natalie: Warum können wir die Ehe nicht einfach in New York annullieren lassen?

Charlotte: Mal sehen, ob ihr dafür infrage kommt. War einer von euch zum Zeitpunkt der Eheschließung mit jemand anderem verheiratet?

Natalie: Äh, nein.

Charlotte: Also wurde von keiner Seite Bigamie begangen. Dieser Grund für eine Annullierung fällt also aus. War einer von euch zum Zeitpunkt der Eheschließung nicht imstande, Geschlechtsverkehr zu vollziehen?

Natalie: Sehr lustig. Das Gegenteil war der Fall. Es war das Einzige, wozu wir imstande waren.

Charlotte: Dachte ich mir. Und litt einer von euch zum Zeitpunkt der Eheschließung seit mindestens fünf Jahren unheilbar an Wahnsinn?

Natalie: Wir waren die ganze Nacht über wahnsinnig. Zählt das?

Charlotte: Da kommen leider keine fünf Jahre zusammen, fürchte ich. Du siehst also, in New York ist es um einiges komplizierter, eine Ehe annullieren zu lassen. Seltsamerweise sind Scheidungen in New York leichter, zumindest unstrittige Scheidungen. An deiner Stelle würde ich mich dafür entscheiden.

Natalie: Na toll. Dann wäre ich also eine geschiedene Frau. Ich würde fortan diesen Schandfleck tragen.

Charlotte: Ach was! Geschiedene Leute werden nicht gebrandmarkt, Nat. Tätowieren müsstest du dich auch nicht lassen.

Natalie: Ich weiß natürlich, dass es keine Schande ist, sich scheiden zu lassen. Aber das hier wäre keine richtige Scheidung, sondern eine Scheidung von zwei Idioten. Schuld waren nur der Wodka, die Hormone und meine Blödheit. Ich war so ein Trottel.

Charlotte: Du hattest deinen Spaß.

Natalie: In meinem Fall ist Spaß mit Idiotie gleichzusetzen.

Charlotte: Hör auf, dir Vorwürfe zu machen. Tu einfach, was du tun musst.

Natalie: Mach ich … Ich bin einfach nur … Ich kann mich nicht konzentrieren … Meine Videos sind scheiße … Die ganze Situation zieht mich runter.

Charlotte: Warum?

Natalie: Du weißt genau, warum.

Charlotte: Wegen deiner Gefühle?

Natalie: ICH HASSE GEFÜHLE. MACH, DASS SIE WEGGEHEN.

Charlotte: Simsalabim. Erledigt.

Natalie: Ich hab dich lieb. Dank dir. Es geht mir schon viel besser.

Charlotte: Komm doch nachher rüber, dann knuddeln wir. Jetzt maile ich dir erst mal, welche Schritte du als Nächstes einleiten musst.

***

Nachmittags um vier überquere ich die Straße, erreiche meinen Truck und lege das Werkzeug in die Fahrerkabine. Ein abgerissener Kerl mit Zauselbart geht an mir vorbei. Er bleibt stehen, wendet sich um und nickt mir zu. »Hey, Mann, keine Ahnung, warum du heute Morgen das Sandwich weggeschmissen hast, aber es war nett von dir. Hat total lecker geschmeckt.«

Einen Moment lang überlege ich, was der Kerl da faselt. Dann fällt es mir ein. Er hat den Truthahn-Sandwich-Anschlag überlebt. Was bedeutet, dass ich nicht nur *kein* Mittäter bei einem Mord bin, sondern dass Natalie nicht versucht hat, mich mit einem Sandwich um die Ecke zu bringen.

Natürlich wollte sie dich nicht killen, du Idiot. Du hast vorschnelle Schlüsse gezogen, bist vom Schlimmsten ausgegangen. Du hast sie mit den anderen in einen Topf geworfen. Du hättest es besser wissen müssen.

Als ich ins Büro zurückkehre, druckt Natalie gerade ein paar Seiten aus. Ich stelle das Werkzeug ab, gehe zu ihr hinüber und lege ihr meine Hände auf die Schultern.

Sie blinzelt, überrascht, dass ich ihr so nahe komme.

Chases Rat klingt mir in den Ohren.

Tu das Gegenteil von dem, was dein Instinkt dir sagt.

22. Kapitel

Mein Instinkt sagte mir, dass sie mich mit dem Sandwich umbringen wollte, also verhalte ich mich nun genau andersherum. »Der Truthahn hat mich fast umgebracht, so lecker war er«, sage ich und amüsiere mich im Stillen über meine Formulierung. Ich lege meine Arme um sie.

Ich spüre ihr Lächeln an meiner Schulter. »Es war doch nur ein Sandwich. Ich hab's dir gern gemacht.«

Als wir uns voneinander lösen, sehen wir uns in die Augen, und meine Dankbarkeit verschwindet. Ebenso meine Blödheit. Und plötzlich spüre ich nur noch eines: flammendes Begehren. Ich streiche ihr eine Haarsträhne aus dem Gesicht, streiche mit dem Daumen über ihr Kinn und drücke meine Stirn an ihre. »Ich will dich so sehr«, sage ich zu ihr, nicht nur, weil es die Wahrheit ist, sondern weil es das Gegenteil dessen ist, was ich hier heute Morgen sagen wollte.

Sie packt mein Shirt. »Ich will dich so sehr, dass es mich verrückt macht.«

Lustgeschwängerte Erleichterung durchflutet mich. Ich umfasse ihr Gesicht mit beiden Händen, schaue ihr in die Augen, und das Feuer in mir lodert umso heißer. Ich neige mich vor, und als sich unsere Lippen berühren, sind all die widerstreitenden Emotionen wie weggeblasen, und ich spüre die absolute Richtigkeit dessen, was ich für sie empfinde.

Ihre Lippen öffnen sich, und ich schiebe ihr meine Zunge in den Mund. In meinem Kopf dreht sich alles, mein Herz hämmert wie ein Presslufthammer. Hiernach habe ich mich gesehnt, mich danach verzehrt. Ich habe es gebraucht. Ich küsse sie, als würde ich nichts auf der Welt lieber tun. Mein Körper presst sich an ihren, meine Erektion drückt gegen ihre Hüfte. Sie stöhnt leise und stößt mit dem Hintern gegen den Schreibtisch. Sie setzt sich darauf und spreizt die Beine. Ich schlage die Augen auf und sehe, wie hinter ihr Papiere vom Tisch rutschen und zu Boden segeln.

Ich stehe zwischen ihren Schenkeln, mein pochender Schwanz steinhart. *So muss es sein.* Allmächtiger. Ich will nirgendwo anders sein, nur hier, mit ihr.

Ich streiche ihr mit meinen rauen Händen über die nackten Arme. Schaudernd schlingt sie die Beine um mich.

»Ich muss ständig daran denken, wieder mit dir zu vögeln, Nat. Dich anzufassen«, flüstere ich ihr ins Ohr. »Und dich zu schmecken.«

Sie zittert und stöhnt leise auf.

»Das würde dir gefallen, oder? Mein Mund zwischen deinen Beinen?« Ich nehme ihr Ohrläppchen zwischen die Zähne und beiße in das zarte Fleisch.

Sie stöhnt lüstern *Ja.*

Und so drücke ich sie auf den Schreibtisch hinunter und stelle ihre Beine auf, sodass die Absätze ihrer High Heels sich an der Tischkante verhaken. Dann schiebe ich ihren Rock hoch, ziehe ihr Höschen zur Seite und küsse ihre heiße feuchte Pussy.

Sie schmeckt himmlisch, und in mir zieht sich alles zusammen vor Geilheit. Sie ist extrem nass, und es gibt nichts

Besseres, als zu wissen, dass die Frau, die man will, scharf auf einen ist. Der Steinzeitmensch in mir will ihre Muschi auf der Stelle verschlingen. Aber ich darf nichts überstürzen, darf nicht gleich aufs Ganze gehen. Ich halte mich zurück, lecke rhythmisch ihre geschwollene Klit.

»Oh, mein Gott«, stöhnt sie, und ich lächle glücklich, weil sie wieder diese sexy Laute von sich gibt, die ich so liebe. »Davon habe ich fantasiert ... D...deine Lippen sind so ...«, stammelt sie keuchend, als ich ihre Klit in meinen Mund einsauge und Natalie sich unter mir windet vor Lust.

»Yeah? Du wolltest, dass ich dich lecke?« Ich hebe das Gesicht und ziehe ihr in einer einzigen fließenden Bewegung das rosa Höschen aus.

»Ja, total«, sagt sie und hebt mir einladend das Becken entgegen.

Ich küsse ihren Liebeshügel und flüstere: »Zeig mir, dass du an nichts anderes gedacht hast.«

Ich kehre in das glorreiche Land zwischen ihren Beinen zurück. Ihre Pussy glänzt vor Feuchtigkeit, und der Anblick ist so geil, dass ein Teil von mir sie einfach nur anstarren will, aber der andere Teil will sie bei lebendigem Leib auffressen. Ich drücke ihre Beine komplett auseinander und schiebe die Zunge zwischen ihre Schamlippen, lecke oben über ihre pulsierende Klit.

Sie ruft meinen Namen.

Meine Zunge taucht wieder zwischen ihre Schamlippen.

Sie ruft Gottes Namen.

Jetzt gibt es kein Halten mehr für mich – ich lecke und sauge ihre Nässe auf, bis Natalie keucht und sich unter mir hin und her wirft und diesmal irgendetwas über Jesus stammelt.

Vielleicht kriege ich sie ja auch noch dazu, die Namen der zwölf Apostel aufzuzählen.

Sie packt meinen Kopf, steckt ihre Hände in mein Haar. Sie lässt ihre Hüften kreisen, während ich ihre Pussy küsse, als wäre es ihr Mund. *Hungrig.* Es ist, als bekäme ich nicht genug zu essen.

»Es ist so gut, so gut, so gut«, stöhnt sie und wühlt in meinem Haar, zieht mein Gesicht näher heran, obwohl es bereits direkt an ihrer Muschi liegt. Mein steil aufgerichteter Schwanz hält es nicht mehr aus in der Jeans, er will raus. Ich will sie mehr, als ich je eine Frau gewollt habe.

Sie reibt ihre Muschi an meinem Gesicht, stößt sie rhythmisch gegen meinen Mund, bohrt mir ihre Fingernägel in die Kopfhaut, getrieben von einer Begierde, die, wie ich glaube, nur ich allein zu stillen vermag.

Ich lecke sie schneller, lasse meine Zunge über ihre geschwollene Klit gleiten, bis sie ihre Beine fest um meinen Kopf legt. »Oh Gott, hör nicht auf, ich komme, hör nicht auf, ich komme«, schreit sie.

Ich will ihr sagen, dass ich nie im Leben aufhören würde, aber ich kann kaum atmen, als sie über meine Lippen, mein Kinn und mein Gesicht kommt. Sie singt meinen Namen, während ihr Orgasmus sie erbeben lässt und durchschüttelt, bis er schließlich verebbt und sie etwas leiser »Oh Gott« stöhnt.

Während ich mich aufrichte und mir mit der Hand den Mund abwische, genieße ich den herrlichen Anblick unter mir. Natalie mit weit geöffneten Beinen auf dem Schreibtisch, ihr wunderschönes Gesicht glüht vor Befriedigung, ihre blonde Mähne völlig zerzaust.

Reinste verfickte Glückseligkeit.

Sie schlägt die Augen auf, als würde sie aus einem Traum erwachen, und als sich unsere Blicke treffen, macht ihr benommenes Grinsen mich noch mehr an.

Beinahe platze ich vor Gier, als sie den Arm hebt und nach mir greift. Ich ergreife ihre Hand, ziehe sie heran und helfe ihr vom Schreibtisch. Ich nehme an, als Nächstes wird sie den Rock glatt streichen und sich das zerzauste Haar richten.

Stattdessen wendet sie sich um, beugt sich vor und legt die Hände auf die Tischplatte.

Eine Einladung.

Sie muss mich nicht zwei Mal bitten. Ich mache meine Jeans auf, ziehe die Boxershorts herunter und reibe meine Schwanzspitze an ihrer Feuchtigkeit. Stolz durchflutet mich. Sie ist meinetwegen so nass, denn ich war derjenige, der ihr einen Kategorie-fünf-Orgasmus beschert hat.

Dann meldet sich die Stimme der Vernunft. »Ich sollte ein Gummi rüberziehen«, murmele ich.

Sie schüttelt den Kopf. »Nicht nötig. Falls du nicht mit einer anderen Frau zusammen warst …«

»Um Himmels willen.«

»Dann steck ihn mir rein, Wyatt«, sagt sie und zwinkert mir lüstern zu.

»Mach ich, hier hast du ihn«, knurre ich, während ich meine Schwanzspitze zwischen ihre Beine schiebe und in sie hineinstoße.

Im nächsten Moment stecke ich bis zum Anschlag in der Frau, die noch meine Gattin ist. Obwohl etwas an unserer Ehe schrecklich falsch ist, kommt mir unsere Situation im

Augenblick sonderbar richtig vor. Aber über derlei Dinge kann ich mir gerade keine Gedanken machen, denn ich muss meine Frau vögeln. Ich packe ihre Hüften und hebe ihren Hintern ein Stück an, um den besten Fick-Winkel zu finden.

Es ist so verdammt gut, ihn fast vollständig herauszuziehen und dann wieder wuchtig zuzustoßen, rein und raus, rein und raus. Sie ist in jeder Sekunde voll dabei, wir bewegen uns in einem fiebrigen Gleichtakt. Harte schnelle Stöße. Tiefe machtvolle Stöße. Gestöhne und Gegrunze. Ich kreise mit den Hüften, während ich zustoße, und sie stößt zurück, gibt alles für *unser* Vergnügen.

Nach wenigen Minuten ist sie wieder so weit. Sie packt die Tischkante und ruft meinen Namen. »Oh Gott, Wyatt. Oh, verdammt, oh Gott!«, ruft sie, und beim Klang meines Namens von ihren Lippen ziehen sich meine Eier zusammen. Heiße Begierde ballt sich in mir zusammen, während ich sie durch ihren zweiten Höhepunkt ficke und mein Schwanz fast in ihrer Nässe ertrinkt.

Während sie unter mir schaudert, explodiere ich. »Fuck, Nat. Du kriegst gleich eine volle Ladung von mir.«

»Ja, bitte!«, peitscht sie mich an, und ich packe ihre Schultern, halte sie fest.

»Volle Ladung«, stöhne ich und stoße zu. Mein Körper erglüht, während ein Orgasmus mich durchflutet wie eine Monsterwelle und ich in sie hineinkomme und brülle: »Verdammt, ich liebe es.«

»Ich auch, oh Gott, ich auch.«

Ich sacke über ihr zusammen und erdrücke sie fast, mein Brustkorb an ihrem Rücken. Sie murmelt leise und genüsslich, was mir zeigt, dass es ihr gefällt, wenn ich so von hinten über ihr liege. Ich küsse ihren Hals und ihre Wange und flüstere: »Das hier wollte ich tun, seit ich in Vegas mit dir aufgewacht bin.«

Sie klingt überrascht, als sie fragt: »Wirklich?«

Ich nicke. »Natürlich. Ich wollte es unbedingt, du glaubst gar nicht, wie sehr.«

»Ging mir genauso. Jedes Mal, wenn wir zusammen waren, wollte ich dich anfassen, dich küssen und spüren.«

Ich muss lächeln. »Ich schwöre, nüchtern war es sogar besser als betrunken.«

»Es ist auf eine ganz andere Art und Weise berauschend«, sagt sie.

»Da hast du völlig recht.« Ich hauche ihr einen Kuss auf die Wange und seufze glücklich. Ich bin gerade vollgepumpt mit Endorphinen. Ich drücke die Nase in ihr Haar, atme sie ein. Kann nicht genug von ihr kriegen. »Wie war dein Tag?«

»Gut. Aber jetzt ist er noch viel besser.«

»Im Büro alles im grünen Bereich?«, frage ich zufrieden.

»Alles im grünen Bereich, besonders jetzt.«

Ich klopfe mit den Fingerknöcheln auf die Tischplatte. »Ausgezeichneter Schreibtisch. Sag deinem Chef, dass es klug war, ihn zu kaufen.«

Sie stößt mir den Ellbogen gegen die Brust. »Hey, den habe ich ausgesucht.«

»Hm. Na dann«, sage ich und gebe ihr einen Kuss auf die Stirn. »Du hast einen ausgezeichneten Geschmack, wenn es um Büromöbel geht.«

Nach dem verbalen Geplänkel und nachdem wir unsere Klamotten zurechtgezupft haben, weiß ich nicht so recht, wie es jetzt weitergehen soll. Natalie löst das Problem für mich, indem sie in geschäftsmäßigem Ton fragt: »Hast du Lust durchzusprechen, wie man in New York eine unstrittige Scheidung vollzieht?«

Mann, nichts ernüchtert einen schneller als so eine Frage.

23. Kapitel

Eine Sirene heult.

Während die Feuerwehr an diesem Samstagmorgen Central Park West hochrast, hebt der braune Chihuahua, mit dem ich Gassi gehe, die Schnauze.

Ich lege eine Hand an die Stirn wie ein Schlagmann, der beobachtet, ob der Ball über die Tribüne fliegt. »Na, komm schon, Kleiner. Jetzt stell dich nicht so an«, sage ich zu dem Kläffer.

Er hält die Schnauze weiter gehoben, und ich bin guter Dinge, dass ich bei unserem Hunde-Bingo gleich einen Volltreffer landen werde. Denn wenn der Hund, den man Gassi führt, laut aufheult, kriegt man die Höchstpunktzahl.

Ich starre auf den Chihuahua zu meinen Füßen und warte, dass er endlich einen Mucks von sich gibt. Warte und warte und warte.

Neben mir steht Nick, er mit einem Jack Russell Terrier an der Leine. Der Hund stößt ein leises Jaulen aus, worauf mein Bruder mich angrinst. »Vielleicht gewinnst du ja doch noch – oder aber ich mache dich komplett fertig«, sagt er, und im nächsten Moment stößt sein Hund das epischste Heulen aus, das ich je gehört habe.

Für die nächsten dreißig Sekunden imitiert sein weißbrauner Vierbeiner ein wildes Raubtier – es klingt absolut bewundernswert –, bis die Feuerwehrsirene schließlich in der Ferne verklingt.

»Mann«, sage ich enttäuscht, während die Hunde weitertrotten und am Boden schnüffeln. »Ich habe diese Woche nur Pech.«

Erst zerschmettere ich mir an diesem verdammten TV-Schrank fast die Kniescheibe, dann schmeiße ich grundlos ein köstliches Sandwich weg, und über allem steht das Problem meiner Ehe, die längst hätte annulliert sein sollen. Was für eine Scheißwoche.

Das Ganze fühlt sich an wie ein nie endender Kater.

Aber was mich am meisten nervt, ist die Kehrtwende, die Natalie nach unserem glorreichen Büro-Sex vollzogen hat. Nichts mehr mit scharfer Kollegin. Stattdessen gibt sie sich ganz etepetete und widmet sich mit überernstem Eifer der langweiligsten, seelenlosesten Sache überhaupt … Schreibarbeit.

»Harte Woche?«, fragt Nick und klopft mir auf den Rücken. »Hat dich mal wieder eine Professionelle ausgenommen?«

»Ja. Die, die ich zu deiner Hochzeit mitbringe«, kontere ich trocken.

»Autsch!« Als wir uns Little Friends nähern, räuspert sich Nick. »Wo wir gerade von meiner Hochzeit sprechen …«

»Lass mich raten. Du möchtest, dass ich Offiziant werde, damit ich euch zu Mann und Frau erklären kann.«

»Wow, nein«, sagt er kopfschüttelnd. »Nie im Leben.«

»Dann entgeht dir was. Ich wäre gut darin«, sage ich, und plötzlich kommen mir verschwommene Bilder meiner

Trauung in Vegas in den Sinn. Elvis, Koteletten, ein goldener Trainingsanzug.

»Ich hatte eigentlich gehofft, dass du mein Trauzeuge wirst.«

Ich bleibe abrupt stehen, überrascht von Nicks Ansinnen. »Ich dachte, du würdest Spencer bitten.«

Mein Zwillingsbruder zuckt mit den Schultern. »Na ja, du bist derjenige, der die gleiche DNA wie ich hat. Deshalb hätte ich dich gern an meiner Seite.«

Ich wische mir eine unsichtbare Träne aus dem Auge. »Wow, das kam jetzt richtig von Herzen. Ich bin gerührt.«

»Spaß bei Seite, Wyatt. Ich meine es ernst. Mit deiner Hilfe wurde mir bewusst, wie viel Harper mir bedeutet. Du hast mir klargemacht, dass meine Gefühle für sie echt sind. Du hast mir den Kopf zurechtgerückt und mir im richtigen Moment einen Tritt in den Allerwertesten verpasst. Dafür bin ich dir dankbar, Bruder.«

Ich hebe einen Fuß, und tue so, als würde ich Nick vor dem Central Park in den Hintern treten. »Wenn das so ist, verpasse ich dir gleich noch einen Arschtritt.«

»Keine Ahnung, wie du es machst, aber wenn es um Frauen geht, erteilst du echt gute Ratschläge. Und ich möchte, dass du an meiner Seite stehst, wenn wir uns das Jawort geben.«

Ich klopfe ihm auf den Rücken. »Hey, dir hinsichtlich Harper einen Rat zu geben war einfach. Ihre beide seid wie zwei Erbsen in einer Hülse. Ihr seid wie zwei Gibbons.«

Er zieht eine Augenbraue hoch.

»Wusstest du, dass Gibbon-Äffchen zusammen mit Termiten, Weißkopfseeadlern, Schwänen und Bibern zu den seltenen Tieren zählen, die ein Leben lang mit demselben Partner zusammenbleiben?«

»Das ist mir neu. Aber gut, dass ich das jetzt weiß.«

»Als ich sah, wie du sie angestarrt hast, wusste ich, dass sie dein Gibbon ist«, sage ich und recke eine Faust zum Anstoßen. »Besser als eine Termite.«

Er lacht. »Harper ist definitiv mein Gibbon. Und viel cooler als eine Termite.«

»Außerdem lass mich hinzufügen, dass ich in einem Smoking echt gut aussehe.« Ich tue so, als würde ich eine Fliege zurechtrücken, während wir am Zebrastreifen warten.

Nick deutet auf mich, dann auf sich selbst. »Wir sind beide gut aussehende Teufel, aber ich sehe noch einen Tick besser aus.«

»Träum weiter, Bruderherz«, sage ich grinsend.

»Träumen? Hey, das ist nichts als die Wahrheit«, entgegnet Nick, und während wir die Straße überqueren, denke ich darüber nach, dass er mich einen guten Ratgeber genannt hat. Ich weiß genau, was ich ihm über Harper gesagt habe – dass er ein Mann sein und sich seinen Gefühlen stellen soll. Und da ich meinem Bruder diesen weisen Rat erteilt habe, stellt sich nun die Frage, was ich mir hinsichtlich der Situation mit Natalie selbst raten würde. Aber mir fällt nichts ein.

»Es wäre mir eine Ehre, dein Trauzeuge zu sein«, sage ich zu Nick. »Mich wirst du nämlich nicht mehr los, Bruder. Ich bin wie ein heulender Hund. Ich bin ansteckend.« Da kommt mir eine Idee. »Hey, wenn ich heule, gibt es dafür auch Punkte?« Ich hebe mein Kinn zum Himmel und stoße ein lautes Wolfsheulen aus.

Und mein Chihuahua dreht durch.

»Na endlich tust du mal etwas«, sage ich zu dem Hündchen.

Bei Little Friends geben wir die Tiere der Chefin zurück, einer hübschen Brünetten namens Penny. Sie trägt einen Pferdeschwanz und hat hinten an der Schulter ein Blumentattoo, das ich noch nie gesehen habe.

»Nette Tätowierung«, sage ich, als sie sich umwendet.

Abwesend greift sie sich in den Nacken und lächelt mich an. »Danke. Ist ganz neu. Und wie geht's meinen beiden Lieblingen heute?«

»Oh, uns geht's großartig«, antwortet Nick und trommelt mit der Hand auf den Tresen.

Penny lacht und schüttelt den Kopf. »Ich meinte Turbo und Charger.« Sie deutet auf die beiden Hunde, mit denen wir gerade unterwegs waren und die nun hinter Penny herumtollen. Ein Tierheim, das seinen Hunden so coole Namen wie Turbo und Charger gibt, finde ich einfach nur stark.

»Die beiden sind super drauf. Sie werden ihren Namen total gerecht«, sage ich.

»Freut mich zu hören. Nachher kommt jemand, um sich Charger anzuschauen.« Sie deutet auf den Hund, den Nick an der Leine hatte. Sie überkreuzt den Zeige- und Mittelfinger. »Ich hoffe, es klappt. Der Mann möchte sicherstellen, dass Charger kein lauter Kläffer oder Heuler ist, wegen seiner Nachbarn und so. Hat er Lärm gemacht, als ihr mit ihm unterwegs wart? Hier ist er eigentlich immer ganz still.«

Ich straffe den Rücken, und Nick schluckt, dann sagt er schnell: »Er heult nur, wenn eine Feuerwehr mit eingeschalteter Sirene vorbeifährt.«

Penny kräuselt die sommersprossengesprenkelte Nase. »Dann wäre Turbo vielleicht der geeignetere Hund für ihn.«

Ich zucke mit den Schultern und nicke. »Ist auf jeden Fall ein sehr nettes Hündchen. Wäre schön, wenn es klappt.«

Sie hebt eine Hand und klatscht mich und Nick ab. »Danke, Leute. Sehen wir uns am Freitag?«

»Klar, wir kommen«, erwidere ich und deute auf ihr iPhone. Es steht hinter ihr in einer Basisstation und spielt einen coolen Song. »Ich liebe diese Band. Hab sie neulich zum ersten Mal gehört.«

»Ich auch«, sagt sie, und ihre haselnussbraunen Augen blitzen freudig. »Ich finde es toll, neue Musik zu entdecken.«

Nick räuspert sich und sagt: »Hey, Penny, wusstest du, dass Wyatt heulen kann wie ein Wolf?«

Penny lässt eine Augenbraue in die Höhe schnellen. »Echt jetzt?«

»Er ist ein Mann mit vielen Talenten. Er kann dir ein Haus bauen, er macht super Omeletts, er findet geile neue Musik, und er kann den Mond anheulen. Und Freitagabend hat er noch nichts vor, also falls du …«

Meine Hand schnellt vor und legt sich über Nicks Mund. »Ich *hatte* noch nichts vor. Aber ich habe vorhin einen Auftrag für Freitagabend angenommen.«

Penny lacht über unsere Mätzchen. »Danke, dass ihr die Hunde ausgeführt habt, Jungs.«

Als wir gehen, deutet Nick mit einer Kopfbewegung nach hinten. »Was ist los? Du bist seit Monaten scharf auf Penny. Aber lädst sie nicht ein? Nachdem ich alles für dich geregelt habe?«

Ich zucke mit den Schultern. »Ich habe Dinge zu tun.«

»Du meinst, du lebst jetzt zölibatär?«

Ich schnaube. »Ganz und gar nicht. Glaub mir.«

Nick starrt mich durchdringend an, scheint über etwas nachzudenken, dann zieht er eine Braue hoch. »Ist in Vegas etwas geschehen?«

Ich bleibe mitten auf dem Gehsteig stehen. »Was soll die Frage?«

»Na ja, seitdem verhältst du dich anders.«

»Keine Ahnung, was du meinst«, sage ich und frage mich gleichzeitig, seit wann mein Bruder so verdammt aufmerksam ist.

»Vor ein paar Monaten hättest du dir die Chance mit Penny nicht entgehen lassen. Sie ist perfekt für dich. Also muss ich annehmen, dass in Vegas etwas mit Natalie gelaufen ist und du deshalb nicht mehr hinter Penny her bist.« Nick kneift die Augen zusammen und starrt mich prüfend an. »Na, wer ist jetzt der gute Ratgeber?«

Ich stoße ihm leicht gegen die Brust. »Das war doch kein Ratschlag. Es klang eher wie eine Beobachtung, die allerdings nicht stimmt.« Es ist nicht so, dass ich meinem Bruder nicht vertrauen würde, dass ich nicht bereit wäre, mich ihm anzuvertrauen.

Der Punkt ist, dass ich keinen Schimmer habe, was ich wegen Natalie tun soll, und ich bin noch nicht so weit, mit meinem Bruderherz über unsere kleine verfickte Verbindung reden zu wollen. Es wäre ihr gegenüber unfair. »Außerdem muss ich jetzt los«, sage ich zu Nick.

Ich bin demnächst mit Natalie verabredet.

Als ich in die U-Bahn steige und Richtung Downtown

fahre, wünschte ich fast, ich hätte mich mit Penny verabredet. Vor allem aber wünschte ich, ich würde es wollen. Ich wünschte, ich würde mich genauso gern mit jemand anderem verabreden wollen wie mit meiner künftigen Exfrau, mit der ich gleich einen Kaffee trinken werde.

24. Kapitel

Ehe ich Natalie treffe, mache ich in Greenwich Village noch einen Boxenstopp bei Chase.

Ich halte das schwarzgelbe magnetische Werkzeug an die Wand, streiche damit über die verputzte Oberfläche. »Das Problem ist, dieser Balkensucher schlägt in meiner Nähe praktisch immer an«, sage ich trocken.

»Hahaha«, macht Chase, während ich in der Wohnzimmerwand des Zweizimmerapartments, das Chase womöglich mieten wird, nach Metallbalken suche. »Meinst du, du schickst diesen Witz jemals in Rente?«

Ich schüttele den Kopf, während ich die Wand abklopfe. »Einige Witze werden nie alt. Wie auch immer, die Balken sind lokalisiert. Wir könnten die Regale bauen. Ich weiß, dass du viele willst, um die Ladys mit all den dicken Büchern zu beeindrucken, die du gelesen hast. Aber wahrscheinlich kriegst du die Frauen gar nicht in dein Apartment, weil du so hässlich bist.«

Er seufzt. »Du hast recht. Ich kriege sie nicht in meine Bude. Ist auch gar nicht nötig, denn sie können nicht abwarten und besteigen mich schon im Fahrstuhl.«

Ich stecke den Balkensucher in die Gesäßtasche und mache ein anhaltendes Piepgeräusch. »Oh Mann, es geht einfach nicht aus, wenn es in meiner Hose steckt.«

»Offenkundig piept es meinetwegen«, sagt er, an den Türrahmen seines potenziellen Wohnzimmers gelehnt.

Ich zeige mit dem Finger auf ihn. »Siehst du? Selbst du kannst nicht widerstehen. Du kannst nicht abstreiten, dass der Balkensucherwitz etwas hat.«

Er lässt seinen Blick durch das leere Apartment schweifen. Die Vermieterin hat ihm vor der Vertragsunterzeichnung einen letzten Besichtigungstermin gewährt. Chase hat mich hergebeten, damit ich das Apartment auf bauliche Mängel abchecke. Nicht dass er allzu penibel wäre, aber wir kennen beide Horrorgeschichten von Mietern, die in zerfallende Apartments gezogen sind und dann ewig mit dem Vermieter wegen der Reparaturen streiten mussten. Es ist besser zu wissen, worauf man sich einlässt, und dieses Apartment hier sieht gut aus. Es ist umso bemerkenswerter, weil es ein altes Gebäude ist, das in einer coolen Gegend und mit vielen coolen Restaurants liegt.

Chase deutet auf den Fußboden und die Wände. »Wäre ein echtes Schnäppchen, was?«

»Yeah, reiß es dir unter den Nagel.«

»Mach ich. Ich gehe jetzt sofort zur Vermieterin. Als ich sie vorhin nach dem Schlüssel fragte, musste ich sie nur anlächeln – und zack, ich hatte ihn. Sie ist scharf auf mich.« Er grinst und klimpert mit den Lidern. »Sie macht mir einen Sonderpreis, weil ich so gut aussehe.«

Ich verdrehe die Augen. »Alter, sie macht dir keinen Sonderpreis. Erstens, du bist nicht Henry Cavill oder der Shortstop der New York Yankees. So viel Anziehungskraft besitzt du nicht. Zweitens sind wir in New York City. Es gibt in dieser Stadt keine Apartments zum Sonderpreis.«

»Du bist nur neidisch auf meine überragende Fähigkeit, bei den Frauen zu landen.« Er schnippt mit den Fingern. Dann wird sein Ton plötzlich ernst. »Also, was ist Sache mit deiner Frau?«

Seufzend lehne ich mich an die Küchentür. Die Zeit des Herumalberns ist vorerst vorbei. »Scheiße, Mann, keine Ahnung. Ich habe keinen blassen Schimmer, was ich tun soll.« Ich bringe ihn auf den aktuellen Stand – die Annullierung hat sich in Luft aufgelöst, Sex auf dem Büroschreibtisch, und danach zeigt Natalie sich als Expertin fürs New Yorker Scheidungsrecht.

Stirnrunzelnd kratzt Chase sich am Kopf. »Puh, ich bin geplättet.«

»Komm schon, Doktor Superhirn. Du bist nie geplättet.«

»Nein, ich meine, ich verstehe nicht, was das Problem ist.« Er schlägt sich mit der Faust in die offene Hand. »Du könntest sie doch einfach nur vögeln.«

Ich zucke zusammen. »Das ist ein bisschen krass. Außerdem ist es nicht so einfach.«

»Natürlich ist es das.«

Ich schüttele den Kopf. »Es ist schwierig, all die Sachen auseinanderzuhalten.«

»Du meinst, du hattest nie Sex ohne Gefühle?«

»Doch, klar. Ich meine, die Dinge sind reichlich verwickelt. Da wäre zum Beispiel der Umstand, dass ich ihr Arbeitgeber bin.«

Er tippt sich rechts an den Kopf. »Den Sex speichert man in der rechten Hirnhälfte ab.« Nun tippt er sich an die linke Seite. »Alles, was mit der Arbeit zu tun hat, kommt in die linke Hälfte.« Er tut so, als würde er sich die Hände abwischen. »Erledigt.«

Amüsiert schüttele ich den Kopf. »Und meine Schwester fragt sich, warum ich dich einen Hund nenne.«

Seine Augen leuchten auf, und seine Miene wechselt von abgebrühter Playboy zu aufgeregter Streber. »Deine Schwester spricht über mich?«

Ich verdrehe die Augen. »Bilde dir nichts darauf ein. Und nach dem, was du gerade über deine beiden Hirnhälften gesagt hast, hältst du dich von meiner Schwester besser fern.«

»Entspann dich. Ich habe dich doch nur hochgenommen.« Plötzlich ist er ernst, ganz der seriöse Unfallchirurg. Keine Albereien mehr, keine blöden Sprüche. »Du weißt, was du tun musst. Wie gesagt, du magst diese Frau. Wenn dieser Fall eintritt, gibt es keine getrennten Hirnhälften mehr. Du musst die Sache beenden.« Er schneidet mit der Hand durch die Luft. »Sie ist deine Angestellte, also Finger weg von ihr.«

Das liebe ich so an Chase. Die Hälfte aller Dinge, die er mir erzählt, sind nur, um mich zu ärgern. Aber wenn es um ernste Sachen geht, weiß er, dass es bestimmte Regeln gibt, an die man sich halten muss, und das macht er einem dann auch ganz deutlich.

»Du hast recht. Ich muss meinen Schwanz in der Hose lassen.«

Er tut so, als würde er an seiner Hose ein Vorhängeschloss verschließen, und ich nicke beipflichtend, dann deute ich auf den Dielenboden. »Und du mit deinen beiden Hirnhälften solltest unbedingt dieses Apartment mieten. Ist ein guter Deal.«

»Das werde ich tun. Danke, dass du es dir angesehen hast. Und hey, wenn du üben willst, wie du dich in Natalies Gegenwart am besten verhältst, dann bring sie nächstes Wochenende zu Max mit. Mein werter Bruder veranstaltet für mich eine Art Willkommen-zu Hause-Dinner«, sagt Chase.

»Ich bin dabei. Ich frage Natalie, ob sie mitkommt.«

Er schlägt sich an die Stirn. »Och, ich hab's völlig vergessen. Natalie ist sowieso da. Josie hilft Max bei den Vorbereitungen, und sie hat sie schon eingeladen.«

Ich lache. »Bei dir kommt immer noch ein neuer Dreh hinzu.«

»Stimmt. Das beschreibt mich perfekt. Oh, und viel Glück beim Lösen des Problems, dass du Sex und Gefühle nicht auseinanderhalten kannst«, sagt er noch und hebt seine Augenbrauen.

»Gibt es dafür auch eine Pille, Doc?«

Er deutet auf seinen Schritt. »Yeah, sie heißt Balkensucher.«

Er stößt das Becken vor. »Die Ladies lieben es.«

Die Sache ist, Chase ist ein Quatschkopf. Während seiner Facharztausbildung war er schwer verliebt in irgendein Mädchen, und, tja, es funktionierte leider nicht so, wie er es sich wünschte.

Doch er hat recht. Mit Natalie steht mehr auf dem Spiel als nur mein brennender Wunsch, sie Tag und Nacht durchzuvögeln. Oder mein Wunsch, mit ihr in Coney Island Achterbahn zu fahren oder sie zu einer Grillparty einzuladen oder sie bei Nicks Hochzeit an meiner Seite zu haben.

Natalie selbst steht auf dem Spiel.

Sie hat einen Job bei mir, der ihr gefällt. Je länger wir miteinander herummachen, desto mehr riskiere ich, sie in eine unangenehme Lage zu bringen. Natürlich würde ich sie nicht feuern, aber ich möchte, dass sie sich an ihrem Arbeitsplatz wohlfühlt. Ich muss sie respektieren, und da ich derjenige bin, der ihre Gehaltsschecks ausstellt, darf ich nicht zulassen, dass mein Schwanz – treuer Gefährte, der er ist – die Entscheidungen trifft.

Das ist nicht die Art Mann, der ich sein möchte.

Falls ich sie weiterhin vögele, was geschieht dann, wenn alles den Bach runtergeht? Und es wird passieren. Es war unausweichlich. Beziehungen gehen immer den Bach runter, vor allem wenn sie im Büro begonnen haben.

25. Kapitel

Natalie wartet auf mich an einem Kaffeestand am Union Square Farmer's Market, in einer Hand eine Schale mit frischen Erdbeeren, in der anderen einen Kaffee. Sie nickt mir zu und reicht mir das Getränk. »So, wie du ihn magst«, sagt sie, und etwas an ihren Worten verursacht mir ein enges Gefühl in der Brust.

Zu wissen, wie jemand anderes seinen Kaffee mag, ist ja eigentlich keine große Sache, aber dass sie sich die Mühe macht, ihn mir trinkfertig zu ordern, gehört zu den kleinen Dingen, die mir normalerweise ein Lächeln aufs Gesicht zaubern.

Im Moment ist mir aber überhaupt nicht nach Lächeln zumute. Wir setzen uns an einen der kleinen grünen Tische, die am Rand des Markts stehen, sind umgeben von Hipstern, die an Falafeln knabbern und Ingwer-Limonade schlürfen. Ich drehe meinen Stuhl um und setze mich hin, lege die Arme über die Rückenlehne. Ich trinke einen Schluck Kaffee und bedanke mich erneut bei ihr.

Natalie schiebt sich eine blonde Haarsträhne hinters Ohr und stellt lächelnd die Erdbeeren auf den Tisch. Dann fischt sie ein paar Papiere aus ihrer Handtasche. »Ich habe gestern die Formulare für eine unstrittige Scheidung runtergeladen. Man muss jede Menge ausfüllen, obwohl das meiste davon nicht auf uns zutrifft, aber wir sollten trotzdem alles durchgehen. So wie ich es verstehe, kann die ganze Prozedur zwischen sechs Wochen und einigen Monaten dauern.«

»Whoa. Warum so lange?«

»So ist das eben in New York.«

Sie blättert durch Formulare über den ehelichen Güterstand, über die Haftung bei gemeinsamen Schulden, über Sorgerechtsfragen und Unterhalt, über den ehelichen Versorgungsausgleich, über Versicherungsangelegenheiten und über tausend andere juristische Details, bei denen sich mir der Kopf dreht. Ach so – und die Formulare erinnern mich daran, was für eine bescheuerte Idee es von mir war, sie überhaupt zu heiraten. Was in Vegas als reine Spaßaktion begann, hat sich in eine schwer zu entwirrende Komplikation entwickelt.

Ich schüttele den Kopf. »Verdammt, was war ich für ein Idiot! Ich hatte keine Ahnung, dass unsere Trauung zu so einem Riesendurcheinander führen würde«, sage ich und stoße einen Seufzer aus.

»Ich auch nicht. Aber was bleibt uns jetzt anderes übrig, als die Ärmel hochzukrempeln?« Sie lächelt, und ich muss zugeben, dass es mich beeindruckt, wie entspannt sie mit der Angelegenheit umgeht. Dann flüstert sie verschwörerisch: »Es ist, als wären wir zwei unartige Kids, die spätabends mit dem Auto ihrer Eltern losgebraust sind. Aber statt uns bei einer nächtlichen Spritztour zu amüsieren, haben wir den Briefkasten des Nachbarn umgepflügt und müssen nun den Schaden abarbeiten.«

Ich muss lachen. »Warum habe ich das Gefühl, dass du aus Erfahrung sprichst?«

Sie deutet mit dem Daumen auf sich. »Genau das ist mir passiert.«

»Im Ernst?«

»Ich war sechzehn und hatte nur Blödsinn im Kopf.«

»Da wir gerade dabei sind: Ich gestehe, dass mir etwas Ähnliches auch passiert ist.«

Ihr klappt die Kinnlade herunter. »Wirklich?«

»Wir haben im Sommer meinen Onkel besucht, und ich habe seinen Cadillac ausgeborgt und versehentlich die Rosenbüsche des Nachbarn platt gefahren. Der Mann war nicht glücklich. In jenem Sommer musste ich jeden Samstag den Zug nach Jersey nehmen und seinen Rasen mähen und die Hecken stutzen, um den Schaden wiedergutzumachen.«

Sie hebt eine Hand, und wir klatschen ab. »Macht uns das zu den schwarzen Schafen unserer Familien?«

»Mäh-mäh-mäh«, imitiere ich das Tier.

Ihre Augen leuchten auf. »Kannst du noch andere Tierlaute nachmachen?«

»Was möchtest du hören?«

Sie nickt aufgeregt. »Bitte ein Pferd.«

Ich schüttele rasch den Kopf und wiehere leise.

Sie hebt einen Finger, bittet mich um einen weiteren Tierlaut. Ich entscheide mich für ein Robbenbellen und mache *arf*, *arf*, *arf*, und Natalie klopft sich auf die Schenkel vor Lachen.

»Zugabe, Zugabe!«

Ich schüttele den Kopf. »Das war es für den Moment. Wenn du ein artiges Mädchen bist, kriegst du später den Löwen zu hören.«

»Ich kann es kaum erwarten.«

Ich reibe die Handflächen aneinander. »Okay, zurück in die ernste Welt der Erwachsenen.«

Wir widmen uns wieder den Scheidungspapieren, schauen uns ein Formular nach dem anderen an. Das über den ehelichen Güterstand weckt meine Aufmerksamkeit, als wäre es ein brennendes Haus. Ich kneife die Augen zusammen, deute auf die entsprechende Spalte. »Was ist das? Geht es da um mein Apartment oder meine Firma, oder was?«

Sie klopft mir sanft auf die Hand. »Keine Sorge. Ich stelle keine Ansprüche an WH Carpentry & Construction.«

Ich straffe den Rücken. »Davon gehe ich aus«, sage ich leicht gereizt und nehme meinen Kaffee, aber offenbar ist es zu schwierig, den Becher unfallfrei an meine Lippen zu heben, denn ein Teil des Gebräus landet auf meiner Jeans. »Fuck«, fluche ich, und Natalie fischt ein paar Taschentücher aus ihrer Handtasche und reicht sie mir.

»Alles okay?«, fragt sie, während ich mein Hosenbein abtrockne.

»Yeah.« Ich treffe ihren Blick. »Eine Ex von mir hat versucht, mir meine Firma abspenstig zu machen. Jetzt dieses Formular zu sehen …«

»… hat einen empfindlichen Nerv getroffen?«, beendet sie den Satz leise.

Ich nicke. »Blöd. Ich weiß.«

»Es ist nicht blöd. So empfindest du eben. Wahrscheinlich würde es mir an deiner Stelle genauso gehen.«

Ich fahre mir durchs Haar. »Du bist nicht so. Ich sollte nicht mal daran denken.«

Sie tätschelt mir den Arm. »Du hast recht. So bin ich nicht. Aber ich verstehe dich, wirklich.«

»Im Ernst?«

»Es ergibt schon einen Sinn, dass du vorsichtig bist. Und wie gesagt, ich an deiner Stelle würde mich genauso verhalten. Du hast eine erfolgreiche Firma aufgebaut. Aber du hast mein Wort, Wyatt, ich will nichts davon. Wir hatten keine richtige Ehe. Wir haben aus Spaß geheiratet, und unsere Ehe sollte nicht länger als vierundzwanzig Stunden dauern. Ich möchte, dass die Scheidung glatt und problemlos über die Bühne geht.«

»Danke für dein Verständnis. Die Sache mit dieser Frau damals konnte ich einfach nicht vorhersehen. Es kam aus heiterem Himmel«, sage ich und erzähle ihr noch ein paar Anekdoten von Roxy.

»Das ist verrückt«, sagt sie kopfschüttelnd. »Kein Wunder, dass …«

Ich lege den Kopf schräg, als sie plötzlich verstummt. »Kein Wunder was?«

Sie deutet auf die Papiere. »Kein Wunder, dass es dich nervös macht. Falls du dir einen Anwalt nehmen möchtest, würde ich es verstehen.«

Ich schüttele den Kopf. »Ach was, ich brauche keinen Anwalt. Ich hatte einen bei Roxy, und vor ein paar Monaten musste ich mir noch mal einen nehmen, als jemand meine Website gehackt hat. Ich weiß nicht, warum sich die Leute nicht einfach an eine Vereinbarung halten können. In dem Vertrag für die Website stand jedenfalls nicht, dass die Designerin die Seite später hacken darf«, sage ich sarkastisch. »Ich möchte diese Sache hier möglichst entspannt hinter uns bringen.«

Sie lächelt mich an. »Abgemacht. Wir brauchen keinen Winkeladvokaten. Lass uns einfach weitermachen.«

Die nächsten zwanzig Minuten verbringen wir damit, die Formulare auszufüllen und zu unterschreiben. Als wir fertig sind und sie die Papiere einpackt, hebe ich meinen Becher.

»Erzähl mir etwas Lustiges. Etwas, was das Wort ›Scheidung‹ aus meinem Kopf vertreibt.«

Sie nimmt eine Erdbeere und schiebt sie sich zwischen die schönen roten Lippen. »Erdbeeren sind lecker. Aber es sind eigentlich keine Beeren. Wusstest du das?«

»Wusste ich nicht. Aber der Ansatz gefällt mir. Wenn es keine Beeren sind, was sind sie dann? Normales Obst?«

Sie schüttelt den Kopf und steckt sich die nächste Erdbeere in den Mund. Als sie heruntergeschluckt hat, antwortet sie: »Es handelt sich um eine sogenannte Sammelfrucht, ein fleischiges Behältnis für Samen.«

Ich rümpfe die Nase. »Klingt irgendwie eklig. Woher weißt du das?«

»Habe ich neulich nachgeschlagen. Vielleicht deinetwegen, weil ich weiß, dass du auf seltsame Fakten stehst.« Sie reicht mir eine Erdbeere. Während ich kaue, sagt sie: »Jetzt bist du dran. Erzähl mir etwas aus Wyatts Enzyklopädie der seltsamen Tierfakten.«

»Weißt du, warum Katzen im Badezimmer unter den Unterschrank kriechen können, als ob sie keine Knochen hätten?«, beginne ich, und es gibt kaum etwas Besseres als die gute alte Katzen-haben-kein-Schlüsselbein-Halbwahrheit, um der anstehenden Scheidung von der Frau, die man noch letzte Woche auf dem Büroschreibtisch gefickt hat, die Schärfe zu nehmen. Genau genommen sind Katzen ohne Schlüsselbein Gold wert, wenn man im Gespräch ein verbales Gleitmittel braucht. Des Weiteren erzähle ich Natalie von domestizierten Truthähnen (sie können nicht fliegen), von Elefanten und den vierzigtausend Muskeln in ihrem Rüssel (die sie befähigen, winzige Objekte wie Münzen aufzuheben) und zum Abschluss noch eine Kleinigkeit über Fische (sie nehmen Wasser durch Osmose auf, statt mit dem Maul zu trinken).

Natalie lächelt und lacht während meines *Vortrags*, wie sie es nennt. »Wie kommt es eigentlich, dass Fakten über Tiere dich so faszinieren?«

»Ich habe als Kind regelmäßig den *National Geographic* gelesen. Klingt wahrscheinlich seltsam, weil alle Welt findet, Nick und Josie seien klüger als ich.«

Sie sieht mich fragend an. »Wer sagt das?«

Ich zucke mit den Schultern. »Keine Ahnung, wahrscheinlich jeder. Denn sie sind ja wirklich klüger. Josie ist eine Leseratte, und Nick ist ... eben Nick. Seine Birne funktioniert ausgezeichnet. In der Schule waren beide besser als ich.«

»Du weißt natürlich, in welchem Lager ich stehe«, sagt sie und hebt eine Faust. »Die schwarzen Schafe müssen zusammenhalten.«

Ich stoße meine Faust gegen ihre. »Scheint, als hätten wir einiges gemeinsam, Mrs. Hammer.«

Natalie lächelt wehmütig. »Schade. Ist ein cooler Nachname. Ich würde gerne weiter so heißen.«

»Ja, Hammer klingt cool. Ich weiß. Übrigens, der Umstand, dass wir uns am Farmer's Market und nicht im Büro treffen, bedeutet wohl, dass wir künftig nicht mehr wie die Karnickel vögeln«, sage ich mit einem Anflug von Bedauern in der Stimme.

Sie lacht auf und deutet auf die Verkaufsstände, vor denen Spargel, Rucola und Artischocken angeboten werden. »Wie, du glaubst, ich werde dich nicht hinter einen der Gemüsestände zerren, damit wir es auf einer Champignon-Kiste treiben können?«

Augenblicklich blicke ich prüfend über den Markt. »Wo siehst du diese verdammte Champignon-Kiste?«

Sie schlägt mir spielerisch auf die Hand, dann stehen wir auf und verlassen den Farmer's Market. »Ich finde, wir sollten versuchen, ganz artig zu sein«, sagt sie, nun eine Spur ernster. »Wäre das okay für dich?«

Ich lege ihr einen Arm um die Schulter. »Ja, ist okay. Und dank deiner Champignon-Strategie läuft ja heute wirklich nichts. Denk nicht, ich hätte nicht bemerkt, dass es auf dem Markt heute nirgendwo Champignons zu kaufen gibt.«

Sie schnippt mit den Fingern, macht eine *Ach-Mist*-Geste. »Du hast mich durchschaut.« Ihr Blick wandert zu meiner Hand auf ihrer Schulter, als wollte sie damit sagen, sie hätte mich ertappt.

Ich ziehe die Hand weg, gestehe meine Schuld. »Ich versuche es, Frau. Ich versuche ganz artig zu sein.«

Und es stimmt. Ich versuche mit aller Macht, sie mir nicht über die Schulter zu werfen, durch die Menge zu tragen und auf den Obstkisten, hinter den Spargelkartons oder hinter den Bananenstauden zu vögeln.

Denn echt jetzt, es mit ihr hinter dem Bananenstand zu treiben wäre absolut unser Stil.

»Siehst du den Bananenstand dort hinten?«, sage ich und wackele mit den Augenbrauen.

Sie knufft mich in die Seite. »Du bist schlimm. Wir versuchen Freunde zu sein.«

Ich straffe den Rücken und erwidere im ernsten Ton: »Wir sind doch schon Freunde. Ich möchte hinter dem Bananenstand freundlich zu dir sein.«

Sie verdreht die Augen. »Apropos Freunde. Ich schicke dir

nachher meine Videos. Sie sind jetzt so weit, dass ich sie dir zeigen kann.«

Als ich am Abend ihre E-Mail öffne, schwöre ich mir, ihr zu helfen und nicht mehr nur ans Vögeln zu denken.

Denn sie braucht Hilfe.

Die Videos sind Mist.

26. Kapitel

Als Natalie dem Mann in der schwarzen Trainingshose einen Sprungtritt verpasst, sinkt er anmutig zu Boden.

»Siehst du?«, sage ich und deute auf das Video, das auf ihrem Smartphone läuft; es ist Montagabend, wir sind bei ihr im McKeon-Karatedojo. »Es sieht aus wie einstudiert, wie ein Werbefilm, nicht wie eine reale Situation.«

Wir sitzen im Schneidersitz auf den blauen Matten. Sie bat mich, nach ihrem Unterricht herzukommen und über die Videos zu reden, da ich bis abends in Violets Küche herumgewerkelt habe. Dies ist am heutigen Tag unsere einzige Gelegenheit, um uns zu treffen.

Sie strafft ihren Pferdeschwanz. In dem weißen Karateanzug mit dem Schwarzen Gürtel wirkt sie richtig tough. Ihre nackten schlanken Füße sehen dagegen absolut niedlich aus. Ihre Fußnägel sind abwechselnd mintgrün und lila lackiert. Sie mag es bunt, so, wie sie es mir in Vegas erzählt hat.

»Du meinst, es ist zu glatt?«, fragt sie.

Ich tippe mir an die Nase. »Bingo.«

»Du findest, es sollte authentischer wirken?«

»Du möchtest mit den Videos ein breites Publikum erreichen, Frauen inspirieren, Selbstverteidigung zu lernen. Ja, meiner Meinung nach sollten die Kampfszenen in den Videos lebensechter aussehen. Als ob es tatsächlich so geschehen könnte und du irgendein verdammtes Arschloch wirklich umhauen würdest.«

Sie beugt sich vor, bis ihr Gesicht die Matte berührt. »Gott sei Dank«, sagt sie und atmet langsam aus. »Ich dachte schon, du würdest sagen, sie seien langweilig.«

»Ach was, nein«, erwidere ich und deute auf das Smartphone. »Aber der Typ sieht so Karate-Kid-mäßig aus. Wenn ich mir das anschaue, denke ich nicht an Selbstverteidigung. Ich sehe einfach zwei Karate-Experten, die Dinge tun, die ich nie tun könnte. Es sieht so durchchoreografiert aus.«

Sie setzt sich auf, wendet mir das Gesicht zu und nimmt meinen Arm. »Ich krieg das hin, Wyatt. Ich mache es besser. Ich habe sie den Leuten hier gezeigt, und alle finden es toll. Aber tief im Innern wusste ich, dass die Videos noch nicht optimal sind.« Sie knufft mich in die Schulter. »Danke für deine Ehrlichkeit. Ich brauchte eine Meinung von jemandem, der nichts mit Kampfsport zu tun hat.«

Ich beschließe offiziell, dass Natalie einer der coolsten Menschen ist, die ich kenne. Ich habe noch nie erlebt, dass jemand so gut mit Kritik umgeht. Sie diskutiert nicht herum, ist nicht beleidigt. Sie möchte einfach nur die bestmöglichen Videos produzieren.

Außerdem sind wir ja jetzt offiziell Freunde, und das kriegen wir, wie ich finde, schon ziemlich gut hin.

Notiz an mich selbst: Deiner Angestellten zu helfen, ihre Pläne zu verwirklichen, ist viel ehrenwerter, als ihr wieder die Seele aus dem Leib zu ficken.

Jepp. Wenn ich mich so verhalte, bin ich ein guter Typ. Der Wyatt nach der Öl-im-Shampoo-Attacke.

Sie steht auf und läuft auf und ab. Nur wir sind noch im Dojo. Sie hat es schon abgesperrt. »Okay, es soll also real aussehen. Als würde mich ein Kerl auf der Straße angreifen.«

»Absolut.«

»Ich gehe spazieren, er versucht mich zu packen …« Sie nimmt meine Hand und zieht mich auf die Beine. »Tu es.«

Ich blinzele. »Was?«

»Greif mich an.«

»Bist du verrückt?«

»Nein.« Ein wildes Funkeln liegt in ihren blauen Augen. »Ich habe eine Idee.« Sie rennt zu ihrem Smartphone, stellt es am Rand der Matte auf einen Holzstuhl und tippt aufs Display. »Na los.«

»Warte«, sage ich, als mir klar wird, was sie vorhat. Ich zeige auf mich. »*Ich* soll das mit dir tun?«

»Meine Videos sind zu glatt. Du hast keine Ahnung von Karate, richtig?«

»Richtig.«

»Und du möchtest mir helfen.«

»Ja.«

»Lass es uns authentisch machen«, sagt sie, tritt zu mir heran und legt mir ihre Hände auf die Schultern. »Sei mein Versuchskaninchen.«

Ich kann unmöglich ablehnen. Auf keinen Fall. Und mein Ja hat nichts damit zu tun, dass ich sie vögeln will, sondern dass ich ihr helfen möchte, ihre Träume zu verwirklichen. »Okay, Ninja-Girl. Ich bin dein Crashtest-Dummy.«

Sie nimmt meinen Arm und legt ihn sich um den Hals. »Und jetzt würge mich.«

»Nat, auf so etwas stehe ich nicht …«, entrüste ich mich.

Sie wirft mir einen Schulterblick zu, ihre Augen sind jetzt stahlblau. »Tu es, Hammer.«

Ich verstärke meinen Würgegriff, und im nächsten Moment rammt sie mir den Ellbogen in den Bauch und schleudert mich zu Boden.

»Autsch.«

Ich liege mit gespreizten Beinen am Boden des Karatestudios, schaue wie eine benommene Comicfigur zu Natalie auf. Ihren nackten Fuß hat sie triumphierend auf meinen Bauch gestellt, wie ein militärischer Anführer, der einen Feind erledigt hat.

»Ja, so in etwa«, sage ich trocken.

»Wollen wir uns die Szene anschauen?«

Sie nimmt das Smartphone, kniet sich neben mir hin und spielt die Sequenz ab. Und hol mich der Teufel. Diese Frau ist ein Tier. »Du bist verdammt beeindruckend.«

»Wir sind ein gutes Team«, erwidert sie anerkennend. »Dir sind die Techniken fremd, dadurch wirkt deine Reaktion natürlich. Als ob es im Ernstfall tatsächlich so ablaufen würde. Ich werde dich nicht mit voller Kraft angehen, ich halte mich ein bisschen zurück. Bist du weiter dabei?«

»Müssen es immer Überraschungsangriffe sein?«

Sie schürzt die Lippen. »Hat es wehgetan?«

Ich gebe mich ungerührt. »Eigentlich nicht.«

»Dann habe ich volles Vertrauen, dass du auch die anderen Sachen hinbekommst.« Sie steht auf, und ich tue es ihr nach, unsicher, was als Nächstes kommt. Aber genau darum geht es ja. »Na los, machen wir weiter. Es soll so real wie möglich aussehen.«

»Aber versprich mir eines.«

Sie nickt knapp. »Was?«

»Dass du mir nicht in die Eier trittst.«

Mit einer blitzschnellen Bewegung greift sie nach meinen Kronjuwelen, hält aber im letzten Moment inne, Zentimeter vor meinen Eiern. Ich zucke zusammen. Sie hält ihr Gesicht dicht an meines und flüstert sexy: »Ich verspreche, dass ich deinen schönen Eiern nichts antue.«

Brennende Lust schießt mir durch den Körper. Und obwohl ich froh bin, dass sie ihnen nichts tun wird, hätte ich nichts dagegen, wenn sie ein bisschen mit meinen Eiern spielte, am besten … *sofort*. Ihre Hand in meiner Jeans, in meiner Boxershorts, ihre Finger an meinen Eiern, am Schwanz … Ich stöhne fast auf, während ich dieses simple, aber superscharfe Bild vor Augen sehe. Doch Natalie hat nur Karate im Sinn, deshalb drücke ich auf die imaginäre Stopptaste und schalte den Pornofilm in meinem Kopf wieder aus.

Während sie auf den Fußballen auf und ab wippt, erklärt sie mir, was ich als Nächstes tun soll. Sie geht über die Matte, dreht mir den Rücken zu, und ich schleiche mich von hinten an, versuche sie fortzuzerren.

Dann geht alles rasend schnell, und ich finde mich auf allen vieren am Boden wieder. Mir tut nichts weh, ich bin nur völlig baff, weil ich nicht einmal im Ansatz mitbekommen habe, was eigentlich passiert ist.

»Dir würde ich nicht in einer dunklen Tiefgarage begegnen wollen«, sage ich atemlos.

Als ich sie ansehe, strahlt sie mich an. »Bereit für die nächste Runde?«

»Nur zu, Fummlerin, nur zu«, stöhne ich.

Und weiter geht's. Sie gibt mir eine simple Anweisung und haut mich um. Dann das Ganze wieder von vorn, nur auf eine andere Weise. Nach zwanzig Minuten voller Misshandlungen liege ich ausgepumpt auf der blauen Matte. Bei einem ernsthaften Kampf hätte ich keine Chance gegen sie. »Du hast gewonnen«, sage ich schwer atmend.

»Das war ausgezeichnet.« Sie schaltet die Kamera aus und setzt sich neben mich. »Im Ernst, geht es dir gut?« Sie streicht mir über den Arm.

Ich schaudere unter ihrer Berührung, versuche aber, es mir nicht anmerken zu lassen. »Jetzt fragt sie mich, ob es mir gut geht«, murmele ich in Richtung Decke.

»Aber dir geht's doch gut, oder?«

Ich lache und wende mich ihr zu. »Ja, sicher, alles in Ordnung.«

Aufgeregt packt sie mich am Arm. »Du bist großartig. Du hast mir so geholfen. Es bedeutet mir so viel. Du musstest es nicht tun, hast es aber trotzdem getan.«

Auftrag ausgeführt. Ich klopfe mir mental auf den Rücken dafür, dass ich Natalie aufgebaut habe, statt sie hängen zu lassen und nur an ihre Pussy zu denken. »Ich bin froh, dass ich dir helfen konnte. Und vielleicht macht es mir ja Spaß, von dir geschlagen zu werden.«

»Du kannst jederzeit mehr kriegen, musst nur einen Ton sagen«, erwidert sie. Ihr Gesicht glüht, sie ist voll in ihrem Element. Sie sieht topfit, strahlend und energiegeladen aus – und unfassbar scharf, was ausgesprochen gefährlich ist.

Also halte ich jetzt besser den Mund.

Stille senkt sich über uns herab, die Art von Stille, die voller

Möglichkeiten ist. Nichts zu sagen scheint irgendwie etwas anderes anzudeuten – die anderen Dinge, die wir nun miteinander tun könnten. Dann erlischt ihr Lächeln, und sie mustert mich intensiv, und ich mustere sie. Ich bemerke ihr Haargummi und wie ihre Mähne daraus hervorquillt. Sehe, wie sich bei jedem Atemzug ihre Brust hebt. Bemerke, dass ihre Augen glänzen, wenn sie mich anschaut.

Ich kenne diesen Blick. Ich verzehre mich nach ihm. So sieht sie mich an, kurz bevor sie mich küsst. Sie knabbert an ihrer Unterlippe, wandert mit den Fingern meinen Arm hinauf zur Schulter, dann zieht sie die Hand wieder weg. »Sorry, ich versuche artig zu sein.«

»Ich auch«, sage ich mit rauer Stimme.

»Es ist schwer«, flüstert sie leise.

Ich seufze. »Verdammt schwer.«

»Funktioniert es denn? Artig zu sein?«

»Ich möchte ein guter Mensch sein, Natalie.«

»Das bist du doch, Wyatt. Du bist hergekommen.«

Ich schiebe mir meine Hände hinter den Kopf, als würde ich mir Handschellen anlegen. »Und das beweist, dass es mir gelingt?«

Sie nickt. »Finde ich schon.«

»Es ist sehr lieb, dass du das sagst. Ich weiß aber nicht, ob ich es verdiene«, entgegne ich und lasse den Blick zur Decke hinaufwandern. Würde ich Natalie anschauen, könnte ich nicht meine Hände bei mir behalten.

»Natürlich verdienst du es, und zwar mehr, als du dir zugestehst«, sagt sie mit fester aufrichtiger Stimme.

»Ich bin mir da nicht so sicher. Du hast ja keine Ahnung, wie es ist …«

Sie rutscht ein wenig näher. Ich kann jetzt ihr Gesicht sehen, als sie fragt: »Wie *was* ist? Wie es ist, mit jemandem zusammenzuarbeiten, auf den man scharf ist? Wie es ist, nur Zentimeter von dieser Person entfernt zu sein? Wie es ist, dieser Person nähergekommen zu sein, und sich dann mit aller Kraft von ihr fernhalten zu müssen?«

27. Kapitel

Ich fahre mir durchs Haar, atme tief durch und versuche meinen Verstand zusammenzuhalten, doch ich atme lediglich Natalies betörenden Duft ein und stehe kurz vor der Kapitulation.

»Geht mir genauso«, sage ich rau. »Deine Nähe turnt mich ungemein an. Dazu erzählst du noch all diese Dinge, und was soll ich anderes tun, als noch schärfer auf dich zu werden?«

Ein leises Lächeln umspielt ihre Lippen. »Dann steht es also unentschieden zwischen uns.«

Ich lache. »Kann man so sagen.«

Sie wackelt mit den Augenbrauen. »Sieh es positiv. Ich habe dir versprochen, dass ich deinen schönen Eiern nicht wehtun werde.«

»Meine Eier und ich danken dir.«

Sie leckt sich über die Lippen, und ihre nächsten Worte klingen wie eine Zeile aus einem sinnlichen Song. »Wie kann ich dir für den heutigen Abend danken?« Ihr Blick wandert über mein Gesicht, dann hinab zu meiner Brust, meinem Bauch und schließlich zu der von ihr verursachten Beule in meiner Jeans.

Ich bin im Begriff, diesen Kampf zu verlieren – und zwar in jeder Hinsicht. Mein Plan, cool zu bleiben, ein verantwortungsvoller Mann zu sein, ist schlagartig dahin, als ihre Hand ihrem Blick folgt. »Deinen Eiern geht es wirklich gut?«, fragt sie ganz unschuldig und besorgt, während ihre Handfläche Millimeter über der Beule in meiner Hose schwebt.

Schulterzuckend werfe ich das Handtuch. »Kann nicht schaden, mal nachzuschauen.«

Sie legt die Hand auf meine Jeans, streicht über meinen Schwanz, schiebt die Hand zwischen meine Beine.

Ich stoße einen Zischlaut aus.

Mit einer blitzschnellen Bewegung setzt sie sich auf mich, drückt meine Handgelenke auf die Matte und presst sich fest an mich.

»Nat«, stöhne ich, »was tun wir hier?«

Sie schüttelt den Kopf. »Keine Ahnung. Wenn ich dir so nahe bin, übernimmt mein Körper die Kontrolle. Ich will dich einfach überall anfassen.« Sie kratzt mir mit den Nägeln über die Brust. »Mich an deinem Ding reiben«, sagt sie und lässt ihren Worten Taten folgen.

Ich stöhne auf. »Du killst mich, wenn du solche Sachen sagst.«

»Um Gottes willen. Du sollst nicht sterben.« Sie beugt sich vor, ihr Pferdeschwanz streift meinen Hals, ihr Mund schwebt über meinem Ohr. »Da ist etwas, was ich mit dir noch nicht gemacht habe.«

Meine Muskeln ziehen sich zusammen. »Und das wäre?«

»Ich möchte herausfinden, wie du schmeckst. Würde dir das gefallen?«

Mit einer blitzartigen Bewegung befreie ich meine Handgelenke aus ihrem Griff und packe ihre Hüften. »Sehr sogar.«

»Bist du sicher?«

Es ist nicht unter meiner Würde zu betteln. »Bitte, blas mir einen.«

Ihre Augen weiten sich vor Verlangen, während sie sich an mir reibt. Mich neckt. Mit mir spielt.

Ich greife nach ihrem Kopf und drücke ihn herunter. »Nimm ihn in den Mund, Baby.«

»Es macht mich an, wenn du darum bettelst«, schnurrt sie sexy. »Sag noch mal Bitte.«

Ich stoße mein Becken nach oben, lasse sie die Härte in meiner Jeans spüren. »Nat«, knurre ich. »Ich flehe dich an. Bitte, saug mich aus.«

Sie schließt die Augen, scheint sich etwas Versautes vorzustellen. »Ich möchte dich schmecken, wenn du in meinem Mund kommst.«

Ein lüsternes Beben erschüttert meinen Körper. Ich brauche es jetzt, auf der Stelle. Ich schiebe sie von mir herunter und deute auf meinen steifen Liebesdolch. »Mach die Jeans auf, und lege deine sexy Lippen um meinen Schwanz. Hör auf zu quatschen, und blas mir einen.«

Sie zieht eine Braue hoch und öffnet meinen Reißverschluss. Ich helfe ihr, hebe meinen Hintern und streife meine Hose und meine Boxershorts hinunter. Im nächsten Moment verschwindet ihr Kopf zwischen meinen Beinen, und das Necken geht weiter. Sie foltert mich mit ihrer Zunge (eine wahrlich herrliche Folter), lässt sie über meine Schwanzspitze schnellen.

»Mach schon, Nat.«

»Was soll ich machen?« Sie hebt das Gesicht und lässt die Augenbrauen in die Höhe schnellen. »Ich möchte spielen.«

»Dann küsse meine Eichel«, befehle ich, umfasse ihren Hinterkopf und ziehe sie nach unten.

Stöhnend legt sie ihre warmen Lippen um meine Schwanzspitze. Ich will juchzen vor Glück. Ihre heiße feuchte Zunge an meinem Ding ist einfach ein unfassbarer Hochgenuss.

»Ist das gut«, raune ich und reibe meinen Schwanz an ihren Lippen. Sie folgt meinen Bewegungen, schleckt mir mit ihrer Zunge rhythmisch über die Schwanzspitze. Begehren flutet mir durch die Adern, während ich ihren heißen Atem an mir spüre.

»Jetzt leck den Schaft ab«, sage ich, und sie schaut mich versaut an, während sie mit ihrer Zunge von der Eichel bis ganz nach unten gleitet.

Ich stöhne lauter, als sie zu mir aufschaut und mir eine Hand zwischen die Beine schiebt. Sie umfasst meine Eier, spielt mit ihnen, kratzt mit ihren Nägeln darüber. Den Blick weiter auf mich gerichtet, flüstert sie: »Soll ich sie ablecken?«

»Fuck, yeah«, entgegne ich heiser und stoße in ihre Hand, dränge sie, weiterzumachen.

Sie beugt sich herab, leckt meine Eier, nimmt sie in den Mund. Sie macht mich verrückt. Ich packe ihren Kopf fester. »Ist das gut«, keuche ich.

Sie hört auf und kriecht zu mir hoch, diesen versauten sexy Ausdruck in den Augen. »Dann sag mir, wie sehr du meinen ganzen Mund willst.«

Ich streiche ihr mit dem Zeigefinger über die vollen Lippen. »Ich will deinen wunderschönen Mund so sehr, dass ich gleich ausflippe, wenn du mich weiter zappeln lässt.«

Begehren durchzuckt mich, als sie mein T-Shirt hochschiebt, meine Brust küsst, meinen Bauch und meine Taille, bis sie schließlich wieder auf Augenhöhe mit meinem Prachtschwanz ist, genau dort, wo ich sie haben möchte. »Allmächtiger. Nat, du siehst so geil aus neben meinem Ding.«

»Ich glaube, dein Schwanz und mein Mund werden sich prima verstehen«, sagt sie augenzwinkernd, dann macht sie den Mund weit auf und nimmt mich bis tief in ihren Rachen in sich auf. Heilige Scheiße. So wurde mir noch nie einer geblasen. Sie ist wild und zügellos, ein gieriges Ding, das mit perfektem Feeling meinen Schwanz lutscht. Sie ist schnell und entschlossen und hat ihren Würgereiz perfekt unter Kontrolle, denn mein Schwanz steckt in voller Länge in ihrem Hals, und das will etwas heißen.

Während sie voller Leidenschaft an mir saugt, stoße ich mein Becken hoch, will einfach nur kommen, ihr meine ganze Ladung in den Mund spritzen. So, wie sie mich bearbeitet, weiß ich, dass es nicht mehr lange dauern wird.

Mit ihrer sensationellen Blastechnik löst Natalie bei mir eine Reizüberflutung aus, bis meine Sinne allesamt vibrieren und alles unterhalb meiner Gürtellinie nur noch aus purer ungefilterter Geilheit besteht. Ich weiß nicht mehr, wo oben und unten ist.

Mein Schwanz juchzt vor Freude über diese Vorzugsbehandlung, meine Eier hüpfen vor Glück. Ich stecke meine Hände in ihr Haar und ficke sie immer härter in den Mund. Sie würgt und schmatzt laut, aber sie hört nicht auf. Sie nimmt meinen riesigen Schwanz so tief wie möglich auf – und sorry, wenn ich wie ein krasser Motherfucker klinge, aber eine Frau mit solcher Inbrunst an meiner Latte saugen zu sehen, bewirkt, dass ich noch mehr will als ohnehin schon.

Ja, so ist es. Ich verzehre mich nach ihr.

So möchte ich geweckt werden. Ich möchte sie unter der Dusche stehen sehen, die Hände an der Wand, bereit für mich.

Ich will vor ihr auf die Knie gehen und sie mit meiner Zunge ins Nirwana befördern. Ich möchte ihre Nässe auf meinem Gesicht spüren, während ich sie lecke und … heilige Scheiße, ich bin kurz davor zu kommen.

»Ich spritze dir gleich in den Mund.«

Und dann ist es so weit. Sie bekommt meine volle Ladung und schluckt alles herunter. Ich keuche und stöhne und winde mich, während sie den letzten Tropfen aus mir heraussaugt und ich nicht weiß, ob ich je wieder werde klar denken können.

Aber mit einem Mal bin ich frei im Kopf, mein Körper ist entspannt, und ich weiß, was als Nächstes geschehen muss. »Setz dich auf mein Gesicht, hübsches Mädchen.« In Sekundenschnelle hat sie ihre Karatehose ausgezogen und setzt sich auf mich, lässt sich auf meinen Mund herabsinken.

Hier ist sie.

Ihr Verlangen. Ihr süßer Duft. Ihre intensive Geilheit. Ich packe ihre Hüften und ziehe ihre Pussy an meinen Mund, schiebe meine Zunge zwischen ihre Schamlippen, während sie mein Gesicht fickt. Sie bedeckt mich, und ich schwöre, ich bin in einer anderen Welt. Für mich ist sie das Paradies mit ihrer köstlichen, wundervollen, fantastischen Pussy, die so unfassbar gut schmeckt.

»Oh Gott, i…ich komme gleich«, stammelt sie.

Und dann ist es so weit. Während ihr Orgasmus sie durchschüttelt, läuft sie förmlich aus, ertränkt mich schier mit ihrer Nässe. Ihre Handflächen krallen sich über meinem Kopf in die Matte, während sie sich fieberhaft an meinem Gesicht reibt, als wäre es nur auf Erden, um ihr Lust zu bereiten.

Lange hat sie nicht gebraucht, doch das war erst der Anfang. Nachdem ihr Höhepunkt abgeflaut ist, schiebe ich sie von mir herunter und lege sie auf die Matte.

»Und wer liegt nun am Boden?« Ich grinse sie herausfordernd an, während ich ihre Knie anwinkel und in ihre heiße enge Pussy eintauche.

»Oh fuck«, stöhnt sie und drückt den Rücken durch, während ich tief in sie eindringe, die Handflächen neben ihren Schultern auf der Matte. Jetzt habe ich das Kommando. Bisher war sie der Star der Show, hat mir einen geblasen und mein Gesicht gefickt, und nun bin ich derjenige, der oben ist. Der sie fickt. Der sie nimmt. Der es ihr besorgt. Der ihr zeigt, wie viel Lust er ihr bereiten kann.

Während ich in sie hineinstoße, hebt sie rhythmisch ihr Becken, um mich noch tiefer in sich zu spüren.

»Mach die Beine breit«, sage ich zu ihr. »Richtig weit auseinander. Ich will alles sehen, während ich dich ficke.«

Mit einem animalischen Stöhnen spreizt sie die Beine. Ich schaue an uns hinab, sehe, wo mein Schwanz in ihrer Pussy verschwindet. »Schau es dir an«, sage ich mit belegter Stimme.

Sie folgt meinem Blick und beobachtet zitternd, wie mein Schwanz sie fickt. »Wir sehen geil aus, Wyatt.«

Mit dem Daumen reibe ich ihre geschwollene Klit, und ihre Pussy wird noch nasser. Schließlich lasse ich mich auf ihrem schönen Körper herabsinken, meine Hand weiter an ihrer Klit. »Ich halte es kaum aus, so sehr will ich dich«, presse ich hervor.

Dann schaudert sie und bohrt mir ihre Nägel in die Pobacken. Ihr Kopf fällt zurück, ihr Hals liegt frei, und sie erbebt. Sie bricht unter mir auseinander, kommt, schreit auf und brüllt: »Oh Gott, oh Gott, oh Gott, oh Gott!«

Eine endlose Abfolge von *Oh Gott* erfüllt die Luft, und ich stöhne und merke, dass ich auch gleich so weit bin und dass ich es liebe, wie gut wir miteinander harmonieren.

Dann erklingen Schritte im Flur, das Klacken von Absätzen auf dem Parkettboden.

Natalie reißt die Augen auf, und ich krieche von ihr herunter, mein Schwanz noch hart, mit ihrer Nässe überzogen. Sie springt auf, und ich habe noch nie erlebt, dass sich jemand so schnell anzieht wie sie.

Dann geht die Tür auf, während ich noch meine Boxershorts und die Jeans hochziehe und den Reißverschluss schließe. Ich habe nicht mal Zeit, den Knopf am Hosenbund zuzudrücken. Ich fasse mir schnell an den Bauch, krümme mich und stöhne, als hätte Natalie mir gerade einen Rippentritt verpasst.

»Autsch, das hat wehgetan! M...musstest du so doll zutreten?«, stammele ich, als eine Frau mit einer rot gefärbten Kurzhaarfrisur hereinkommt.

»Oh, ich wusste nicht, dass du noch hier bist, Natalie. Wie geht's? Ich habe meine Haarbürste vergessen.«

Haarbürste? Du kommst wegen einer verfickten Haarbürste zurück? Lerne, dich mit den Fingern zu kämmen, du dumme Kuh.

»Hallo, Mrs. McKeon. Ich habe keine gesehen«, sagt Natalie noch etwas kurzatmig.

Mrs. McKeon zieht eine Augenbraue hoch. »Du siehst aber aus, als könntest du eine brauchen«, entgegnet sie und deutet auf Natalies zerzauste Mähne.

Mich befällt die Sorge, dass dies für meine Karate-Lady das Ende in dem Dojo bedeuten könnte. Mrs. McKeon ließ sie die Räume allein benutzen, und nun wird sie Natalie womöglich absägen, weil diese den Laden kurzerhand in ein Vögelstudio für notgeile Sexmonster verwandelt hat. Natalies Wangen haben den Farbton einer Tomate, während sie sich ins zerwühlte Haar fasst. »Oh, ich …«

»Sie ist echt hart drauf«, werfe ich ein. »Sie hat mich mit ihren Schwarzgurt-Techniken dermaßen aufs Kreuz gelegt, dass mir noch immer die Ohren schlackern.«

Die Rothaarige verschränkt die Arme. »Dann freue ich mich darauf, demnächst deine Videoreihe zu sehen. Woran habt ihr gearbeitet?«

»Wie man sich aus Würgegriffen befreit«, sage ich mit ausdruckslosem Gesicht. »Ja, vor allem daran.«

28. Kapitel

Natalie: Ich darf meinen Job nicht mehr derart aufs Spiel setzen. Meinen Zweitjob. Den Karate-Unterricht.

Wyatt: Tut mir leid, Nat. Ich fühle mich schrecklich.

Natalie: War ja nicht deine Schuld.

Wyatt: Natürlich war es meine Schuld. Ich hätte klüger sein und dich zu mir nach Hause mitnehmen sollen.

Natalie: Es war aber auch meine Schuld. Ist vielleicht überraschend für dich – oder auch nicht –, aber irgendwie stehe ich auf riskanten Sex.

Wyatt: Das hätte ich jetzt nicht gedacht. Ich bin schockiert. Richtig schockiert.

Natalie: Ich sollte hinzufügen, dass ich auf riskanten Sex mit *dir* stehe. Es stellt etwas mit mir an. Die Gefahr. Das Risiko, erwischt zu werden.

Wyatt: Ähm, yeah. Es ist verdammt geil.

Natalie: Aber es ist sehr riskant.

Wyatt: Definitiv zu gefährlich.

Natalie: Ist es wirklich. Als du gegangen bist und Mrs. McKeon mich bat, noch dazubleiben … nun ich hatte den Eindruck, dass sie nicht allzu zufrieden mit mir ist.

Wyatt: Mist. Ich fühle mich schrecklich. Kann ich irgendetwas tun, um dir zu helfen?

Natalie: Werde hässlich. Verhalte dich wie ein Arschloch. Hör auf, so verdammt nett zu sein.

Wyatt: Könntest du dann aber im Gegenzug anfangen, dich wie ein kaltherziges Miststück zu verhalten, das mir dauernd in den Rücken fällt? Dann würde es mir leichterfallen, die Finger von dir zu lassen.

Natalie: Auch würde es helfen, wenn du deinen Sinn für Humor ablegen würdest, dann müsste ich in deiner Gegenwart nicht so viel lachen.

Wyatt: Wenn wir schon dabei sind, dann höre bitte auf, so viel mit mir gemeinsam zu haben.

Natalie: Und noch etwas: Würdest du bitte aufhören, mir zu helfen, meinen großen Karatelehrer-Traum zu verwirklichen?

Wyatt: Und du mach mir bitte keine Sandwiches mehr. Das ist eine Grenzüberschreitung.

Natalie: Freut mich, dass es dir geschmeckt hat.

Wyatt: Ich muss gestehen, dass ich es einem Obdachlosen geschenkt habe.

Natalie: Das ist so süß. Siehst du? Genau das meine ich. Du tust all diese Dinge …

Wyatt: Warte. Bevor du mich weiter in den Himmel hebst, muss ich dir etwas beichten. Ich dachte, du wolltest mich mit dem Sandwich vergiften.

Natalie: DANN WOLLTEST DU STATTDESSEN LIEBER EINEN OBDACHLOSEN UMBRINGEN?

Wyatt: Nein! Ich bin im Dreieck gesprungen, habe die Nerven verloren. Ich habe dir doch erzählt, was meine Ex mit meiner Firma anstellen wollte. Zu denken, dass eine Frau mir etwas Böses will, ist bei mir fest einprogrammiert. Es war blöd und falsch, so von dir zu denken, aber so war es leider. Ich dachte, du würdest etwas im Schilde führen. Ich warf das Sandwich weg, und später erzählte mir der Obdachlose, wie lecker es geschmeckt habe, und ich kam mir wie ein Volltrottel vor.

Natalie: Das ist echt krank.

Wyatt: Ich weiß. Verzeihst du mir?

Natalie: Ja, denn du bist schon gestraft genug, weil dir ein köstlicher Lunch entgangen ist. Wenn es um Sandwiches geht, bin ich unschlagbar.

Wyatt: Vielleicht kann ich es ja mit einer scharfen Chinapfanne wiedergutmachen. Oder mit einer Shrimps-Suppe auf Südstaaten-Art. Oder mit einer Fisch-Fajita, dafür habe ich nämlich ein neues Rezept.

Natalie: Meine Antwort auf alle drei Vorschläge lautet Ja. Und ich möchte auch, dass du weißt … ich verstehe dich. Wirklich. Wir alle haben Ängste. Bei dir ist es die Angst, ausgenommen zu werden. Und hey, mein letzter Freund war ein ziemlich lahmer Typ, deshalb habe ich Angst davor, mich zu langweilen.

Wyatt: Wie kann eine Frau wie du nur einen Langweiler zum Freund nehmen? Du bist doch das genaue Gegenteil. Du bist die aufregendste, interessanteste und faszinierendste Frau, der ich je begegnet bin.

Natalie: Damals dachte ich, ich müsste etwas ernsthafter sein. Etwas weniger abenteuerlustig.

Wyatt: Deine Lust auf Abenteuer ist eine meiner Lieblingseigenschaften an dir, Nat.

Natalie: Dito.

Natalie: Außerdem lag ich falsch.

Wyatt: Womit?

Natalie: Weißt du noch, als ich in Vegas sagte, es gebe keine kalorienfreie Schokolade … und keinen Mann, der lustig, gut bestückt und süß ist?

Wyatt: DU HAST KALORIENFREIE SCHOKOLADE ENTDECKT? Ich komme gleich rüber.

Natalie: Ach, ich wünschte, die gäbe es. Aber ich habe da diesen Typen kennengelernt, der lustig, gut bestückt und richtig süß ist.

Wyatt: Unmöglich. Er klingt, als wäre er ein Einhorn.

Natalie: Ich mag Einhörner.

Wyatt: Ich wette, Einhörner mögen dich auch. Ich habe gehört, es seien abenteuerlustige, sexy, scharfe, nette, einfühlsame, organisierte und extrem schöne Geschöpfe.

Natalie: Mit meinem Einhorn gibt es leider ein blödes Problem.

Wyatt: Und das wäre?

Natalie: Es ist mein Chef.

Wyatt: Yeah. Ich bin in einer ganz ähnlichen Situation mit einer Angestellten.

Natalie: Was sollen wir tun, Wyatt?

Wyatt: Ich wünschte, das wüsste ich, Nat. Ich habe keine Ahnung. Ich weiß nur, dass ich ständig an dich denken muss. Aber ich will dir das Leben nicht unnötig schwer machen, will dir keinen Ärger bereiten. Bei keinem deiner Jobs.

Natalie: Da spricht das Einhorn in dir, das ich so mag.

29. Kapitel

Sobald ich in Max' Bude in Battery Park City das Wohnzimmer betrete, reicht mir Charlotte eine Margarita.

»Ist mein Geheimrezept. Ich tue Gummibärchen rein«, sagt sie mit einem breiten Lächeln.

Ich nehme das Glas und trinke einen Schluck. Es ist kalt, köstlich und leicht süßlich. »Nachdem du es verraten hast, ist das Rezept jetzt aber nicht mehr geheim.«

Lachend klopft sie auf die Kissen, damit ich mich zu ihr auf das L-förmige schokoladenbraune Sofa am Fenster setze. Die ganze Gang ist anwesend. Nick und Harper fläzen sich in der Ecke des Sofas. Chase sitzt am anderen Ende und Natalie und Josie sehe ich in der Küche mit Max zusammenstehen. Spencer sitzt neben Charlotte und prostet mir mit seinem Glas zu.

»Freut mich zu hören, dass du das Rennen um den Trauzeugen gewonnen hast. Aber mach ja nicht die Brautjungfer an«, scherzt er und fasst Charlotte an die Schulter.

Ich hebe meine Hand. »Keine Sorge, Mann. Deine Frau ist nicht die einzige Brautjungfer, die tabu ist«, entgegne ich, denn Harper hat auch Josie und einige andere Freundinnen gebeten, Brautjungfern zu sein.

»Da gerade von den Brautjungfern die Rede ist«, sagt Harper und beugt sich über Nick, um mir ans Knie zu tippen. »Meine Freundin Abby kennt jemanden, der deine handwerklichen Dienste benötigt. Erinnerst du dich an sie? Ihr seid beide wandelnde Enzyklopädien von Tierfakten. Ich werde ihr sagen, dass sie sich bei Natalie melden soll.«

»Ausgezeichnet. Toll, dass du die Kunde von meiner Firma verbreitest, besonders an jemanden, der mindestens genauso viele Tierfakten kennt wie ich«, erwidere ich, und Harper lacht. Dann deute ich mit einer Kopfbewegung auf die bodentiefen Wohnzimmerfenster und nicke anerkennend.

Ich bin zum ersten Mal in Max' neuem Apartment, aber verdammt, die Bude ist erstklassig. Hier oben im fünfundzwanzigsten Stock hat man einen unverstellten Blick auf die Freiheitsstatue und den Hudson River und überdies den ganzen Tag Sonne. Herrlich.

»Hey, Max«, rufe ich und blicke in Richtung Küche. »Baust du jetzt Autos für Seinfeld und Leno oder was? Die Bude ist großartig.«

Max kommt mit einem Bier und einer Margarita aus der Küche und gibt sein tiefes Bariton-Lachen von sich. »Ich darf meine Promi-Kunden nicht preisgeben.«

»Geheiminfos«, sagt Chase und malt mit den Fingern Anführungszeichen in die Luft.

»Im Ernst, die Geschäfte laufen gut, nehme ich an, oder?«, sage ich zu Max.

Er stellt die Margarita auf den hellen hölzernen Wohnzimmertisch, der aussieht wie von Hand geschnitzt, und nimmt einen Schluck von seinem Bier. »Kann nicht klagen.«

»Das dürfte die Untertreibung des Jahres sein«, meint Chase mit einem Anflug von Stolz in der Stimme. »Er macht bombige Gewinne.«

Ich stoße mit Max an. »Auf dass die Geschäfte weiter so gut laufen«, rufe ich und deute auf uns alle. Charlottes und Spencers

Bars, alle drei in angesagten Lagen, laufen fantastisch, und bald eröffnen sie eine vierte. Nick hat gerade seine zweite unanständige Zeichentrickfilmreihe im Spätprogramm eines erstklassigen Senders gestartet, und beide Serien haben tolle Einschaltquoten; Harper wiederum ist weiterhin eine der angesagtesten Kinder-Magierinnen in New York. Josie ist eine Star-Bäckerin, und Max ist in Manhattan der Auto-King, der edle, PS-starke Sonderanfertigungen baut. Wenn Chase der Goldjunge ist, ist Max der dunkle Ritter, wie ich ihn oft nenne. Dunkles Haar, dunkle Augen, hochgewachsen … und sein schnittiger pechschwarzer Wagen würde selbst Batman neidisch machen.

Max stößt ein weiteres Mal mit mir an, dann nickt er seinem Bruder zu. »Darauf trinke ich. Und darauf, dass mein Brüderchen wieder in der Stadt ist.«

»Gib's zu, du hast mich vermisst«, sagt Chase mit einem schiefen Grinsen.

Max klopft ihm auf den Rücken. »Ich habe nur die kostenlose medizinische Versorgung vermisst.«

»Geschwister«, gibt Chase trocken zurück. »Mit ihnen leben kann man nicht, und wenn man an ihnen eine Lobotomie durchführen will, braucht man eine Genehmigung.«

»Wo ist Mia?«, frage ich, denn die Schwester der beiden ist die Einzige, die heute nicht dabei ist.

»Sie ist auf Geschäftsreise.« Max deutet mit dem Daumen zur Küche. »Ich schau mal nach dem Hühnchen.«

Stirnrunzelnd sehe ich Chase an. Max ist nicht bekannt für großartige Kochkünste. »*Er* hat gekocht?«

Chase lacht und schüttelt den Kopf. »Quatsch. Das waren Josie und Natalie. Wusstest du, dass deine Frau das beste Backhuhn weit und breit macht?«

Schlagartig wird es still im Zimmer.

Spencer strafft den Rücken. »Was?«

Meinem Bruder fällt die Kinnlade herunter.

Harper wirft ein Kissen nach mir.

Josie ruft aus der Küche: »Als ich sagte, du sollst ihr die Sehenswürdigkeiten zeigen, dachte ich nicht an eine Hochzeitskapelle.«

Meine Schwester kommt aus der Küche, klackt absichtlich laut mit den Absätzen auf dem Fliesenboden und stößt mir hart gegen die Brust.

»Autsch.« Ich schaue zur Küche und treffe Natalies Blick. »Habe ich erwähnt, dass Chase die größte Klappe in ganz Manhattan hat?«

Natalie zuckt mit den Schultern und lächelt. »Genau deshalb haben Katzen kein Schlüsselbein, nehme ich an. So können sie leichter entwischen.«

Und für einen kurzen Moment besteht die Welt nur aus mir und meiner baldigen Exfrau, deren seltsamer Humor mich mal wieder umhaut. Am liebsten würde ich mich zu ihr in die Küche stellen, sie abknutschen und ihr bei den letzten Vorbereitungen fürs Essen helfen. Verdammt, mit ihr würde ich sogar das Geschirr abspülen.

»Ist das wirklich wahr?« Josies Augen sind groß wie Untertassen, während sie zu Natalie hinüberschaut. »Und du hast mir nichts erzählt?«

»Danke, Chase, dass du alle auf den neuesten Stand gebracht hast«, murmele ich gleichzeitig.

Aber bevor Natalie antworten kann, ertönt Spencers schallendes Gelächter. »Ja, das war nett von dir, Chase. Du hast mir gerade Futter für die nächsten paar Jahre gegeben.« Spencer wirft mir sein berühmtes Katze-frisst-Kanarienvogel-Lächeln zu. »Jetzt wollen wir aber auch die Geschichte hören, wie Wyatt um die Hand der Schwester meiner Frau angehalten hat.«

Nick grinst mich kopfschüttelnd an. »Alter, ich habe dir doch gesagt, dass Vegas gefährlich ist. Ich wusste, dass du etwas im Schilde führst.«

Josie haut mir auf den Ellbogen. »Ich fragte dich, ob du ihr in Vegas irgendetwas Blödes gesagt hast. Ich hatte also recht.«

»Ich sagte zu Natalie: ›Lass uns heiraten.‹ Okay? Das war's. Seid ihr jetzt zufrieden?« Ich zucke mit den Schultern, und alle sieben Anwesenden schlagen sich auf meine Kosten vor Lachen auf die Schenkel.

»Wartet.« Natalies feste Stimme schneidet durch das Apartment. Alle wenden sich zu der blauäugigen Blondine in der Küchentür um. »Warum fragt mich niemand nach meiner Version der Geschichte? Warum hängt ihr nur an Wyatts Lippen? Denkt ihr, ich hätte dabei keine Rolle gespielt? Dass es einfach mal wieder eine von Wyatts verrückten Ideen war? Ich habe meinen Teil zu der Story beigetragen, Leute. Ich habe Ja gesagt, ziemlich oft sogar«, sagt sie, und Josie zieht die Augenbrauen hoch ob der kaum verhohlenen Zweideutigkeit. »Dann habe ich das große Ja gesagt.«

Harper schüttelt den Kopf, ihr rotes Haar bewegt sich mit ihr. »Verarscht ihr beiden uns vielleicht?«

»Ich versichere dir, es ist keine Verarsche.« Natalie marschiert zu mir, setzt sich auf meinen Schoß und drückt mir einen Schmatzer auf die Lippen. Und wieder sind wir plötzlich die einzigen Menschen auf der Welt. Ihre weichen Lippen. Ihr süßer Atem. Ihr berauschender Geschmack. Obwohl es ein überaus kurzer Kuss ist, ist mir schwindlig, als sie sich von mir löst.

Alle starren uns sprachlos an.

Natalie bricht das Schweigen. »Ihr müsst einfach akzeptieren, dass Wyatt Hammer ein göttlicher Küsser ist, dem ich nicht widerstehen konnte. Aber keine Sorge. Wir lassen uns sehr bald scheiden. Können wir jetzt essen?«

»Warte«, sagt Spencer und räuspert sich. Er deutet von mir zu ihr und wieder zurück. »Ihr seid nicht zusammen, seid kein Paar? Es sah mir gerade nämlich ganz danach aus.«

Dann zuckt er zusammen und fasst sich an die Stelle, wo Charlotte ihn ins Bein kneift.

»Ich meine …«, sagt Spencer, »lasst uns essen.«

Als mir klar wird, was eben geschehen ist – Charlotte hat ihn gekniffen, damit er die Klappe hält –, komme ich nicht umhin, mich zu fragen, was Natalie ihrer Schwester alles erzählt hat.

Denn Charlotte weiß eindeutig genauso viel wie ich, vielleicht sogar mehr.

***

Josies Kokosnusskuchen ist himmlisch.

Chase verdreht zum zwanzigsten Mal genießerisch die Augen. »Wow, am liebsten würde ich in dem Kuchen baden.«

Ich ziehe eine Augenbraue hoch. »Du meinst in der Badewanne?«

Chase nickt. »Na klar. Die Wanne bis zum Rand mit Kuchen füllen und reinsetzen.«

Josie fragt lachend: »Hättest du lieber den Teig oder den fertigen Kuchen?«

»Den fertigen Kuchen. Mit Glasur«, antwortet er.

Sie legt ihre Gabel nieder. »Heißt das, du möchtest in der Wanne auch mit Glasur überzogen werden, Chase?«

Er nimmt einen weiteren Bissen. »Natürlich, keine Frage.« Er legt den Kopf schräg und schaut sie über den Tisch hinweg an. »Übrigens, ich mag deinen neuen Look.« Josie ist brünett, aber hat seit einer Weile rosa Strähnen.

Sie lächelt. »Dank dir. Habe ich gemacht, während du weg warst.«

»Weil du mich so vermisst hast?«

Sie wackelt mit den Augenbrauen. »Sicher, wenn ich an dich denke, sehe ich alles durch eine rosarote Brille.«

Bald wird es Zeit, dass Geschirr abzuräumen, und während wir abspülen, stehen Natalie und ich plötzlich allein in der Küche. »Das war … seltsam«, sage ich.

»Du meinst, wie Chase mit deiner Schwester flirtet?«

Ich lache. »Ja, das auch. Aber vor allem die Sache mit uns.«

»Hattest du auch das Gefühl, dass die anderen uns beim Essen die ganze Zeit angestarrt haben?«, fragt sie, während sie einen Teller abspült.

»Ja. Als wären wir Zootiere.«

»Ich glaube, sie wollten, dass wir uns noch mal küssen.«

»Da waren sie nicht die Einzigen«, entgegne ich, dann nehme ich ihr den Teller aus der Hand und stelle ihn ins Abtropfgestell.

Sie schaut mir in die Augen, während im Spülbecken das Wasser läuft. Ihre Stimme ist leise, nur für mich bestimmt. »Sie waren *definitiv* nicht die Einzigen.«

Ich streiche ihr mit dem Finger sanft über den Hals, vom Ohrläppchen hinunter zum Schlüsselbein. »Ich möchte dich auf der Stelle küssen, genau dort.«

Ich hauche ihr über den Hals, atme sie ein, meine Lippen zart auf ihrer Haut.

Sie schaudert. »Wenn du mich so küsst, vergesse ich zu atmen«, flüstert sie, dann wendet sie mir das Gesicht zu, sodass unsere Lippen sanft übereinanderstreichen.

Und nun bin ich derjenige, der schaudert.

Als wir gehen, stehen wir alle dicht an dicht im Fahrstuhl, Spencer mit dem Arm um Charlotte, Nick Hand in Hand mit Harper; Chase erzählt Josie die Geschichte von der Murmel, die er gestern aus der Nase eines Kinds entfernt hat. Natalie steht so dicht neben mir, dass ich sie in den Arm nehmen und ihr duftendes Haar küssen könnte.

Ja, das würde ich liebend gern tun.

Auch möchte ich, dass sie mich heute Abend nach Hause begleitet.

Aber sie möchte nicht. Als wir auf die Straße hinaustreten, trennen sich unsere Wege.

30. Kapitel

Einige Tage später verpennt Hector mal wieder und erscheint nicht zur Arbeit.

Natalie versucht einen Ersatzmann zu finden, aber niemand hat Zeit. Nach dem geplatzten Vegas-Auftrag habe ich die Firma noch nicht expandiert und weiterhin keinen Mitarbeiter in Festanstellung dazugeholt. Ich bin also wieder mal auf mich allein gestellt und muss den Job bei Violet in Eigenregie über die Bühne bringen. Die Uhr tickt.

Den ganzen Vormittag über arbeite ich mit höchster Konzentration. Bohre. Hänge Türen ein. Bringe Wandschränke an. Für den Küchenumbau in ihrem ultraschicken Penthouse in der Upper East Side hat Violet ein exotisches Holz bestellt, das ich mit besonderer Vorsicht behandeln muss, um ja keinen Kratzer zu hinterlassen. Alles muss perfekt sein.

Aber so ist meine Arbeit nun mal, und ich lasse bei jedem meiner Kunden die gleiche Sorgfalt walten.

Irgendwann am späten Vormittag wird klar, dass ich den Auftrag nicht termingerecht abschließen werde. Es gibt einfach zu viel zu tun. Ich habe kaum Zeit für eine Mittagspause, aber mir knurrt der Magen, außerdem bin ich völlig verschwitzt. Bei meiner Art von Arbeit braucht man regelmäßig Kraftstoff, deshalb verlasse ich Violets Gebäude und folge im gleißenden Sonnenschein meinem Magen in Richtung des nächsten Delis. Auf dem Weg dorthin rufe ich Natalie an.

»Hey«, sage ich und spüre, wie ein Lächeln meine Mundwinkel hebt.

»Hey, du.« Der süße Klang ihrer Stimme lässt mein Lächeln noch breiter werden, und mein Herz schlägt einen Salto.

Wir sind Kollegen, aber gerade klingen wir überhaupt nicht so. Wir klingen wie ein Paar, wie Liebende. Als würden wir immer so miteinander reden, wenn wir uns grundlos anrufen. Ich habe wirklich keine Ahnung, warum ich sie angerufen habe. Vielleicht wollte ich sie einfach »Hey, du« sagen hören.

Es kommt mir wie ein triftiger Grund vor, und genau das möchte ich – sie jederzeit anrufen können, um unbefangen mit ihr zu quatschen, ohne dass das andere Zeug zwischen uns steht.

Ich schiebe mir die Sonnenbrille vor die Augen und marschiere zum Deli an der Ecke, um mir ein Sandwich zu besorgen. »Wie läuft es im Hauptquartier?«

»Alles im grünen Bereich«, sagt sie und schildert mir die Einzelheiten, und wie es aussieht, managt sie meine Firma auch am heutigen Tag wieder wie ein Champion. Diese Frau ist Gold wert. »Und ich habe auch beim Gericht nachgehakt. Unsere Scheidung ist voll auf Kurs«, berichtet sie, doch mir ist nicht danach, über das Ende unserer Ehe zu sprechen. Dazu kommt es jedoch gar nicht, denn sie ist schon beim nächsten Thema. »Vorhin rief Abby an, Harpers Freundin. Ein Bekannter von ihr investiert in ein neues Restaurant und möchte mit dir über die Inneneinrichtung sprechen.«

»Interessant«, erwidere ich, obwohl ich mich eigentlich auf Apartments spezialisiert habe. Doch dann erzählt sie mir mehr über den Auftrag, und es klingt machbar. »Kannst du nachher dort vorbeischauen? Es ist im Village. Wir können uns dort treffen.«

Mein Herz schlägt den nächsten Salto, weil es weiß, dass ich sie nachher sehen werde. Eigentlich ist es lächerlich, denn ich sehe sie ja so gut wie jeden Tag. Aber ich genieße nun mal ihre Nähe. »Ja, klingt gut«, sage ich und betrete das Deli, nehme mir eine Tüte Chips und eine Diät-Brause und stelle mich in die Schlange am Tresen.

»Warum rufst du eigentlich an?«, fragt sie unvermittelt. »Alles in Ordnung?«

Richtig. Der Grund für meinen Anruf. Was war es noch gleich? Ich starre auf die Glasvitrine am Tresen, hoffe die Antwort im dort ausgelegten Schinken zu finden. Aber ehrlich gesagt stehe ich gar nicht auf Schinken, das ist also keine Hilfe. Dann fällt mir ein, warum ich diese extrakurze Mittagspause einschiebe. »Ich glaube nicht, dass ich Violets Auftrag heute fertig kriege. Meinst du, du könntest irgendwen für den Nachmittag finden? Ich brauche jemanden, der mir hilft.«

»Das kann ich doch machen.«

»Sicher?« Ich versuche, einen nicht allzu begeisterten Eindruck zu machen.

»Bei Lila habe ich dir doch auch geholfen. Das können wir wiederholen. Ich bin in zwanzig Minuten da.«

»Du bist ein Ninja, eine Göttin und obendrein die Königin des Zimmermannshandwerks in Manhattan. Soll ich dir ein Sandwich mitbringen? Das mit Truthahn sieht lecker aus.«

»Danke, ich habe schon gegessen. Ein vergiftetes Sandwich. Nicht mehr lange, dann sterbe ich.«

Kurz darauf trifft sie in Violets Apartment ein, und wir machen uns an die Arbeit. Ich beobachte, wie sie sorgfältig einen Nagel einschlägt, und wieder einmal wird mir bewusst, wie wichtig sie für meine Firma ist – sie rettet mir den Arsch.

Während wir arbeiten, ist sie still und konzentriert. Genau wie ich. Gegen fünf geht sie aufs Klo, kehrt aber schnell wieder zurück. Dann steigt sie in der Küche auf die Leiter und poliert das Holz des Geschirrschranks über dem Herd auf Hochglanz. Doch ihre Schultern beben, als wäre irgendetwas ganz und gar nicht in Ordnung mit ihr.

»Hey, was ist los?«

»Nichts«, murmelt sie, schluckt und steigt eine Sprosse herunter.

»Bist du sicher?«

»Mir geht's gut.«

Ich lege ihr eine Hand an den Rücken. »Hey, erzähl's mir. Was ist los?«

Sie holt tief Luft und sieht mich an. Dann sagt sie mit brüchiger Stimme: »Mrs. McKeon hat mir mitgeteilt, ich brauche bei ihr nicht mehr zu unterrichten.«

Mir fällt die Kinnlade herunter. »Wie bitte?«

»Sie hat mir vorhin eine SMS geschickt. Ich habe es erst gesehen, als ich im Bad war. Sie schreibt, die Matten wären nach dem Abend in keinem guten Zustand gewesen. Ich glaube, sie weiß, was wir getan haben. Es ist mir total unangenehm.«

Sie steigt von der Leiter, schlägt sich die Hände vor das Gesicht und lässt ihren Tränen freien Lauf. Ich lege die Arme um sie. Ich weiß nicht, was ich sagen soll, denn es war ja auch meine Schuld. Und so halte ich sie einfach in den Armen, während sie leise vor sich hin weint, und spüre ihre tiefe Traurigkeit und ihr Schamgefühl, das sie gar nicht empfinden sollte.

»Ich möchte nicht das schwarze Schaf sein«, flüstert sie mir ins T-Shirt.

»Das bist du auch nicht«, sage ich sanft. »Ich schwöre dir, du bist kein schwarzes Schaf.«

»Bin ich wohl. Auf der Highschool war ich immer das wilde Mädchen, und irgendwann habe ich mir das Auto meines Dads für eine abendliche Spritztour ausgeborgt. Und was tue ich heute, als Erwachsene? Ich baue wieder Mist.« Sie schlägt mir halbherzig auf die Brust. »Ich verführe dich zu einer Spritztour.«

Ich muss lachen über den doppelten Wortsinn. »Hey, zu so etwas gehören immer zwei. Es war nicht allein deine Schuld. Und so schlimm waren deine sogenannten Sünden nun auch wieder nicht.«

»Ich weiß. Aber das Dojo war toll. Ich war dabei, mir einen guten Ruf zu erarbeiten.«

Ich streiche ihr übers Haar. »Und das wirst du auch weiterhin tun, denn du bist eine ausgezeichnete Karatelehrerin. Wir finden dir ein neues Dojo. In dem anderen unterrichtest du doch noch, oder?«

Sie nickt. »Aber nur einmal die Woche. Den Kurs, den Lila besucht.«

»Ist doch toll, dass sie bei dir ist.«

»Ja, sie ist supernett. Jedes Mal erzählt sie, dass sie daran arbeitet, den Vegas-Auftrag wieder in die Gänge zu kriegen. Sie meint, es sehe gut aus. Aber Wyatt, ich fühle mich wie eine Versagerin.«

Ich löse mich von ihr und lege ihr einen Finger unters Kinn. »Das bist du nicht. Ich trage genauso viel Schuld an der Sache wie du.«

Sie knufft mich in die Seite. »Dann sollte ich dich wohl feuern.«

»Ich wünschte, ich könnte die Strafe für dich übernehmen. Ich würde es tun, ich schwör's dir. Es tut mir wirklich leid, dass es so gekommen ist.«

Sie schluckt und holt tief Luft. Langsam scheint sie sich zu beruhigen. »Wir müssen uns darüber klar werden, was wir hier eigentlich tun.«

»Ich weiß«, sage ich mit einem Anflug von Verzweiflung in der Stimme, weil ich wünschte, eine Antwort auf all das zu wissen. Ich möchte weiterhin mit ihr arbeiten können; ich möchte mit ihr zusammen sein, möchte unseren Vegas-Fehler korrigieren und sie ganz normal daten können. Aber wann immer wir einen Schritt in diese Richtung gehen, stoßen wir auf ein Hindernis.

Als sie das Kinn hebt und mich anschaut, weiß ich nur, dass es sich richtig anfühlt, sie im Arm zu halten. Aber sobald wir in der Horizontalen landen, geht alles schief. Die geplatzte Annullierung unserer Ehe, unser Streit, und nun wird ihr auch noch einer ihrer Zweitjobs gekündigt.

»Wyatt«, flüstert sie, »ich möchte dich küssen, aber immer, wenn ich es tue, scheint etwas Dummes zu passieren.«

»Du bist nicht nur eine Spitzenkarateka und eine großartige Geschäftsführerin, sondern kannst auch Gedanken lesen, denn ich habe das Gleiche gedacht«, sage ich, während ich wieder die Arme um sie lege. Sie steht mit dem Rücken an der Leiter, als ich ihr einen Kuss auf die Stirn gebe. »Also kein wildes Geknutsche«, flüstere ich und streiche ihr mit den Lippen zärtlich über die Lider. »Nur das hier.«

Sie nickt, ein leises Seufzen entfleucht ihrer Kehle. Meine

Lippen gleiten über ihre Wange und ihr Kinn, kommen ihrem Mund gefährlich nahe.

»Alles wird gut«, sage ich leise. »Im Ernst. Wir bringen die Scheidung hinter uns, und wenn wir dann genauso empfinden wie jetzt, überlegen wir uns, wie ein Exmann seine Exfrau daten kann.«

»Die auch noch seine Angestellte ist«, fügt sie lächelnd hinzu, und ich bin Wachs in ihren Händen. Weil ... dieses Lächeln ... diese Lippen ...

Sie.

»Wir kriegen das hin«, sage ich, obwohl mir das *Wie* wie eine hoch komplizierte Mathe-Formel erscheint. Aber darum werden wir uns kümmern, wenn es so weit ist. Ich hoffe nur, dass die Wochen, bis sie meine Exfrau ist, schnell vorübergehen. Ich hätte nie gedacht, dass ich mal mit einer Ex wieder würde zusammen sein wollen. Aber so ist es. Ungelogen. Vielleicht klingt es verrückt. Vielleicht ist es das ja auch. Aber ich möchte mit Natalie auf normale Weise ganz von vorn anfangen können, sozusagen mit weißer Weste.

Ich lege eine Hand an ihre Wange und gebe ihr noch einen Kuss auf die Stirn.

Sie schiebt mich ein Stück zurück. »Wenn du mir weiter solche Küsse gibst, treiben wir es am Ende noch auf dieser Holzleiter, und wer weiß, bei meinem Glück breche ich mir ein Bein!«

Ich fasse mir ans Kinn. »Auf der Leiter, sagst du?«

»Komm ja nicht auf komische Gedanken.«

»Ich habe jetzt aber einen.« Ich lasse mich auf die Knie fallen und drücke sie gegen die Leiter, meine Hand auf ihrem

Bauch. »Hierauf habe ich jetzt richtig Lust.« Ich streiche ihr mit den Händen über die Beine. »Aber ich werde dir zeigen, wie brav ich sein kann.« Ich packe ihre Pobacken und küsse sie durch ihre Jeans zwischen den Beinen. »Ich kann so brav sein«, stöhne ich, meine Lippen weiter auf dem Baumwollstoff.

Sie stöhnt auf, fasst mir ins Haar. Ich hocke weiter auf den Knien, meine Lippen auf ihrer Jeans. Ich mache nur Spaß, lasse aber keinen Zweifel daran, wohin dies alles führen könnte, falls ich nicht brav bliebe.

»Wyatt, murmelt sie und verstärkt ihren Griff in meinem Haar.«

Ich atme ihren Duft ein und beiße kurz in die Baumwolle, ehe ich mich erhebe und ihr noch einen Kuss auf die Stirn hauche. »Siehst du? War ich nicht lieb?«

Sie lächelt. »Du bist ein Einhorn.«

Ich schaue auf die Beule in meiner Jeans hinab. »Im Moment bin ich wirklich ein Einhorn.«

Sie lacht, dann zieht sie mich an sich und umarmt mich. Danach setzen wir unsere Arbeit fort und schließen den Auftrag ab. Wenig später schließt Violet die Tür auf, kommt herein und strahlt. Sie trägt pfirsichfarbenen Lippenstift, ihr glattes schwarzes Haar ist aufgetürmt zu einem kunstvollen Gebilde.

»Die Küche sieht großartig aus.«

»Und wurde pünktlich fertig«, ergänzt Natalie.

Violet schüttelt fassungslos den Kopf. »Ich bin baff. Komplett baff.« Ihr Blick wandert zwischen mir und Natalie hin und her. »Sie beide sind ein wunderbares Team. Ich bin wirklich beeindruckt von Ihrer Arbeit.«

Als wir losgehen, um das Werkzeug und die Leiter in meinem Truck zu verstauen, wird mir bewusst, dass das, was eben geschah, schrecklich ungerecht war. Natalie hat ihren Job im Karate-Studio verloren. Ich bin im Apartment einer Kundin ungeschoren davongekommen. Schön, wir waren nicht nackt und haben bei Violet nicht gevögelt, waren aber auf andere Weise intim. War das, was wir an der Leiter getan haben, weniger »verwerflich« als das, was auf der Sportmatte geschehen ist? Vielleicht. Dennoch fühle ich mich Natalie jetzt noch näher, und ich wünschte, ich könnte sie schützen, sie vor Schmerz und Traurigkeit bewahren.

Ganz gleich, was wir miteinander anstellen, es ist und bleibt eine Tatsache, dass Natalie die Konsequenzen unseres Tuns zu spüren bekommt, nicht ich. Ich weiß nicht, wie ich das ändern soll, ob es überhaupt möglich ist. Ich weiß nur, dass ich es gern ändern würde und dass ich mir etwas einfallen lassen muss.

Im Moment aber steht noch ein geschäftliches Treffen an, deshalb fahren wir wegen des Kostenvoranschlags zu dem Restaurant ins Village. Natalie stellt mich einem riesigen breitschultrigen Mann vor, dessen Arme an Baumstämme erinnern. Er ist der Restaurant-Investor und sieht aus wie einer der Hemsworth-Brüder.

»Simon Travers«, sagt er und reicht mir die Hand. Er hat auch eine tiefe grollende Stimme.

»Wyatt Hammer. Schön, Sie kennenzulernen.«

»Ganz meinerseits. Ich höre großartige Dinge über Ihre Arbeit.«

Er erläutert uns seine Pläne für das Restaurant, Natalie macht auf dem Laptop Notizen. Während wir an einem der noch unfertigen Tresen stehen, zeigt sie ihm auf dem Laptop einige Schaubilder, als plötzlich die Tür aufgeht und eine hübsche Blondine hereinkommt. Harpers Freundin Abby. Sie hält ein kleines Mädchen im Kindergartenalter an der Hand. Abby arbeitet für Simon; sie ist die Nanny seiner Tochter, hat Harper mir erzählt.

Die Kleine rennt zu Simon hinüber und schlingt die Arme um ihn. »Daddy! Meine Stunde hat solchen Spaß gemacht.«

Er hebt sie hoch und strahlt seine Tochter an. »Das ist toll, Süße. Erzählst du mir alles, sobald ich hier fertig bin?«

Sie nickt und drückt ihm ein Küsschen auf die Wange, dann lehnt sie ihren Kopf an seinen, zufrieden auf seinem Arm.

Ich schaue zu Abby hinüber und sage Hallo. Sie sagt Hallo zu mir. Wir haben einige Male zusammen abgehangen – mit Harper und Nick. Abby hat lockiges blondes Haar und honigfarbene Augen und ist vielleicht acht oder zehn Jahre jünger als Simon. Aus irgendeinem Grund kann ich nicht den Blick von den beiden lösen. Vielleicht weil es Natalie genauso geht. Irgendetwas haben der Mann und die Frau an sich. Schwer zu sagen, was es ist, sie berühren sich nicht mal.

»Hey, Abby«, sagt Simon, und seine Stimme erinnert mich an jemanden.

Als sie seinen Blick trifft, klebt ihr das Lächeln wie angeschweißt im Gesicht. »Hi, Simon.«

»Wie war es?«

»Hayden war super. Wir hatten eine tolle Zeit im Museum, und der Unterricht lief auch klasse. Morgen früh erzähle ich dir alles. Die gleiche Zeit wie immer?«

»Wie immer.«

Abby geht zu dem kleinen Mädchen und zerstrubbelt ihr das Haar. »Tschüss, Hayden.« Dann verabschiedet sie sich von Natalie und mir und bricht auf. Mein potenzieller Kunde sieht ihr nach, beobachtet, wie sie zur Tür geht und sie öffnet. Wie sie nach draußen tritt. Wie sie ein letztes Mal winkt.

Und plötzlich weiß ich, was in seinen Augen schimmert. Was in seiner Stimme liegt. Aber momentan ist in meinem Kopf kein Platz, um über diese Dinge nachzudenken, und ich versuche nach Kräften, mich auf die Arbeit zu konzentrieren, während wir mit Simon die Pläne durchsprechen.

Als wir fertig sind, spazieren Natalie und ich durch das abendliche Village. Einige Minuten sagen wir kein Wort, bis sie schließlich das Schweigen bricht.

»Lustig, oder?«

»Was?«

»Dass man ihm so deutlich ansieht, was er für Abby empfindet.«

Plötzlich bleibt mein Fuß in einem Riss im Gehsteig hängen, und ich stolpere, fange den Sturz im letzen Moment an einem Treppenaufgang ab.

»Alles in Ordnung?«, fragt Natalie besorgt.

Ich nicke und streiche mir lässig über das T-Shirt. »Yeah, alles okay.«

»Bist du sicher?«

»Absolut.«

Sie wechselt das Thema. »Ich frage mich, wie er damit klarkommt.«

»Womit?«

»Mit dem Umstand, dass er im Begriff ist, sich in die Nanny seiner Tochter zu verlieben.«

Ich wende mich ihr zu und zucke hilflos mit den Schultern. Denn ich weiß nun, warum sein Tonfall mir so bekannt vorkam. Warum sein Blick bei mir ein Déjà-vu-Gefühl auslöste. Es war, als würde ich in einen Spiegel schauen, mich selbst betrachten.

»Ich habe keine Ahnung«, sage ich, und es ist absolut ernst gemeint.

31. Kapitel

Als ich am nächsten Morgen aufwache, zeigt mir mein Handy an, dass ich mehrere SMS bekommen habe.

Die erste ist von der Bank. Auf meinem Geschäftskonto ist eine hohe Summe eingegangen. Ich mag Dollarzeichen, und hinter diesem stehen eine Eins und jede Menge Nullen. Ich kratze mich am Kopf, weiß nicht, was ich davon halten soll. Aber dann sehe ich die nächste Nachricht.

Sie ist von Lila.

Ich möchte nicht anmaßend erscheinen, aber wir haben grünes Licht erhalten. Deshalb nahm ich mir die Freiheit, Ihnen die Anzahlung zu überweisen. Geben Sie mir Bescheid, wann Sie nach Vegas zurückkehren und mit der Arbeit im Penthouse beginnen können.

Natalie: Denkst du das Gleiche wie ich?

Wyatt: Von uns beiden bist du doch die Gedankenleserin. Also sag mir doch einfach, was du denkst.

Natalie: Dass der Vegas-Auftrag grünes Licht bekommen hat, bedeutet … DU WEISST SCHON!

Wyatt: Dass wir es noch mal auf der Achterbahn treiben

können? Dass wir das Riesenrad in unser Repertoire aufnehmen werden?

Man darf ja wohl träumen. Während ich warte, scrolle ich zu meiner News-App hinüber, doch ehe ich sie öffnen kann, trudelt Natalies Antwort ein. Meine Hoffnung wächst. Sieht sie die Sache genauso wie ich?

Natalie: Wir können unsere Ehe in Vegas ordnungsgemäß annullieren lassen.

Oh.

Wie es aussieht, hat sie andere Dinge im Sinn als ich.

Völlig andere.

Ich bin wie ein angepikter Luftballon, aus dem die Luft entweicht. Dann kommt die nächste Nachricht von ihr.

Natalie: Das passt doch prima, Wyatt. Bei einer Scheidung in New York müssten wir uns mit all dem komplizierten Papierkram herumschlagen. Das fällt jetzt weg, und alles ist ganz einfach.

Wyatt: Warum?

Natalie: Ich begleite dich ja wegen diverser Arbeiten nach Vegas. Wir können gleich am ersten Tag zum Gericht gehen und unsere Unterlagen persönlich einreichen. Falls der Richter uns dann noch mal einbestellt, sind wir noch in der Stadt. Der springende Punkt ist, dass die Sache dort geregelt wird. Ganz so, wie du es ursprünglich wolltest.

Ich schlucke und reibe mir das Kinn, schlage die Decke zur Seite und schwinge die Beine aus dem Bett.

Das ist doch alles ganz wunderbar, nicht wahr?

Genauso wollten wir es doch beide. Verdammt, so wollte ich es mehr oder weniger seit dem Augenblick, als ich in Vegas aufgewacht bin. Nun aber wollen wir anscheinend verschiedene Dinge. Sie ist versessen auf die Annullierung, während mir die Aussicht darauf so vorkommt, als ob mir ein tollwütiges Tier ein Loch in die Brust knabbern würde.

***

In den nächsten Tagen wird das Loch tiefer und tiefer, während ich mich um die eine oder andere Kleinigkeit für meine Kunden kümmere. Ich spüre es, während ich mich beim Sport auspowere, während ich mit Chase ein Bier trinke und er mir erzählt, dass seine potenzielle Vermieterin wegen des Apartments ständig neue Forderungen an ihn stellt. Ebenso spüre ich es, während ich mit Nick Hunde ausführe, und vor allem spüre ich es, während Natalie und ich uns auf Lilas Auftrag in der Stadt der Sünde vorbereiten. Als wir die Papiere für die New Yorker Scheidung für ungültig erklären lassen, um zu verhindern, dass zwei laufende Verfahren für Verwirrung sorgen, ist das Loch dann ein jäher Abgrund.

Als wir schließlich an einem späten Nachmittag in die Maschine nach Vegas steigen, ist der Schmerz in meiner Brust so stark, dass sich meine Organe roh und wie zerschreddert anfühlen.

Als Natalie dann neben mir im Flieger sitzt, ist mir entgegen meiner Natur überhaupt nicht nach Scherzen oder Geschichtenerzählen zumute. Ich habe keine Lust zu lachen. Ich möchte nur, dass dieses Scheißgefühl in meiner Brust weggeht.

Natalie dagegen ist bester Dinge. Irgendwo über dem Mittleren Westen möchte sie mit mir über den anstehenden Auftrag reden.

»Okay«, sage ich halbherzig.

Dann erklärt sie mir, welche Materialien in Vegas auf mich warten.

»Klingt gut.«

Danach erläutert sie mir noch einmal den Zeitplan, inklusive des mittäglichen Abstechers zum Gericht an Tag eins.

»Klingt machbar«, entgegne ich lustlos.

Sie wirft mir auf ihrem Ledersessel einen Seitenblick zu und tippt sich ans Kinn. »Alles okay mit dir, Hammer?«

Ich nicke. »Ja. Mir geht's fantastisch.«

Sie kneift die Augen zusammen und klopft mir aufs Bein. »Bist du sicher? Du wirkst irgendwie bedrückt.«

Ich schüttele den Kopf, winke ab.

Aus dem Nichts reißt Natalie den Mund auf und muht wie eine durchgedrehte Kuh – ein langer durchdringender Laut, bei dem ich mir vorkomme, als wäre ich auf einem Bauernhof gelandet.

Erschrocken starre ich sie an. »Was zum …?«

Obwohl einige Passagiere zu uns hinüberschauen, setzt sie ein süßes unschuldiges Lächeln auf und sagt ernst: »Ich habe an meinem Repertoire gearbeitet. Gefällt dir meine Kuh?«

Und plötzlich muss ich lachen, und zum ersten Mal seit Tagen verschwindet das unangenehme Gefühl in meiner Brust für einige Augenblicke. Ihretwegen. Weil sie versucht mich aus meinem Loch herauszuholen. Mit einem Tierlaut.

Fuck, ich glaube, ich habe mich …

»Aber vergiss nicht, ich warte noch auf das Löwengebrüll, das du mir versprochen hast«, sagt sie augenzwinkernd.

Und jetzt weiß ich genau, warum ich mich so schlecht fühle: Je näher wir Vegas kommen, desto näher rückt der Augenblick, in dem ich Natalie verlieren werde. Die Frau, mit der ich dieses Schlamassel in einer verrückten Nacht angerichtet habe, schlüpft mir durch die Finger. Plötzlich sehne ich mich nach den von uns verursachten Verwicklungen. Möchte mehr davon. Der Leere in meiner Brust nach zu urteilen, *brauche* ich ihre süße Albernheit und ihren schrägen Humor, der meinem so ähnelt. Sie sind das einzige Heilmittel gegen meinen Schmerz. Der Moment eben hat es mir deutlich gezeigt.

Und plötzlich weiß ich es.

Ohne jeden Zweifel.

Ich liebe meine Frau.

Und der Gedanke, dass sie bald meine Exfrau sein wird, kommt mir schrecklich falsch vor. Es ist gegen die Natur. Wie eine Katze, die nicht miaut.

Die Frau, die ich will, ist die Frau, die ich geheiratet habe. Noch vor wenigen Tagen dachte ich, dass wir nicht auf diese Art miteinander verbunden sein sollten, dass wir einen Neustart bräuchten. Nun aber, da ich mir meiner Gefühle sicher bin, möchte ich nicht mehr, dass unsere Ehe endet. Sie soll weitergehen.

Das Problem dabei ist nur, dass Natalie unbedingt möchte, dass ich ihr Exmann werde, am besten gleich morgen Mittag.

32. Kapitel

Ich kann Wasserhähne reparieren. Ich kann wunderschöne Küchenschränke zimmern. Ich kann ein verdammtes Haus bauen.

In diesen Dingen habe ich Erfahrung.

Aber wie man mit einer heiklen Situation umgeht, die das andere Geschlecht betrifft … nun, sagen wir, das hat nie zu meinen Stärken gehört.

Und das ist noch milde ausgedrückt.

Was den richtigen Umgang mit Frauen betrifft, bin ich ein blutiger Anfänger.

Nach einer Nacht im Bellagio – in der ich mich im Bett herumwälze und eine Million Optionen abwäge, darunter die, bei Natalie anzuklopfen, nichts zu sagen und einfach nur mit ihr zu schlafen – bin ich immer noch am selben verzwickten Punkt wie am Vortag.

Mir wollen einfach nicht die richtigen Worte einfallen, die ich zu ihr in der richtigen Reihenfolge zum richtigen Zeitpunkt sagen kann, ohne dass sie womöglich das Gegenteil von dem bewirken, was ich mir aus tiefstem Herzen wünsche.

Nach dem Duschen steige ich in meine Jeans und ziehe ein Button-down-Hemd an. Normalerweise trage ich bei der Arbeit keine schnieken Hemden, aber heute ist kein normaler Tag. Ich finde, ein Mann sollte angemessen gekleidet sein, wenn er während der Mittagspause zum Gericht geht.

Ich stelle mir einen düster aufragenden Betonbau vor, in dem Männer und Frauen in schwarzen Roben schicksalhafte Entscheidungen fällen. Ich schaudere. Von Gerichten halte ich mich am liebsten fern. Und falls mir endlich einfiele, was ich zu Natalie sagen soll, könnten wir uns den Gang zum Kadi womöglich ersparen.

Hey Nat, sag mal …

Ich weiß, das wird jetzt verrückt klingen, aber meinst du, es wäre irgendwie möglich, verheiratet zu bleiben?

Was denkst du … sollen wir es einfach versuchen? Wir gehen heute Abend schön essen, du ziehst in mein Zimmer und bist meine Frau?

Yeah, wie gesagt, ich hab's nicht so mit Worten.

Notiz an mich selbst: Versuche in den nächsten Stunden einen klaren Kopf zu kriegen.

Das würde mir viel leichter fallen, wenn ich meinem Bauchgefühl hinsichtlich Frauen vertrauen könnte. Ich weiß nur, dass ich Natalie liebe und dass ich mit ihr zusammen sein möchte. Unsere Ehe zu beenden scheint mir da kein kluger Schachzug zu sein.

Ich rufe meine Schwester an, die einzige Frau, die immer ein offenes Ohr für mich hat. Sie geht beim zweiten Klingeln dran und spricht wie ein Auktionator extrem schnell. »Ich stecke bis zu den Ellbogen in Weizenmehl und Kuchenteig, aber für dich habe ich immer Zeit. Aber fass dich kurz.« Im Hintergrund höre ich die altvertrauten Bäckereigeräusche.

Ich laufe auf dem flauschigen Teppich auf und ab und schütte ihr in einer Kurzversion mein Herz aus. »Also, hierum geht's: Ich habe mich in Natalie verliebt und weiß nicht, was ich tun soll.«

Josie antwortet wie aus der Pistole geschossen. »Hast du es ihr gesagt?«

»Nein. Was, wenn sie nicht das Gleiche empfindet?«

»Das Risiko musst du eingehen.«

»Aber was, wenn …?«

Ich muss nicht zu Ende sprechen – Josie weiß, wie ich ticke. »Was, wenn sie dich hintergeht, dir in den Rücken fällt? Wenn sie deine Firma kaputt macht?«

Ich gucke mürrisch und will gerade abstreiten, dass diese Furcht einflößenden und allzu realen Möglichkeiten mir durch den Kopf geistern, als ich in der Leitung plötzlich ein lautes schmatzendes Ploppen vernehme. Ich höre die gedämpfte Stimme meiner Schwester, und dann ist die Leitung tot.

Ich habe so eine Ahnung, dass Josies Handy gerade in einer Teigwanne badet.

***

Natalie: Sag mir noch mal, dass dies die richtige Entscheidung ist.

Charlotte: Oh, Kleine. Ich weiß, es ist nicht leicht.

Natalie: Aber es ist die richtige Entscheidung, stimmt's?

Charlotte: Ich kann diese Entscheidung nicht für dich treffen. Ein Teil von mir hält dich für verrückt. Aber ich unterstütze dich, so oder so.

Natalie: Ich weiß. Das ist toll. Aber was, wenn ich alles nur schlimmer mache?

Charlotte: Du gehst ein Risiko ein. Ein großes Risiko. Du musst alle Eventualitäten bedenken. Frag dich, ob du das getan hast.

Natalie: Glaub schon. Ich muss es tun, Charlotte. Ich *muss.*

***

Ich klopfe an Natalies Tür und habe keine Schmetterlinge im Bauch, auch keine Kolibris, sondern verrückte schwarze Krähen, die wie wild in mir herumflattern.

Ich atme tief ein, versuche meine Mitte zu finden, doch als sie die Tür öffnet, ist es um mich geschehen.

Allmächtiger, warum ist sie nur so wunderschön?

Sie hat ein orangefarbenes Strandkleid mit schmalen Trägern an, dazu beige Riemchensandalen. Hell, luftig und offenherzig, ohne provokant zu sein.

Die perfekte Kombination. Sonnenschein und All-American-Apfelkuchenträume.

Sie deutet auf das sommerliche Outfit. »Das ist mein Kleid für die Annullierung. Wie findest du es?«

Ich hasse es.

Ich hasse es, wie sie das Kleidchen nennt und dass sie sich auf die Annullierung dermaßen zu freuen scheint. Aber während sie mich mit ihrem atemberaubenden Lächeln beschenkt, bleibt mir nichts anderes übrig, als ihr die kalte harte

Wahrheit zu sagen. »Ich finde es super. Du siehst toll aus.«

Sie tippt mit dem Finger gegen einen der Knöpfe an meinem weißen Oberhemd. »Und du siehst richtig gut aus.« Sie hängt sich ihr Täschchen über die Schulter und fügt ausgelassen hinzu: »Was meinst du, wir gehen jetzt zur Arbeit, in der Mittagspause lösen wir unsere Ehe auf, und falls du deine Karten richtig ausspielst, gehen wir heute chic zu Abend essen?«

Das war eine meiner Optionen, aber als ich es nun aus ihrem Mund höre, scheint es mir kaum zu genügen. Darüber sind wir hinaus. Wir sind bereits mehr. Ich muss sie nur davon überzeugen.

Aber ich bin nicht so dickköpfig, als dass ich ein Date mit Natalie ausschlagen würde, deshalb sage ich Ja.

Strahlend schaut sie auf ihre Uhr. »In einer halben Stunde müssen wir bei Lila sein. Wir hätten noch Zeit, unterwegs einen Kaffee zu trinken. So eine Art erstes Date«, sagt sie augenzwinkernd, ein klares Zeichen, dass sie mit mir flirtet.

Und das war es für mich. Ich kann sie nicht einfach nur daten. Und flirten kann ich im Moment auch nicht mit ihr.

»Ich möchte keinen Kaffee«, entgegne ich mit rauer Stimme.

»Was möchtest du dann?«

»Dich.«

Ein anzügliches Lächeln umspielt ihre Lippen. »Um der alten Zeiten willen?«

»Nein.« Mein Tonfall klingt ernst. »Um der künftigen Zeiten willen, Natalie.« Mein Herz rast wie ein galoppierendes Pferd. Ich schlucke und versuche, die Krähen und meine flatternden Nerven zu ignorieren. »Ich will dich. Ich möchte mit dir zusammen sein. Ich bin verrückt nach dir«, komme ich direkt auf den Punkt, obwohl es noch so viel mehr zu sagen gibt. Um genau zu sein, gäbe es da noch einen bestimmten, aus drei Wörtern bestehenden Satz.

Aber ehe ich ihn aussprechen kann, schluckt sie, und ihre Augen werden feucht. Sie legt ihre Finger auf meine Lippen.

»Schhhh. Sag es nicht.«

Ich runzele die Stirn. »Was soll ich nicht sagen?«

»Sag am besten gar nichts mehr. Nicht jetzt.« Ihr bricht die Stimme. »Bitte.«

Sie schüttelt den Kopf, während ihr eine einzelne Träne über die Wange kullert, und vielleicht ist das der Grund, warum ich Frauen nicht verstehe. Weil ich völlig verwirrt bin. Gerade noch war sie total süß und hat mit mir geflirtet, und ich war sicher, dass sie es mit einer Beziehung versuchen will. Jetzt plötzlich ist sie tieftraurig, nachdem ich ihr gesagt habe, dass ich verrückt nach ihr bin. Ich habe keinen Schimmer, was ich tun soll. Aber ich weiß, dass ich nicht zu den Männern zähle, die tatenlos zusehen, wenn eine Frau weint. »Was kann ich tun, um dich glücklich zu machen?«

Sie tritt heran und flüstert: »Mit mir Liebe machen.«

Nun, das … das kann ich gerne tun.

Ich umfasse ihr Gesicht mit beiden Händen, schiebe sie an die Wand neben der Tür und lasse den Blick über ihren Körper wandern, präge mir jede Rundung ein, jeden Muskel, jede Vertiefung und Erhebung. Ich weiß nicht, was als Nächstes geschehen wird; ich habe keine Blaupause für das, was nun kommt. Aber ich bin verrückt nach ihr.

Ich lasse meine Hände an ihren nackten Armen zur Taille herabgleiten, genieße das Gefühl ihrer warmen Haut unter meinen Fingerspitzen. Natalie gehört mir, und ich werde nicht zulassen, dass sich daran etwas ändert.

Obwohl ich es nicht mit Sicherheit sagen kann, stehe ich in diesem Moment unter dem Eindruck, dass Natalie und ich der gleichen Meinung sind. Und so küsse ich ihr Ohrläppchen, nehme es zwischen die Zähne. Sie schlingt mir die Arme um den Hals. »Du gehörst mir«, flüstere ich.

Sie beißt sich auf die Unterlippe, als würde sie sich eine Erwiderung verkneifen. Ich küsse ihren Hals, fahre mit der Zungenspitze über die zarte Haut, spüre Natalies wachsende Erregung. Ihr Stöhnen wird lauter, intensiver, und ich schiebe ihr Kleid hoch, während sie sich an meiner Jeans zu schaffen macht. Das ist alles, was ich in diesem Moment brauche – nicht mehr und nicht weniger als diese Verbundenheit zwischen uns.

Sie legt eine Hand um meinen Schwanz, streicht auf und ab, und ich zittere. Gott, es fühlt sich so verdammt gut an, und ich schließe die Augen, stoße rhythmisch in ihre weiche Hand. »Nat«, stöhne ich, aber mehr sage ich nicht. Die Lady hat gesprochen. Sie möchte, dass ich still bin, und das kann sie gerne haben.

Hauptsache, sie will mich genauso sehr, wie ich sie will.

Sie verstärkt den Griff ihrer flinken Hand an meinem Schwanz, bringt ihn näher an ihre Pussy. Ich ziehe ihr Höschen herunter und streiche über ihre heiße Nässe. Sie ist mehr als bereit für mich. »Schau, wie angeturnt du bist«, presse ich hervor, denn es ist einfach zu schwierig, den Mund zu halten.

»Wyatt, hör auf zu reden, und steck ihn …« Aber dann verstummt sie, lehnt ihre Stirn an meine und flüstert: »Mach Liebe mit mir.«

Da sind sie wieder, die beiden Wörter. Vor heute hat sie sie noch nie zu mir gesagt – *Liebe machen* –, und sie geben mir das Gefühl, dass Natalie genauso empfindet wie ich.

Ich reibe meine Schwanzspitze an ihr – und schwups bin ich in ihr. Sie ist so nass und eng und schnuckelig, und ich liebe es, wie gut wir zueinander passen. Als sollte es so sein. Als hätte alles, was bisher geschah, uns an diesen Punkt geführt.

Ich möchte ihr sagen, was ich für sie fühle, dass ich mein Leben mit ihr teilen möchte, dass es ohne sie sinnlos wäre.

»Liebling«, hauche ich ihr ins Ohr, und sie schaudert.

»Oh, Wyatt.« Ihre zarte Stimme ist kaum ein Flüstern, und der Klang berührt mich tief im Herzen.

Sie klammert sich an meine Schultern, während ich mit ihr Liebe mache. Obwohl die Uhr tickt, obwohl wir bald losmüssen, lasse ich mir Zeit. Ich genieße jeden Laut, den sie von sich gibt, jedes Murmeln, jedes Seufzen. Ich lege ihr Bein um meine Taille, versenke mich tiefer in ihr, um mit meinem Schwanz die Traurigkeit in ihr auszulöschen.

Ich mag in meinem Leben einige falsche Entscheidungen getroffen haben. Ich mag Fehler begangen haben. Aber das hier fällt nicht in diese Kategorie. Sie wird nicht Teil meiner fragwürdigen Vergangenheit werden. Sie ist meine Gegenwart und meine Zukunft, das weiß ich. Daran glaube ich.

Denn es gibt Sex, reines Herumficken und pure Geilheit.

Und dann gibt es noch *das* hier. Das hier ist besser. Es ist *alles*, denn ich bin bis über beide Ohren verliebt in sie.

Im nächsten Moment packt sie meinen Hintern und ruft meinen Namen, und plötzlich bin auch ich so weit. Wir kommen gleichzeitig, stöhnen und brüllen unsere Lust heraus, und ich hoffe, dass dies der Beginn von etwas ganz Neuem ist.

***

Während Natalie sich im Bad frisch macht, werfe ich mich auf ihr Bett, checke mein Telefon und sehe, dass meine Schwester mir eine SMS geschickt hat.

Josie: Sorry. Das Handy ist in der Teigwanne gelandet. Wie auch immer, hör zu … jemanden zu lieben bedeutet immer, ein Risiko einzugehen. Es ist keine Wissenschaft. Sprich von Herzen, und gestehe ihr, dass sie deine Traumfrau ist.

Ich lächle und spüre, wie ein Gefühl der Ruhe meinen Körper durchströmt.

Wyatt: Das werde ich tun. So, wie du es mir gesagt hast.

Josie: Du bekommst das hin. Vertrau dir selbst. Höre auf die neue Stimme in dir, nicht mehr auf die alte.

Wyatt: Versprochen. Ich bin ein neuer Mensch.

Ich stecke das Handy ein, atme tief durch und warte auf die Frau, die ich liebe. Im Bad läuft der Wasserhahn, also ist sie dort noch zugange. Ich stehe auf und gehe an der TV-Konsole vorbei. Darauf liegt ihr Handy, und plötzlich gibt es einen Summton von sich. Ich schaue herab und sehe eine 917-Nummer auf dem Display. Jemand aus New York ruft sie an. Es steht mir nicht zu, den Anruf entgegenzunehmen, also lasse ich es bleiben, und das Klingeln hört auf.

Dann piept es kurz, als hätte der Anrufer ihr eine Nachricht auf die Mailbox gesprochen, und ich blicke noch einmal auf das Handy.

In dem Moment erscheint die Nachricht auf dem Handy. Es hat die Sprachnachricht in einen Text umgewandelt. Ich sollte wegschauen. Wirklich. Ich sollte wegschauen. Aber ich tue es nicht.

»… Rhonda Hafner von Hafner and Hickscomb, bezüglich unseres Treffens. Ich habe mir die Informationen angesehen, die Sie mir geschickt haben, und ja, es besteht ein triftiger Grund für Ihre Forderung …«

Ich greife nach der Wand, als der Boden unter mir schwankt. Was geht hier ab? Mir wird schwindlig, und eine seltsame Übelkeit durchflutet mich. Mir wird noch schlechter, als ich mit meinem Handy eine schnelle Google-Suche durchführe und herausfinde, dass Hafner and Hickscomb eine auf Arbeitsrecht spezialisierte Anwaltskanzlei in New York City ist.

Während sich die Panik in meinen Adern verdichtet, gehe ich in Gedanken unsere Gespräche über Anwälte durch. Nachdem *Easy Out Divorce* sich als Niete erwiesen hatte, hat Natalie nach eigener Aussage mit einer auf Familienrecht spezialisierten Anwältin gesprochen, die mit Charlotte befreundet ist. Sie sagte, die Frau habe ihr erläutert, wie es in New York mit Scheidungen und Annullierungen von Ehen laufe. Am Farmer's Market haben wir befunden, dass wir keine Anwälte benötigen, und beschlossen, unsere Trennung ohne Rechtsverdreher über die Bühne zu bringen.

Und heute brauchen wir allem Anschein nach erst recht keinen Anwalt.

Und plötzlich verwandelt sich die Kälte in meinen Adern in Furcht. Mir fällt die Dinnerparty bei Max ein, wo Charlotte Spencer über den Mund fuhr und mir bewusst wurde, dass Natalie und Charlotte Geheimnisse haben.

Große Geheimnisse. Vielleicht ist die Anwältin, mit der sie sprachen, gar nicht auf Familienrecht spezialisiert. Vielleicht ging es Natalie um etwas ganz anderes.

Ich sehe mir das *Über-uns*-Kapitel auf der Website von Hafner and Hickscomb an, und plötzlich meine ich, ein Messer im Rücken zu spüren. Die Kanzlei ist auf Arbeitsrecht spezialisiert, vor allem auf Sammelklagen in Fällen von Diskriminierung und sexueller Belästigung am Arbeitsplatz.

Natalie hat nicht mit der Anwältin gesprochen, um sich von mir scheiden zu lassen, sondern um mich zu verklagen.

»Scheiße«, murmele ich mit greifbarer Furcht in der Stimme, während ich eins und eins zusammenzähle und das Ergebnis »sexuelle Belästigung am Arbeitsplatz« lautet. Deshalb hat sie sich einen auf Arbeitsrecht spezialisierten Anwalt genommen. Um mich vor Gericht zu bringen.

Weil sie einen triftigen Grund für ihre Forderung hat.

Die Anwältin kennt sicher auch unseren SMS-Austausch und weiß, dass ein Chef sich in seine Angestellte verguckt hat. Und dieselbe Angestellte hat wegen des besagten Chefs bereits einen anderen Job verloren. Das Dojo kann sie nicht verklagen. Dort hat sie keinen Arbeitsvertrag. Den hat sie nur bei mir.

Mein Magen sackt in den Keller, und ich fluche leise vor mich hin.

Ich habe es wieder getan, Arbeit und Vergnügen vermischt. Und diesmal könnte es katastrophal enden. Diesmal hatte ich kein Pech mit einer Frau. Diesmal liegt die Schuld zu einhundert Prozent bei mir, und es ist viel schlimmer als ein vergiftetes Sandwich.

Ich hätte die Geschichte mit Natalie schon lange beenden sollen.

33. Kapitel

Ich versuche nach Kräften, die in mir rumorenden Ängste im Griff zu behalten, als wir in Lilas Penthouse eintreffen. Am liebsten hätte ich den Termin abgesagt, um nicht mit Natalie zusammen sein zu müssen, doch nachdem der Auftrag sich anfangs so problematisch gestaltete, darf ich jetzt nicht durch Abwesenheit glänzen. Es kommt mir sehr zupass, dass Natalie und ich in drei Stunden unsere Unterlagen beim Gericht einreichen. Ich wünschte, ich könnte das Prozedere beschleunigen.

Während wir die Pläne für den Küchenumbau durchsprechen, tickt in meinen Ohren laut hörbar die Uhr herunter.

Ich bin konzentriert, voll auf die anstehende Arbeit fokussiert, nicht auf die Frau, die ich eben gevögelt habe und die ihrerseits versucht, mich ins Knie zu ficken. Das werde ich nicht zulassen. Ich habe Chase geschrieben, dass ich mal wieder mit seinem Cousin reden muss, und ich bin sicher, dass mein Kumpel mich anruft, nachdem er eine Haarbürste aus einem Gehörgang oder einen Fingerhut aus einem Bauchnabel entfernt hat.

»Wir sollten den Umbau in einigen Wochen erledigt haben«, sage ich steif, weil ich dermaßen angespannt bin, dass mir jede Sekunde die Hutschnur reißen könnte.

»Ich freue mich so, dass es doch noch klappt«, meint Lila und legt Natalie eine Hand auf die Schulter. »Und dass es jetzt wirklich losgeht, ist vor allem ihr Verdienst. Sie während des Selbstverteidigungskurses besser kennenzulernen hat mir klargemacht, wie sehr ich mir diesen Umbau wünsche und wie es sich bewerkstelligen ließe. Ich hatte ein wenig Angst davor, doch sie hat sie mir genommen.«

Meine Augen weiten sich auf Ozeangröße. »Tatsächlich? Wie denn?«

Lila nickt. »Sie kann sehr beharrlich sein.«

»Das glaube ich gern«, sage ich, und das Bild in meinem Kopf wird noch deutlicher. Natalie muss sich den Mund fusselig geredet haben, um den Auftrag für uns an Land zu ziehen, vielleicht um behaupten zu können, dass eigentlich sie meine Firma leitet.

Fuck. Fuck. Fuck. Was für ein hinterhältiges Schmusekätzchen sie ist! Schleicht sich überall hinein. Springt in jede Handtasche.

»Oh, Natalie. Ich wollte Ihnen doch den begehbaren Wandschrank zeigen«, sagt Lila mit einem strahlenden Lächeln.

Natalie tätschelt mir den Arm. »Lila hat letzte Woche beim Unterricht dermaßen von dem Schrank geschwärmt, dass ich ihn mir unbedingt ansehen muss.«

Während Lila sie zum Schrank führt, kann ich nur daran denken, dass ich der verdammten Trennung von dieser Frau, die ich vorhin gevögelt habe, eine Stunde näher gekommen bin.

***

Der bebrillte schnurrbärtige Gerichtsbeamte nimmt unsere Papiere entgegen, legt sie fein säuberlich übereinander und versieht sie mit einem Eingangsstempel.

»Nachher wird Ihre Akte angelegt. Ab morgen geht dann alles seinen Gang. In einigen Wochen erhalten Sie von uns eine Mitteilung, dass Ihre Ehe annulliert worden ist«, sagt er, ohne den Blick zu heben. Seine tonlose Stimme sollte mir in den Ohren schmerzen, aber sie klingt wie liebliche Musik für mich, weil ich meinem Ziel, diese Frau aus meinem Leben zu tilgen, einen Schritt näher gekommen bin.

Natalie wippt auf den Fußballen. »Vielen Dank«, sagt sie freudig, und selbst Mr. Clean persönlich könnte ihr nicht das Grinsen vom Gesicht wischen. Sie ist so glücklich über die bevorstehende Annullierung unserer Ehe, dass es fast schon unangenehm ist. Verdächtig. Ein weiteres Indiz, das gegen sie spricht.

Ich trommele mit den Fingern auf das abgewetzte Holz am Schalter des Gerichtsbeamten. »Wie lange wird es dauern?«, frage ich den Mann.

»Ich sage doch, einige Wochen.«

»Geht's vielleicht ein bisschen genauer? Einige Wochen kann alles bedeuten – zwei drei, vier, fünf …«

Endlich hebt er langsam den Blick, als würde es ihn etwas kosten, dann wiederholt er: »Einige Wochen«, was grob übersetzt *Halt verdammt noch mal die Klappe!* heißt.

»Wie lange dauert es denn im Schnitt?«

Er bedenkt mich mit einem Sie-machen-wohl-Witze-Blick. »Länger als ein Tag und weniger als viele Tage.«

Ich seufze, aber lasse nicht locker. »Dann schätzen Sie doch einfach mal«, grummele ich.

Natalie packt mich am Oberarm. »Wyatt«, säuselt sie sanft. »Er sagt: ›Einige Wochen.‹«

»Aber ich würde gern wissen, was ›einige Wochen‹ bedeutet«, herrsche ich sie an. Sie schluckt und sieht weg. Ich wende mich wieder dem Mann zu, versuche es diesmal mit Honig statt Essig. »Ich wäre Ihnen äußerst dankbar, wenn Sie uns eine ungefähre Dauer nennen könnten, damit wir wissen, worauf wir uns einstellen sollen. Eine Schätzung.«

Ich falte die Hände wie im Gebet und hoffe, dass er die Geste als flehende Bitte versteht und Gnade zeigt.

Erneut öffnet er seine rissigen Lippen. »Hier ist eine ungefähre Schätzung«, sagt er und lächelt mich affektiert an. »Einige Wochen.« Er schiebt uns eine Kopie unserer Papiere zu, läutet das silberne Glöckchen auf seinem Tresen und ruft: »Der Nächste, bitte.«

Wir gehen durch den Korridor des Gerichtsgebäudes Richtung Ausgang. »Hey, willst du mir verraten, was das gerade sollte?«, fragt Natalie.

Ich fahre mir mit der Hand durchs Haar und murmele: »Ich möchte einfach, dass diese blöde Geschichte so schnell wie möglich vorbei ist.«

»Ja, das merkt man«, entgegnet sie und verdreht die Augen.

»Jetzt tu doch nicht so, als würdest du es nicht auch wollen«, blaffe ich, als wir den Ausgang erreichen.

Ich halte Natalie die Tür auf. Gute Manieren sind wichtig, auch wenn alles andere in die Binsen geht.

Sie tritt in den hellen Sonnenschein hinaus, hält sich die Hand über die Augen. »Du wolltest es so«, sagt sie kühl. »Genau so.«

Ich runzele die Stirn. »Was?«

»Du hast von Beginn an klargestellt, dass du es so willst, Wyatt«, erklärt sie verärgert. Sie hebt die Hände. »Ich dachte, du wärst jetzt zufrieden. Du wolltest es doch so. Warum bist du nicht glücklich?«

»Du findest, ich sollte glücklich sein?«, schleudere ich ihr an den Kopf, zunehmend frustriert. Ich warte darauf, dass sie zuschlägt. Ich muss auf ihren Hinterhalt vorbereitet sein.

»Ich dachte, nach der Annullierung wollten wir es mit einer normalen Beziehung versuchen.«

»Das würde dir gefallen, was?« Mein Ton klingt giftiger als beabsichtigt.

Sie weicht vor mir zurück und starrt mich an, als wäre ich ein Fremder. In ihren blauen Augen liegt Entsetzen. Entsetzen über mich. »Warum bist du so gemein?« Ihr bricht die Stimme. »Ich habe es getan, weil du es wolltest. Ich musste dir sogar versprechen, dass …«

Sie schlägt sich die Hand vor den Mund.

Ihre Worte lösen irgendwo am Rande meines Bewusstseins eine Erinnerung aus. Etwas, was ich zu ihr gesagt habe, in unserer Hochzeitsnacht. Während ein Song lief. Unser Song. Verschwommen hallen die Worte in meinem Kopf wider.

Versprich es mir, Nat. Versprich es, versprich es, versprich es.

Was zum Teufel musste sie mir versprechen?

Und nun bin ich derjenige, der sie eindringlich anstarrt. Ihre Unterlippe bebt, ihre Augen sind feucht, als würde sie die Tränen zurückhalten. Der Schmerz, den ich tagelang gespürt habe, kehrt zurück. Er gräbt sich in mich hinein, als würde das Tier, das mir ein Loch in die Brust gefressen hat, versuchen, mir etwas mitzuteilen. Vielleicht dass Natalie gar nicht die Ursache meiner Zweifel ist, sondern dass sie deren Ende bedeutet.

Ich reibe mir den Nacken und versuche zu verstehen, was dieser Moment zu bedeuten hat. Und wichtiger noch, was ich für wahr halte. Denn Hand aufs Herz: Wie soll jemand, der so einen traurigen Blick und ein so ehrliches Gesicht hat, planen, mich reinzulegen? Das kann einfach nicht sein. Diese Frau – so ist sie nicht.

Man könnte es als Instinkt bezeichnen.

Als Bauchgefühl.

Die Frage ist nur, ob ich auf das Gefühl hören soll. Ich wurde bisher zwei Mal hintergangen – heißt das automatisch, dass es ein drittes Mal geschehen wird?

Vor meinem inneren Auge sehe ich im Schnelldurchlauf Bilder unserer gemeinsamen Erlebnisse, bis hin zu ihrem Gemuhe im Flugzeug. Obwohl ich nach der verdammten Voicemail dieser Anwältin die Flucht ergreifen wollte, sagt mein Herz mir, dass ich das Ganze in den falschen Hals bekommen habe. Mein Herz sagt, dass ich bleiben soll.

Ich mag nicht besonders vertrauensselig sein, aber das bedeutet nicht, dass ich dieser Frau nicht glauben sollte. Falls es jemanden gibt, dem ich vertrauen kann, dann Natalie. Und falls ich die Sache nicht auf der Stelle geradebiege, werde ich sie verlieren. Das darf ich nicht riskieren.

Ich fasse mir ein Herz.

»Nat, es tut mir leid«, sage ich leise und mache einen Schritt auf sie zu. »Ich bin gerade völlig durcheinander. Aber ich bin verrückt nach dir und will dich nicht verlieren.«

»Ich wollte es auch nicht.«

Wollte.

»Aber jetzt willst du es?«, frage ich mit bebender Stimme.

»Mir gefällt nicht, wie du eben mit mir gesprochen hast.«

Mir sinkt das Herz, droht hier auf den Stufen des Gerichtsgebäudes auseinanderzubrechen. Ich greife nach ihrem Arm, umfasse ihn sanft. »Geht es nun so zu Ende?«

Meine Stimme klingt mir fremd in den Ohren.

Ihre ist auch nur ein Flüstern. »Sag du es mir.«

Ich will sie nach der Voicemail fragen, nach dem Anruf, nach der Anwältin. Ich will sie fragen, was sie mir versprechen musste. Ich will wissen, ob ich das, was zwischen uns ist, endgültig kaputt gemacht habe oder ob noch die Möglichkeit besteht, es zu reparieren.

Aber bevor ich noch etwas sagen kann, hebt sie die Hand. »Ich kann jetzt nicht mit dir reden. Das können wir später tun, falls du dich entschließt, mich wieder so zu behandeln wie bisher, nicht so wie gerade eben. Und ich hoffe, dass du das hinbekommst. Aber im Moment brauche ich eine Pause. Ich habe etwas Verrücktes und vermutlich sehr Dummes getan. Deshalb gehe ich jetzt und sehe mir noch mal Lilas Wandschrank an, um nicht an die E-Mail denken zu müssen, die du gleich erhältst.«

Sie marschiert die Stufen hinunter und winkt ein Taxi heran, das sie von mir fortbringt.

34. Kapitel

Es gibt keine E-Mail.

Ich sehe auf dem Handy nach, während ich ein Uber bestelle und Lila anrufe, um zu fragen, ob sie mich gerade oben im Penthouse benötigt.

Sie klingt nett, aber bestimmt. »Nehmen Sie sich für den Nachmittag frei. Natalie ist bei mir, und wir haben einiges zu tun.«

Im Hintergrund meine ich, Natalie weinen zu hören. Die Laute schnüren mir die Brust zu. Ich wünschte, ich könnte sie trösten, aber sie möchte mich gerade nicht um sich haben.

»Okay. Kümmern Sie sich bitte um sie.«

»Mach ich. Und melden Sie sich später noch mal«, sagt Lila. Leise fügt sie hinzu: »Manchmal braucht eine Frau ein bisschen Zeit für sich selbst.«

»Ich danke Ihnen.« Obwohl mein Herz zerrissen ist wegen meiner Dummheit, überkommt mich nach Lilas Worten kurzzeitig ein Gefühl der Ruhe. Die Frau hat uns immer gut behandelt. Sie wird sich um Natalie kümmern, während ich mir überlege, wie ich die verfahrene Situation retten kann. Ich lege auf und checke erneut meine E-Mails. Nichts.

Der vor mir liegende Nachmittag erscheint mir wie ein riesiges schwarzes Loch. Ich möchte arbeiten, hämmern, bohren, sägen, nicht ziellos in dieser mir nahezu fremden Stadt herumwandern, nur weil ich so ein Volltrottel bin.

Als der Fahrer auf dem Weg zum Bellagio auf den Strip einbiegt, wird mir klar, dass dies nicht nur eine Stadt ist, die ich kaum kenne. Dies ist die Stadt, in der ich die Liebesaffäre mit Natalie begonnen habe, und ich möchte nicht, dass es hier wieder endet.

Ich beuge mich zum Fahrer vor und frage ihn, ob wir das Ziel ändern können.

»Sicher. Wohin soll es denn gehen?«

»Kleinen Moment, ich suche die Adresse raus«, sage ich und führe auf dem Handy eine schnelle Suche durch.

Ich finde sie, und der Fahrer gibt sie in sein Navi ein.

Zehn Minuten später gehe ich auf eine kleine Kapelle zu, suche nach einem Mann in einem goldenen Trainingsanzug. Ich möchte Larry fragen, ob er sich an meine Hochzeit erinnert. Ob er mir helfen kann herauszufinden, an welcher Stelle ich es verbockt habe. Ich klammere mich sozusagen an einen Strohhalm, mehr ist es nicht, was ich hier tue.

Doch sobald ich die Kapelle betrete und die Musik höre, fühle ich mich in die Nacht meiner Eheschließung zurückversetzt, als Elvis davon sang, dass er nicht anders könne, als sich zu verlieben.

Und während dieser romantischste aller Schmusesongs läuft, wird die verschwommene Erinnerung in meinem Kopf plötzlich ganz klar. Was vor kaum einer Stunde nur vage Worte am Rande meines Bewusstseins waren, nimmt feste Konturen an, und plötzlich weiß ich wieder, was ich nach dem Ehegelübde zu Natalie gesagt habe.

Ich stoße gegen eine Sitzbank, als die Erinnerung wie ein Tsunami über mich hinwegrollt.

Ich stehe vor dem Traualtar, halte ihre Hände und schaue ihr in die Augen, während im Hintergrund Elvis läuft.

»Du bist wunderschön, Nat, und wenn ich dich Tag für Tag bei der Arbeit sehe, denke ich jedes Mal, wie gerne ich ins Büro komme und wie sehr ich deine Nähe genieße. Aber es liegt nicht nur an deiner Schönheit. Deinetwegen läuft die Firma so gut.« Ich verstärke meinen Griff um ihre Hände, halte sie ganz fest, damit sie weiß, dass alles, was ich ihr in meinem berauschten Zustand sage, dennoch von Herzen kommt. »Durch dich wird die Arbeit zum Vergnügen, und du bist großartig in dem, was du tust. Ohne dich ist die Firma nichts.«

Sie schüttelt den Kopf, kann aber nicht aufhören zu lächeln. »Das ist nicht wahr. Du bist so talentiert.«

Elvis singt über herbeieilende Narren, und dieses Wort – Narren – bleibt bei mir hängen. Ich will nicht wieder enttäuscht werden. Das Risiko darf ich nicht eingehen.

»Doch. Es ist wahr. Du hast WH nach vorn gebracht, und dafür kann ich dir nicht genug danken. Ich habe so ein verdammtes Glück, dass wir weiter zusammenarbeiten werden. Das möchtest du doch auch, richtig?«

Sie nickt, lacht. »Natürlich. Warum denn nicht? Du wirst mich heute Nacht doch nicht feuern, oder?«

Schwankend trete ich zu ihr heran, gebe ihr einen Schmatzer auf die Lippen und sage: »Nein, nein, nein. Natürlich feuere ich dich nicht, wie käme ich denn dazu? Aber du sollst wissen, dass die Arbeit der Grund ist, warum wir nicht verheiratet bleiben können. Wir hatten bis jetzt riesigen Spaß und werden bestimmt noch mehr haben, aber morgen früh müssen wir die Ehe annullieren lassen.«

Trotz ihres Schluckaufs schaut sie mich ernst an. »Ja, natürlich.«

Dann schiebe ich meine Hände in ihre. »Diese Nacht ist unfassbar schön, und ein Teil von mir fühlt sich wie Elvis in diesem Song, denn irgendwie kann ich nicht verhindern, dass ich mich in dich verliebe.« Sie blickt überrascht und vielleicht sogar hoffnungsvoll drein, aber ich folge unbeirrt dem Strom meiner Gedanken, die ich ihr nun einfach offenbaren muss. »Aber wenn das passiert, Nat, mache ich Fehler und versaue alles, weil ich zu vertrauensselig bin und mich zum Trottel mache. Mir wurde einige Male übel mitgespielt. Das darf nicht noch mal passieren, okay? Ich möchte, dass wir weiterhin zusammenarbeiten. Das möchtest du doch auch, ja?«

»Ja. Gottgütiger, ja.«

»Dann versprich mir etwas.«

»Was?«

»Versprich mir, dass das hier morgen endet. Dass wir die Ehe annullieren lassen. Wahrscheinlich werde ich dich bitten, es nicht zu tun, denn ich bin jetzt schon verrückt nach dir. Ich werde dich wahrscheinlich tausendmal darum bitten. Ich werde alles versuchen, um dich zu überzeugen, aber egal was ich sage, du musst mir versprechen, dass wir diese Ehe wieder beenden. Denn ich darf Arbeit und Vergnügen nicht vermischen. Es ist meine Achillesferse, und ich brauche deine Hilfe. Versprich es mir, Nat. Versprich es, versprich es, versprich es«, sage ich mit rauer Stimme und warte.

Aber nicht lange.

»Ich verspreche es dir, Wyatt. Ich verspreche es. Und ich verstehe es. Wirklich, ich verstehe es.«

Ich schlage mir die Hände vors Gesicht, während mir plötzlich alles klar wird. Deshalb hielt sie sich so vehement an den Plan. Weil ich sie darum bat. Verdammt, ich ließ sie versprechen, sich an diesen verfickten Plan zu halten. Ich sagte ihr etwas in der Art sogar ein zweites Mal, an dem Tag, an dem ich ihren Gehaltsscheck zerriss.

Wenn ich etwas verspreche, dann halte ich mich daran, ganz gleich, ob ich ein paar Biere getrunken habe oder nicht. Ich stehe zu meinem Wort, und von den Leuten, mit denen ich zu tun habe, erwarte ich, dass sie es auch tun und sich entsprechend verhalten.

Sie hat sich an das Versprechen gehalten, das ich ihr abgenommen habe. Sie hat mich vor mir selbst geschützt. Nun aber bin ich derjenige, der Versprechen bricht. Unausgesprochene Versprechen, die sich daraus ergaben, wie wir uns küssten, wie wir miteinander umgingen, aus der schönen unbefangenen Zeit, die wir miteinander verbrachten.

Ich packe die Sitzbank vor mir und stemme mich hoch, stoße beinahe gegen einen Mann in einem goldenen Trainingsanzug.

»Hallöchen. Hast du vor, heute zu heiraten, Sohn?«

Ich antworte ihm nicht, denn plötzlich bimmelt mein Handy, und endlich ist die angekündigte E-Mail eingetroffen. Sie stammt von ihrer Anwältin, doch der eigentliche Text ist von Natalie. Ich beginne zu lesen und falle aus allen Wolken. Damit habe ich nun wirklich nicht gerechnet.

Lieber Wyatt,
dies ist mein Kündigungsschreiben. Ich habe jeden Moment unserer Zusammenarbeit genossen. Es war lustig, herausfordernd und wahnsinnig produktiv. Aber ich kann nicht für dich arbeiten, wenn ich mit dir zusammen sein möchte. Und das möchte ich. Deshalb gehe ich jetzt dieses Wagnis ein und treffe die Entscheidung, damit wir zusammen sein könnten. Ich habe mich an eine Anwältin für Arbeitsrecht gewandt, um sicherzustellen, dass ich durch die Kündigung meinen Arbeitsvertrag bei dir nicht breche. Sie sagt, unter bestimmten Voraussetzungen könne man ein Arbeitsverhältnis auch ohne zweiwöchige Kündigungsfrist beenden, falls dafür ein triftiger Grund vorliegt. Akzeptiere es bitte als meinen triftigen Grund, dass ich mich in dich verliebt habe und deshalb nicht mehr bei WH arbeiten kann. Die Kündigung gilt mit sofortiger Wirkung.
Love,
Natalie

Wow, was für ein Idiot ich bin.

Als ich vom Display aufschaue und Larrys erwartungsvollen Blick sehe, wird mir erst richtig bewusst, was er mich eben gefragt hat.

Und plötzlich weiß ich, wie ich dieses Drama wiedergutmachen kann.

Manchmal muss man einfach alles auf eine Karte setzen.

35. Kapitel

In meinem Beruf habe ich mich auf Umbauten spezialisiert.

Vor allem Küchen sind mein Ding; sie von Grund auf umzugestalten ist meine Schlüsselqualifikation. Ich weiß, welche Materialien und Werkzeuge ich dafür benötige, und ich achte penibel darauf, meine Aufträge pünktlich abzuschließen.

Dies hier aber könnte sich als der schwierigste Umbau erweisen, den ich je anging, wenn man bedenkt, dass ich unsere Beziehung heute mit einer Abrissbirne traktiert habe. Doch ich stelle schnell eine Materialliste zusammen und eile dafür als Erstes ins New York-New York.

Sobald ich drin bin, renne ich los.

Okay. Das stimmt nicht.

Würde ich rennen, hätte ich augenblicklich das Sicherheitspersonal am Hals.

Aber ich gehe eiligen Schrittes, so viel steht fest. Durch das Casino, an den Shops entlang, die Rolltreppe hinauf und durch die Arkade, wo ich sehnsüchtig auf den schwarzen Vorhang blicke, hinter dem der Flipper steht. Allerdings gehe ich nicht zum Eingang, sondern zum Ausgang der Achterbahn.

Eine Handvoll Fahrgäste strömt heraus, vom Fahrtwind zerzaust und aufgeputscht vom Adrenalinrausch, den eine Achterbahnrunde mit Looping und mehreren rasenden Abfahrten auslöst.

Hier hatten Natalie und ich unser erstes Abenteuer, und ich trete an den Fototresen und bin fest entschlossen, den Beweis dafür zu finden. Das Original liegt wohlbehalten in meinem Apartment. Glücklicherweise ist heute dieselbe Frau da, die an jenem Abend gearbeitet hat – die gut gelaunte Brünette mit Zöpfen und roter Brille –, nur dass sie heute einen Pferdeschwanz trägt.

»Was kann ich für Sie tun?«, fragt sie mich freundlich.

Ich folge erneut Chases Rat und tue das Gegenteil dessen, was ich vorhin getan habe. Statt meinen Frust an der Frau auszulassen, so wie zuvor bei dem Gerichtsheini, sage ich zuckersüß: »Hi. Ich war vor etwa zwei Monaten mit einer Frau hier, in die ich mich, wie mir inzwischen klar wurde, unsterblich verliebt habe.«

Die Augen der Brünetten leuchten auf, und ich nenne ihr das Datum und die ungefähre Uhrzeit. »Wir wurden fotografiert, und unsere Nummer war sechzehn. Ich wäre Ihnen unendlich dankbar, wenn Sie das Foto noch mal raussuchen und ausdrucken könnten. Ich brauche es, um meiner Herzensdame zu zeigen, was für ein tolles Paar wir sein können. Ich zahle Ihnen dafür gern den doppelten oder dreifachen Preis, alles, was Sie wollen.«

Die Brünette fasst sich mit beiden Händen ans Herz. »Ich liebe diese Stadt. Vegas ist voller Geschichten wie dieser.« Sie strafft den Rücken und setzt eine ernste Miene auf. »Ich finde Ihnen das Foto. Ist überhaupt kein Problem.«

Zehn Minuten später verlasse ich das Hotel mit dem Schnappschuss, der Natalie und mich auf der Achterbahn zeigt, als wir kreischend in die Tiefe stürzen.

Als Nächstes gehe ich in eine Drogerie an der Ecke, suche

mit meinem Handy im Internet nach einem weiteren Foto, maile es mir zu und lasse es ausdrucken. Ich kaufe zwei Rahmen. Dann mache ich einen Abstecher ins Wynn, und zwanzig Minuten später habe ich alle Materialien zusammen, die ich für diesen Wahnsinnsumbau benötige.

Das Einzige, was nun noch fehlt, ist *sie*.

Mit flatternden Nerven rufe ich Natalie an.

Ihr Handy klingelt und klingelt und klingelt, bis schließlich die Mailbox anspringt. In einem momentanen Anflug von Sorge frage ich mich, ob sie mich meidet. Aber dann schüttele ich den Gedanken ab und rufe Lila an.

»Hi, Wyatt.«

»Hey, ich versuche Natalie zu erreichen. Ist sie gerade in Ihrer Nähe?«

»Ja, aber wir shoppen gerade wie verrückt. Geben Sie uns noch ein klein wenig länger, dann ist sie, glaube ich, so weit.«

»Wo sind Sie?«

Lila lacht. »Oh, Wyatt. Natalie hilft mir bei einigen Dingen, die ich organisieren muss, und sie ist hier gerade voll in ihrem Element. Machen Sie sich keine Gedanken. Wir treffen uns bald.«

Ja, davon können Sie ausgehen.

Ich glaube zu wissen, wo Natalie ist. Denn ich kenne sie. Ich weiß, worauf sie steht.

***

Sie sagte, sie könnte dort wohnen. Es sei ihr Lieblingsort im ganzen Universum.

Und da sie Lila mit dem Wandschrank hilft, bin ich mir

ziemlich sicher, dass Natalie sich gerade in dem großen Kasten unweit des Strips aufhält.

Als ich aus dem Taxi steige und The Container Store betrete, schicke ich ein Stoßgebet zum Himmel, dass ich sie in dem riesigen Laden finden werde. Ich halte Ausschau nach einer blonden Mähne und einem leuchtenden orangen Strandkleid.

Dieses Kleid. Mein Gott, dieses Kleid! Mir läuft das Wasser im Mund zusammen, während ich daran denke, wie sie darin aussah und warum sie heute im Gerichtsgebäude so verdammt glücklich war. Weil sie dort genau das tat, was ich von ihr verlangt hatte. Weil sie mich liebt.

Verdammt, sie liebt mich.

Ich gehe durch einen der vielen Gänge, lasse den Blick über die Unmengen an Tupperware schweifen, über die Hutschachteln, die Wäschekörbe, Kleiderbügel und Plastikbehälter in jeder Form und Größe.

Und plötzlich sehe ich etwas Oranges.

Ein oranges Strandkleid.

Vor Freude bleibt mir beinahe das Herz stehen. Die Farbe symbolisiert meine liebsten Erinnerungen und alles, was ich mir von der Zukunft erhoffe.

Sie steht mit dem Rücken zu mir und zeigt Lila einen Schuhschrank. »Der wäre perfekt für Sie, finden Sie nicht? Sie hätten all Ihre Schuhe auf einmal im Blick«, sagt sie zu Lila, und allein ihre Stimme zu hören, lässt mich hoffen, dass ich sie nicht verloren habe. Dass ich das hier hinbekomme. Dass sie mich nicht für durchgeknallt hält.

Lila trifft kurz meinen Blick und lächelt, setzt aber gleich wieder eine ernste Miene auf. Trotzdem scheint Natalie zu spüren, dass ich da bin, denn sie wirbelt unvermittelt zu mir herum.

Und ich höre auf zu denken und zu hoffen und zu zweifeln. Ich tue einfach, was getan werden muss.

Ich trete auf sie zu und schütte ihr mein Herz aus. »Ich hätte viele Dinge anders machen sollen, Nat«, beginne ich. »Ich hätte dir als Erstes sagen sollen, dass ich dich liebe. Denn das tue ich. Ich liebe dich wie verrückt, und das macht mich manchmal ziemlich konfus.« Ihre Mundwinkel zucken, als würde Natalie krampfhaft versuchen, ein Lächeln zu unterdrücken. »Ich hätte vorhin die Annullierungspapiere nicht einreichen sollen. Ich hätte auf den Stufen vor dem Gerichtsgebäude nicht so ein Arsch sein sollen, nur weil du etwas getan hast, was ich von dir verlangt habe. Was im Übrigen total dumm von mir war. Und vor allem hätte ich nicht darauf bestehen sollen, dass du dich an das Versprechen hältst, das du mir in unserer Hochzeitsnacht geben musstest.«

»Es ist okay, Wyatt«, sagt sie mit hauchzarter Stimme. »Ich habe es getan, weil es dir wichtig war.«

Wieder wütend auf mich, schüttele ich den Kopf und liebe diese Frau aber umso mehr. Lila weicht einige Schritte zurück, damit wir in Ruhe reden können. »Ich konnte mich kaum an unsere Trauung erinnern«, fahre ich fort, »geschweige denn an all die Sachen, die ich zu dir gesagt habe. Und das ist keine Entschuldigung, aber es ist wahr. Jetzt erinnere ich mich wieder, weil ich vorhin in der Kapelle war und dieser Song lief. *Can't Help Falling in Love.* Ich weiß, dass ich so in jener Nacht empfunden habe, und jetzt empfinde ich es noch eine Million Mal stärker.« Sie tritt einen Schritt auf mich zu, und das macht mir Mut. Ebenso ihr Gesichtsausdruck – weich und teilnahmsvoll – und erst recht die Worte, die sie mit den Lippen formt. *Ich auch.* Ich möchte sie küssen, habe ihr aber noch so viel zu sagen. »Ich bin jetzt nicht betrunken, sondern stocknüchtern, und ich bitte dich um eine zweite Chance. Ich habe mich bis über beide Ohren in dich verliebt und habe dieses Foto mitgebracht, um dich daran zu erinnern, wie toll wir zusammen sind.«

Ihre Augen glitzern, als ich ihr das Foto gebe. »Danke, du hast mein O-Gesicht mitgebracht«, sagt sie ironisch, aber nicht wütend. Sie klingt wieder verspielt, und ich liebe diesen Tonfall.

Ich muss grinsen. »Es ist mehr als nur dein O-Gesicht, Liebling«, sage ich und deute auf das Foto in dem Papprahmen. »Das da sind du und ich. Ich habe das Foto mitgebracht, um dich daran zu erinnern, wo alles begonnen hat an jenem Abend. Bei der Achterbahnfahrt. Und so sollen wir, wie ich finde, immer sein.« Ihre Lippen beben, und in ihren Augen schimmert ein feuchter Glanz. »Ich möchte, dass wir immer wieder zusammen Achterbahn fahren. Dass wir wieder und wieder aufsteigen und in die Tiefe stürzen, dass wir kopfüber durch den Looping rasen, selbst wenn uns dabei schlecht wird. Ich möchte mit dir diese Freude und Ausgelassenheit spüren. Das rasende Auf und Ab. Denn dich zu lieben ist wie eine wilde Achterbahnfahrt, und ich möchte nicht, dass sie jemals endet.«

Sie legt ihre Hände an meine Brust, knüllt den Hemdstoff zusammen. Sie ist kurz davor, in Tränen auszubrechen, und entgegnet mit belegter Stimme: »Wyatt, die Annullierung habe ich nur deshalb vorangetrieben, weil ich es dir versprochen habe. Denn ich liebe dich und dachte, dass du es so willst. Deshalb habe ich vorhin im Hotel geweint. Weil ich etwas tun musste, was ich nicht tun wollte. Und ich sage es dir noch einmal: Ich liebe dich, und zwar so sehr, dass ich vernünftig sein musste.«

Ich streiche ihr über den nackten Arm, kann nicht anders, als sie zu berühren. Sie bekommt eine Gänsehaut. Ich stoße einen Seufzer der Erleichterung aus. »Aber ich muss dir etwas beichten. Bevor wir heute Morgen dein Zimmer verließen, sah ich auf deinem Handy die Nachricht deiner Anwältin. Die, von der ich später deine Kündigung erhielt.«

Sie mustert mich fragend: »Wirklich?«

Ich nicke und schlucke, rücke mit der Wahrheit heraus. »Ich bin ausgeflippt, weil ich dachte, es bedeutet etwas ganz anderes. Etwas Schlechtes. Deshalb habe ich mich im Gericht wie ein Arschloch aufgeführt. Aber noch ehe du mir eine Mail geschickt hast, wurde mir bewusst, wie lächerlich das war. Diesmal musste ich keinen Obdachlosen sehen, der dein Sandwich auffuttert, um zu wissen, dass es nicht vergiftet ist. Denn ich kenne dich. Ich kenne dein Herz. Ich hoffe nur, dass ich mit meiner Kälte nichts ernsthaft kaputt gemacht habe zwischen uns.«

Ihr Griff an meinem Hemd wird fester. Ihr Blick ist liebevoll. »Hast du nicht. Überhaupt nicht. Ich schwöre.« Dann fügt sie mit einem leisen Kichern hinzu: »Aber ich beabsichtige, dir eines Tages einen Sandwich-Streich zu spielen.«

Ich lache leise. »Nur zu. Und ich verspreche dir: Alles, was ich falsch gemacht habe, werde ich *mehr* als wiedergutmachen. Denn das da können wir sein.« Ich deute erneut auf das Foto. »Und dieses Paar hier können wir auch sein«, sage ich und ziehe ein gerahmtes Foto von zwei Gibbon-Äffchen, die an einem Ast hängen, aus der Drogerietüte.

Sie lacht. »Du möchtest, dass wir … Affen sind?«

Ich nehme ihre Hand. »Nat, wusstest du, dass Gibbons zu den wenigen Tieren zählen, die ein Leben lang mit demselben Partner zusammen sind?«

»Die anderen sind Termiten, Biber und Schwäne«, ergänzt sie schulterzuckend. »Ich habe es nachgeschlagen. Ich dachte mir, es könnte dir gefallen.«

Mein Herz vollführt einen wilden Freudentanz, denn Natalie ist einfach toll in ihrer teilnahmsvollen Art. »Ich sagte, ich bitte dich um eine zweite Chance, und das meine ich ernst«, entgegne ich, den Blick fest auf sie gerichtet. »Aber damit meine ich nicht, dass wir einfach ein Paar werden und uns daten. Ab und zu essen gehen und danach ins Bett steigen.«

Ich sinke auf ein Knie, und sie starrt mich überrascht an. Bis zu diesem Augenblick war ich nervös, aber jetzt nicht mehr. Ich war mir nie so sicher über das, was ich will und was ich brauche. »Ich gehe jetzt aufs Ganze, Nat. Ich bitte dich um eine zweite Chance mit unserer Ehe. Ich möchte mit dir als Mann und Frau nach New York zurückkehren und mit dir zusammenleben. Lass uns verheiratet bleiben. Ach was, lass uns noch einmal heiraten! Lass uns unser Ehegelübde erneuern. Heirate mich wieder und wieder, jedes Jahr aufs Neue. Das kann unser Ding sein.«

Ihr klappt die Kinnlade herunter. Ihre Augen werden handtellergroß. »Oh, mein Gott«, seufzt sie.

Ich hole das Geschenk heraus, das ich im Wynn besorgt habe – bei einem Juwelier in einem der exklusivsten Hotels der Stadt. Ich öffne das blaue Samtkästchen und zeige ihr den Zwei-Karat-Smaragd-Solitär.

»Sei mein Gibbon«, sage ich mit wilder Hoffnung.

Sie sinkt ebenfalls auf die Knie, schlingt die Arme um mich und küsst mich. Erst wenige Stunden sind seit unserem letzten Kuss vergangen, aber es nun wieder zu tun – ihre Lippen auf meinen zu spüren, dort, wo sie hingehören – ist unfassbar gut. Schließlich löst sie sich von mir, schaut mir in die Augen und sagt mit leiser, süßer Stimme: »Ich werde dein Gibbon sein. Aber weißt du nicht, dass ich das längst bin?«

Auf ihrem Gesicht breitet sich das Lächeln aus, das meine größte Freude ist, und ich kann mein Glück kaum fassen. »Oh, und wegen der Kündigung, die du mir geschickt hast«, beginne ich und tippe mir ans Kinn. »Ich hätte da eine andere Idee.«

»Verrate es mir«, entgegnet sie und hüpft praktisch auf und ab. Aber dann hält sie inne, das Lächeln verschwindet, und sie schaut auf die Uhr. »Wyatt«, flüstert sie in dem ruhigen Tonfall, der zumeist auf Ärger hindeutet. Mein Herzschlag beschleunigt sich.

»Was ist denn?«

»Wir müssen los. Das Gericht macht gleich zu. Ab morgen geht die Annullierung ihren bürokratischen Gang.«

Ich nehme ihre Hand, tätschele sie. »Ich möchte nicht, dass unsere Ehe annulliert wird.«

»Ich auch nicht.«

Lila meldet sich zu Wort. »Dann nehmen wir doch meinen Wagen. Ich denke, das ist es, was eine gute Fee jetzt tun würde.«

Und, wisst ihr, das beschreibt Lilas Rolle in dieser Geschichte ziemlich gut. Wir eilen aus dem Laden, setzen uns in ihr schickes schwarzes Auto und brausen davon.

36. Kapitel

»Ohhhhhhhhh.«

Der Gerichtsbeamte zuckt doppelt und dreifach mit den Schultern. »Es tut mir sehr, sehr leid.« Sein Tonfall verrät mir, dass es ihm überhaupt nicht leidtut.

»Sehen Sie«, sagt er und legt den Kopf schräg, »da Sie es so eilig hatten, habe ich mir Ihre Unterlagen noch einmal angesehen. Sie waren so aufmerksam, eine Notiz beizulegen, in der Sie erklären, dass die Annullierung ursprünglich über *Easy Out Divorce* laufen sollte. Und …« Er räuspert sich, als wollte er eine möglichst klare Stimme haben für die große Pointe, die er gleich zum Besten geben wird. »Da *Easy Out Divorce* nun als betrügerisches Unternehmen gilt, werden auf Anordnung des Gerichts alle Betrugsopfer von EOD bei der Annullierung vorgezogen. Ich habe Ihre Akte zur direkten Bearbeitung vorgelegt. Ist das nicht großartig?«

»Zur direkten Bearbeitung?«, frage ich und lasse die Schultern hängen.

Der Beamte klatscht in die Hände. »Mit großer Freude darf ich Ihnen verkünden, dass Ihre Annullierung heute gewährt und die Ehe für ungültig erklärt wurde.«

Mir bleibt beinahe das Herz stehen.

Aber ich fasse mich rasch. Denn wo ein Wille ist, ist auch ein Weg. »Kein Problem«, sage ich lächelnd. Diesmal übe ich mich darin, ein guter Kerl zu sein. Denn die Guten gewinnen.

Und dieser gute Kerl weiß, dass es mehr als nur ein Werkzeug gibt, um etwas Kaputtes zu reparieren.

Ich wende mich zu Natalie.

»Wetten, dass es irgendwo ein Rathaus oder einen anderen Ort gibt, wo wir uns heute noch trauen lassen können? Lass uns rausfinden, wohin wir müssen.«

Sie zieht die Augenbrauen hoch, und dann fragt sie den Beamten, wo die standesamtlichen Trauungen stattfinden.

Er deutet nach oben. »Im sechsten Stock. Dort ist das Standesamt.« Er gibt uns die Papiere zurück und sagt: »Der Nächste, bitte.«

Wir besorgen uns rasch eine Heiratserlaubnis, bitten Lila, unsere Trauzeugin zu sein, und ergattern noch für denselben Tag einen Termin. Kurz vor Dienstschluss stehen wir vor einem Standesbeamten und heiraten erneut.

Diesmal ist es simpler.

Diesmal sind wir nüchtern.

Es gibt keine rund um die Uhr geöffnete Kapelle und keinen fragwürdigen Elvis-Imitator, nur meine Frau und mich und natürlich Lila und den Beamten, in deren Beisein wir unsere Liebe erneut besiegeln. Und ich fordere Natalie nicht auf, unsere Ehe am nächsten Tag annullieren zu lassen, denn ich möchte bis an mein Lebensende mit ihr zusammen sein.

Dann küsse ich meine Braut und genieße das Gefühl ihrer Lippen auf meinen. Sie schmeckt so köstlich, und ich kriege einfach nicht genug von ihrem Mund. In meinem Kopf dreht sich alles vor lauter Glück, und ich fühle mich federleicht, nachdem wir nun offiziell Mann und Frau sind. »Jetzt wirst du mich nicht mehr los«, sage ich, als wir uns voneinander lösen.

Die Arme um meinen Hals geschlungen, murmelt sie: »Genauso möchte ich es haben.«

Als wir vor dem Gericht die Stufen in den nahenden Sonnenuntergang hinabschreiten und Lila sich verabschiedet, denke ich noch einmal an den Moment von vorhin zurück, als wir hier auf den Stufen als Paar beinahe auseinandergebrochen wären. Ich lege meine Hand um ihren Arm. »Hey, das ist jetzt das Ende unseres Endes, okay? Was sagst du dazu?«

Sie nimmt meine Hand. »Ja, das Ende war nur der Anfang.«

Ich streiche ihr über den Rücken. »Und dann ist dein Kleid hier nicht mehr dein Outfit für die Annullierung.«

Sie deutet auf den leuchtenden Stoff. »Es ist mein Hochzeitskleid. Und als ich es vorhin anzog, habe ich, ehrlich gesagt, auf etwas in der Art gehofft.«

»Du bist so eine gewiefte Planerin.«

»Deshalb brauchst du mich ja.«

»Ich brauche dich tatsächlich. Und deshalb lehne ich deine Kündigung ab und erkläre dir, was ich stattdessen vorhabe.«

»Erzähl es mir. Aber beeil dich, denn ich möchte unsere Trauung würdig abschließen.«

Man kann ohne Übertreibung sagen, dass mein Vorschlag ihr die Sprache verschlägt. Sie weint erneut, und diesmal sind es Freudentränen. Als wir in mein Zimmer gehen, küsse ich ihre Tränen weg und ziehe erst Natalie und dann mich selbst aus.

Sie liegt nackt auf dem Bett, und mir wird bewusst, dass wir bisher nur einmal ohne Klamotten miteinander geschlafen haben, und zwar in unserer ersten Hochzeitsnacht vor einigen Monaten.

Und das hier wird unsere zweite, die richtige Hochzeitsnacht. Ich lege mich zu ihr, dringe in sie ein, und wir stöhnen auf. Ein Stromstoß schießt durch mich hindurch. In Natalie einzutauchen fühlt sich an wie pure Glückseligkeit. Wir passen wirklich perfekt zueinander. Sie stöhnt zufrieden und schaut mir in die Augen, und wir versinken förmlich im Blick des anderen.

»Können wir das hier jeden Abend machen?«, schnurrt sie sexy, während sie eines ihrer wohlgeformten Beine um meinen Hintern legt.

»Und jeden Morgen auch«, erwidere ich, während ich in sie hineinstoße, und wir unseren Rhythmus finden. »Willst du wissen, warum?«

»Warum?«, fragt sie und drückt den Rücken durch, stöhnt leise.

»Weil ich es liebe, mit meiner Frau zu vögeln«, sage ich mit einem kehligen Stöhnen. »Weil ich meine Frau liebe.«

Ich werde mit einem wilden Lustschrei belohnt, und der zweite folgt sogleich, und wenig später kommt sie. Kurz darauf tue ich das, was sie so scharf findet – ich komme hart und heftig und bin dabei extrem laut. Ich glaube, ich brülle sogar.

Ich würde ja gerne sagen, dass wir an dem Abend Achterbahn gefahren sind oder das Riesenrad ausprobiert haben. Aber nix da. Wir bleiben die ganze Nacht im Bett und treiben es miteinander. Perfekter kann eine Hochzeitsnacht nicht sein. Und das sage ich nicht nur, weil wir uns vom Zimmerservice mitten in der Nacht einen Oreo-Eisbecher bringen lassen.

Und der ist ziemlich lecker. Ich stehe nämlich auf Oreos.

Epilog

Die Leiter steht an der schneeweißen Wand unseres Apartments. Natalie steht auf der obersten Sprosse, um etwas aufzuhängen. Natürlich hätte ich dies für sie tun können, aber sie besteht darauf, es selbst zu machen, und die Frau liebt es nun mal, Hand an mein Werkzeug zu legen.

Sie weiß damit umzugehen, besonders mit meinem persönlichen Spezialwerkzeug, wenn ihr versteht, was ich meine.

Wie auch immer, hier kommt die *Leiter*. Seht ihr, ich lasse euch nicht hängen. Ich habe euch eine versaute Leiter-Story versprochen, und ich pflege mein Wort zu halten.

Sie steht auf der Leiter, weil sie weiß, dass ich den Anblick mag. Ach was, ich *liebe* den Anblick! Ich sitze im Wohnzimmer auf dem Sofa und genieße, was meine verwöhnten Augen sehen – meine Natalie in einem rosafarbenen Rock, der ihre sensationellen Beine umschmiegt.

»Geht's dir gut da unten?«

»Da unten geht's mir sehr gut«, entgegne ich.

Sie lacht, dann hebt sie den Hammer und schlägt einen Nagel ein und gleich darauf hängt das neue Schild an der Wand. Ein identisches hängt bei uns im Büro. Darauf steht Hammer & Hammer Carpentry and Construction. Wir haben den Firmennamen geändert. Ja, *wir*. Denn die Firma gehört nun uns beiden. Alles gehört uns beiden.

Ich habe gelernt, dass man in einer Beziehung nicht nur

nehmen darf, sondern auch geben muss. Natalie war gewillt, meinetwegen ihren Job an den Nagel zu hängen. Das konnte ich nicht zulassen. Ich fand eine andere Lösung. Sie blieb, und nun führen wir die Firma als Mann und Frau. Ich erledige weiterhin das Handwerkliche, schließlich bin ich Zimmermann. Aber sie ist die Magierin. Sie hält den Laden zusammen. Sie brachte die Firma entscheidend voran. Deshalb gehört sie ihr genauso sehr wie mir. Wir besitzen sie gemeinsam. Manchmal schlingt sie sich den Werkzeuggürtel um und hilft mir, einen Auftrag zu Ende zu bringen, aber inzwischen haben wir expandiert und einige verlässliche Leute eingestellt, die pünktlich zur Arbeit kommen.

Natalie managt alles, gewährleistet, dass alles wie am Schnürchen läuft. »Ich habe den Job immer geliebt und mich nie nur als Assistentin betrachtet«, sagte sie, als ich ihr nach unserer zweiten Trauung in Vegas meinen Vorschlag unterbreitete.

»Du warst schon immer mehr als nur eine Assistentin. Du hast alles in *unserer* Firma verbessert.«

»Das werde ich auch weiterhin tun. Aber mit meinen abendlichen Karate-Kursen mache ich auch weiter«, sagte sie.

»Etwas anderes hätte ich von der Frau, die mir den Hintern versohlen kann, auch nicht erwartet.«

Nun wendet sie sich auf der Leiter zu mir um und deutet auf unser Firmenschild. »Wie sieht es aus?«

»Super. Als wäre es vorherbestimmt gewesen. Aber am besten gefallen mir die beiden Namen.«

Sie besitzt mein Herz, meinen Körper, meine Firma, mein Zuhause. Die Firma mit ihr zu teilen ist allerdings kaum der Rede wert verglichen mit dem, was Natalie mir schenkt – ihre bedingungslose Liebe. Oh, und dass Natalie bei mir eingezogen ist, bedeutet natürlich, dass Josie einen neuen Mitbewohner sucht, aber das ist eine andere Geschichte.

Für mich zählt im Moment nur meine Frau. Ich gehe zur Leiter hinüber, steige auf die unterste Sprosse, schiebe ihren Rock hoch und ziehe ihr Höschen zur Seite.

Ich küsse und lecke und schmecke sie, bis sie laut stöhnt und sexy seufzt.

Das ist für mich das Signal, Sicherheit walten zu lassen. »Komm, nimm meine Hand«, sage ich leise und helfe ihr von der Leiter. Unten hebe ich sie hoch und trage sie zum Sofa, wo sie die Beine spreizt und ich ihre herrliche Süße verschlinge.

Schaut, Leitern sind lustig für das Vorspiel, aber wenn man auf riskanten Sex steht, muss man das Risiko genau abwägen. Ich darf nicht zulassen, dass meine Frau von der Leiter fällt, weil ich ihr so einen heftigen Orgasmus beschere.

Und genau das tue ich, während sie auf dem Sofa liegt und sich an meinem Mund reibt. Danach mache ich Liebe mit ihr.

Hinterher lächelt sie mich benommen an und fragt: »Sollten wir uns nicht allmählich auf unsere Hochzeit vorbereiten?«

Yeah, so sind wir. Wir lieben es zu heiraten. Wir haben es in Vegas getan, und nun tun wir es gleich noch einmal. Anschließend schmeißen wir für unsere Familien und Freunde eine riesige Hochzeitsparty. Wirklich, wir lieben es, uns trauen zu lassen.

Sehr sogar.

Deshalb werden wir es auch wieder tun. Genau genommen werden wir unser Ehegelübde wahrscheinlich auch nächstes Jahr erneuern, und übernächstes und überübernächstes Jahr auch.

Noch ein Epilog

Einige Monate später

Es gab einmal einen Mann, und es gab eine Frau, und es gab einige heftige Bodenschwellen auf ihrem Weg ins Glück.

Aber wir haben sie alle umschifft.

Währenddessen fand ich heraus, dass Vertrauen keiner Beweise bedarf. Es geht nicht darum, genarrt zu werden oder nicht genarrt zu werden. Es ist eine Entscheidung, die man treffen muss. Mit dem Herzen. Natalie hat meines, und ich musste lernen, dass es bei ihr in guten, sicheren Händen ist, und zwar immer.

Und ihr Herz ist bei mir ebenfalls in sicheren Händen, obwohl sie mir in ihren Videos gerne eine runterhaut.

Ihre Selbstverteidigungsserie ist im Internet ziemlich populär geworden. Zahlreiche neue Schüler haben dadurch den Weg zu ihr gefunden und sich in die Kurse eingeschrieben, die Natalie an mehreren Abenden in der Woche gibt. Es macht sie glücklich, und wenn sie glücklich ist, bin ich es auch.

Allerdings wird sie sich bald ein wenig zurücknehmen müssen. Bei uns ist einiges im Wandel. Ihr Bauch ist ein wenig runder geworden.

Nein, das Baby war kein Unfall. Es geschah nicht in einer alkoholschwangeren Nacht. *Bitte.* Meine Frau ist eine Planerin. Wir haben dies geplant. Genau genommen habe ich ihr den Braten vermutlich in unserer *dritten* Hochzeitsnacht in den Ofen geschoben, hier in New York.

In unserem Freundeskreis sind wir die Ersten, die Eltern werden, aber das passt zu uns. Wir scheinen nur zwei Tempi zu kennen, Stillstand oder Höchstgeschwindigkeit. Den Stillstand haben wir überwunden, und so brechen wir nun alle Geschwindigkeitsbegrenzungen und werden in wenigen Monaten eine Familie sein.

Gerade eben aber gehe ich mit Natalie zum Farmer's Market. Wir wollen keinen Spargel oder Rucola kaufen. Wir sind ein risikofreudiges Paar, und gleich werden wir ein immenses Risiko eingehen.

Wir haben eine Verabredung hinter dem Bananenstand.

– ENDE –

Deutsche Erstveröffentlichung

Lauren Blakely

Big Rock - Sieben Tage gehörst du mir!

Ich war ein arrogantes Arschloch und ein unverbesserlicher Playboy. Bis eine Woche mein Leben für immer veränderte ...

Meiner Familie zuliebe soll ich mich eine Weile zusammenreißen: Keine Skandale mehr! Und als perfekter braver Sohn brauche ich eine Scheinverlobte für sieben Tage. Was läge da näher, als meine beste Freundin Charlotte zu fragen? Mit so einer scharfen Frau fällt es mir nicht schwer, den verliebten Softie zu mimen. Leider kann ich, seit wir im Bett gelandet sind, an nichts anderes mehr denken als an ihren heißen Körper. Charlotte spielt ihre Rolle als meine Zukünftige perfekt – doch bei mir ist es längst viel mehr als ein Spiel ...

ISBN: 978-3-95649-686-8

9,99 € (D)

Deutsche Erstveröffentlichung

Lauren Blakely

Mr. O – Ich darf dich nicht verführen

ISBN: 978-3-95649-737-7
9,99 € (D)

Mein Name ist Nick Hammer. Aber nennt mich einfach Mr. O – denn ich kann jeder Frau den ersehnten Höhepunkt bescheren. Wieso sollte ich also ablehnen, wenn die süße, total scharfe Harper Holiday mich bittet, ihr Nachhilfe in Liebesdingen zu geben? Das Problem: Sie ist die kleine Schwester meines besten Freundes Spencer und damit für mich absolut tabu. Flirttipps geben: erlaubt. Flirttipps mit Harper ausprobieren: strengstens verboten. Doch je mehr Zeit wir miteinander verbringen – und je mehr schmutzige SMS wir uns schreiben – desto weniger kann ich mich zusammenreißen ...

Christina Lauren

Dating you, hating you – Hoffnungslos verliebt

Als wäre das Leben als Schauspielagentin in Hollywood nicht schon stressig genug, muss Evie sich auch noch ausgerechnet in den attraktiven Carter verlieben. Denn nach einer heißen Nacht mit ihm erfährt sie, dass ihre Firmen fusionieren sollen – was sie zu erbitterten Konkurrenten macht. Liebe wird somit umgehend vom Speiseplan gestrichen – jetzt helfen nur noch gezielte Sabotageakte. Evie hat nicht umsonst so lange für ihre Karriere geschuftet: Jetzt ist Krieg! Aber jeden Tag wird ihre Sehnsucht nach Carters heißen Küssen stärker …

ISBN: 978-3-95649-802-2
9,99 € (D)

Dirty Love

Laurelin Paige

ISBN: 978-3-95649-798-8
9,99 € (D)

Als ich Donovan Kincaid zum ersten Mal traf, war mein Schicksal besiegelt ... In seiner Welt drehte sich alles um Geld, Sex und Macht, und das zog mich magisch an. Obwohl ich wusste, dass ich mir die Finger verbrennen würde, konnte ich nicht anders. Ich war unschuldig – und er hat mich zerstört.
Jetzt, zehn Jahre später, hatte ich mein Leben endlich wieder im Griff und gerade einen tollen Job bekommen. Alles war perfekt. Bis ich meinen neuen Chef sah: Donovan Kincaid, so schön und dominant wie damals! Plötzlich gab es wieder nur noch eins, was ich wollte: Ihm gehören ...

Nun kenne ich Donovan Kincaids Geheimnis – und es ist genauso düster und schmutzig wie er. Ich weiß, dass er all die Jahre eine Akte über mich geführt und mein komplettes Leben manipuliert hat. Er sagt, er hat es getan, um mich zu beschützen. Vor ihm, weil er denkt, dass er mein Verderben ist. Der dunkle Abgrund wird immer größer, und obwohl ich weiß, was er getan hat, sehne ich mich nach ihm. Ich will mit ihm reden, ihn berühren, will dass er Besitz von meinem Körper ergreift, auf die einmalig bestimmte Art, wie nur Donovan es kann. Er ist ein dominanter Mistkerl, aber ich brauche ihn so sehr, dass es weh tut. Dennoch muss ich stark sein, ich will nicht, dass er mich wieder zerstört ...

Ab Dezember 2018
ISBN: 978-3-95649-852-7
9,99 € (D)